ROGERIO SKYLAB

A OUTRA VOLTA DA OUTRA VOLTA

UM ESTUDO SOBRE HENRY JAMES

KOTTER
EDITORIAL

ROGERIO SKYLAB

A OUTRA VOLTA DA OUTRA VOLTA

UM ESTUDO SOBRE HENRY JAMES

Coordenação Editorial: Sálvio Nienkötter
Editor executivo: João Lucas Dusi
Editor adjunto: Daniel Osiecki / Claudecir Rocha
Capa: Jussara Salazar
Produção: Cristiane Nienkötter
Diagramação: Caroline Costa e Silva

Dados internacionais de catalogação na Publicação (CIP)
Angelica Ilaqua CRB-8/7057

Skylab, Rogerio .
A outra volta da outra volta: um estudo sobre Henry James / Rogerio Skylab. - Curitiba : Kotter Editorial, 2022.
240 p.

ISBN 978-65-5361-084-2

1. James, Henry, 1843-1916 – Crítica e interpretação 2. Crítica literária 3. Literatura norte-americana – Crítica e interpretação I. Título

22-3830 CDD 801.95

Kotter Editorial
Rua das Cerejeiras, 194
82700-510 | Curitiba - PR
+55 41 3585-5161
1ª edição
www.kotter.com.br | contato@kotter.com.br

Feito o depósito legal

2022

SUMÁRIO

10. RITORNELO (CANÇÃO, CIRANDA E SONORIDADES DIFERENTES)

11. O RITORNELO COMO FORMA A *PRIORI* DO TEMPO

12. REALIDADE POSSÍVEL

PREFÁCIO

NATASHA VICENTE DA SILVEIRA COSTA[1]

Redigir prefácios é uma atividade de escrita cara a Henry James (1843-1916). É ali que o autor estadunidense, naturalizado britânico, busca rastrear a ideia primeira que deu origem à narrativa — ou o germe, como prefere chamá-la. James pondera sobre esse embrião, perscruta-o e encontra formas de transformá-lo em ficção. "O germe, onde quer que tenha sido colhido", diz James no prefácio a *Os Espólios de Poynton,* "sempre foi para mim o germe de uma 'história', e a maioria das histórias que se esforçam em tomar forma sob minha mão brotaram de uma pequena e única semente."

Seguindo essa prática de James, começamos revelando o germe deste livro de crítica literária de Rogerio Skylab: sua origem é uma "perspectiva nostálgica". Como explica o autor, este estudo concretiza as impressões fomentadas por um grupo de estudos de que participou nos anos 1980 e que despertou seu interesse nas obras jamesianas.

E o interesse de Skylab por James chegou a mim em 2017, momento em que trocamos e-mails acerca de minha tese de doutorado. Quatro anos depois, em 2021, eu o convidei a participar da "I Jornada Internacional de Estudos sobre Henry James", um evento online que organizei com os colegas do grupo de pesquisa "Núcleo de Estudos Henry James" (CNPq).

1 https://www.escavador.com/sobre/564538/natasha-vicente-da-silveira-costa

Transmitida pelo nosso canal do YouTube, a jornada foi um evento acadêmico pioneiro no Brasil centrado exclusivamente no autor.

Naquele momento do convite, Skylab me falou deste estudo em andamento, e agora o germe das primeiras impressões brota após depuração. Podemos ver que as capacidades de criação do autor não se limitam ao cenário artístico da música, da poesia e da performance, mas se manifestam também na atividade de verter sua experiência com *A Outra Volta do Parafuso* nos termos da crítica literária.

O crítico examina aqui, mais especificamente, a novela jamesiana *A Outra Volta do Parafuso*, publicada de forma seriada no periódico *Collier's* de janeiro a abril de 1898. Skylab organiza sua análise da obra em dezesseis capítulos, que tanto apresentam estudos anteriores sobre o legado de James quanto oferecem um exame mais aprofundado da novela[2].

Em primeiro lugar, este livro aborda estudos selecionados das obras jamesianas, o que chamamos de "fortuna crítica" no ambiente acadêmico. O crítico retoma trabalhos estrangeiros e nacionais, do passado e do presente, e dialoga com eles, percebendo aproximações e afastamentos de temas e métodos. É apresentada assim uma síntese das perspectivas críticas sobre a ficção geral de James, em que são abordados também comentários gerais sobre *A Outra Volta do Parafuso*. Essa retomada mobiliza especialmente as áreas da filosofia e da crítica literária: são mencionadas as contribuições de Gilles Deleuze e Félix Guattari, David Lapoujade, Jacques Derrida, Tzvetan Todorov, Wayne C. Booth, Maurice Blanchot, Abel Barros Baptista, Ian Watt, Marcelo Pen Parreira, Luiza Larangeira da Silva Mello e também minha tese de doutorado.

Em segundo lugar, Skylab apresenta sua contribuição pessoal, o que chama de a "interpretação de texto" de *A Outra Volta do Parafuso* — uma obra que desde a sua publicação vem suscitando a atenção calorosa, e mesmo controversa, dos críticos[3]. A presente análise pauta-se principalmente

---

2 Que foi, recentemente, transformada na minissérie televisiva *The haunting of Bly Manor* por Mike Flanagan. Essa adaptação entrecruza-se com outras obras de James e foi lançada na Netflix em 2020.

3 A história da recepção da novela, de sua publicação até 1979, encontra-se no website <http://www.turnofthescrew.com/>, criado por Edward J. Parkinson. Mais informa-

no conceito chave de contaminação, que, na definição de Skylab, "procura trazer à tona o que se mantinha devidamente recalcado". A novela, em sua leitura, é perpassada de contaminações, que se relacionam com a identidade e o lugar social das personagens, a atividade narratorial, a duplicidade espacial, a negociação com o mal, a simultaneidade de realidades, a lógica de construção do sentido e a sabotagem de classe social. *A Outra Volta do Parafuso* apresenta crianças como alvos de situações de "perversão, sedução, influência", nas palavras do autor, e pode assim ser lida como uma história da contaminação que a sociedade vitoriana buscou recalcar.

O conceito de contaminação poderia ser, como admite Skylab, o subtítulo de seu estudo. Ainda assim, outro conceito tão interessante quanto esse se destacou em minha leitura: a sincronicidade, definida pelo autor como "uma série polifônica de acordes que conteria todos os desenvolvimentos melódicos posteriores". É inclusive inspirado na sincronia que Skylab escolhe o título de seu estudo, *A Outra Volta da Outra Volta*. Diversas vozes atuam em conjunto nesta novela jamesiana: a da personagem, a do narrador e a do autor implícito. A transparência desta última instância seria uma terceira volta sincrônica, que acrescenta outras camadas de sentidos indiretos ao texto.

O público interessado, seja do meio específico da academia, seja da sociedade em geral, se beneficiará com os conhecimentos apresentados neste livro.

Para os leitores especializados, o estudo oferece um olhar renovado para o que Skylab chama de as "lacunas intransponíveis" de *A Outra Volta do Parafuso*, contribuindo de modo específico para aprofundar os estudos da novela — este é o maior mérito do estudo, em minha opinião. Como contraponto, os especialistas talvez julguem que a mobilização da fortuna crítica surge, em alguns momentos, desconectada do argumento principal da análise da novela — o que, de qualquer forma, não minimiza o valor do registro histórico-crítico dessa retomada atenta, com que aprendi muito. Este livro então faz coro com outros trabalhos nacionais centrados na

ções sobre a recepção e o debate crítico sobre a obra também estão reunidas no artigo "Turning the screw of interpretation", de Shoshana Felman (1977).

novela. Alguns deles são a tese de doutorado de Diana Costa Fortier Silva (2016), intitulada "Tradução Comentada de *The turn of the screw*, de Henry James para o Português", a dissertação de mestrado de Linda Catarina Gualda (2007), "Representações do Feminino em *Dom Casmurro* e *The turn of the screw*", e a dissertação de mestrado de Sandra Mina Takakura (2003), cujo título é "(Mis)Recognition and changing roles — a lacanian reading of Henry James's *The turn of the screw*". Somam-se aí artigos científicos publicados em periódicos, como "*The turn of the screw*: sobre Henry James, William James, Cérebros e Fantasmas", de Guilherme Gutman (2005).

Para os leitores gerais, este livro possibilita a familiarização com o estilo jamesiano, conforme examinado principalmente pelas lentes da filosofia e da crítica literária. Como contraponto, este público poderia supor que a análise desenvolve-se de forma muito especializada ao recorrer com frequência a termos técnicos da área da literatura. Isso, ainda assim, não seria um demérito, uma vez que o livro, numa perspectiva mais ampla, oferece também comentários sobre os prefácios e outras obras de James como, por exemplo, *Retrato de Uma Senhora*, *As Asas da Pomba*, *Os Embaixadores*, *A Taça de Ouro*, *A Fera na Selva*, *O Altar dos Mortos*, *A Coisa Autêntica*, *Na Gaiola* e *A Bela Esquina*.

Para Henry James, *A Outra Volta do Parafuso* é um simples conto de fadas, conforme ele menciona no prefácio à novela. E, com certo desdém, também se refere a ela como "*a pot-boiler & a jeu d'esprit*" em carta a H. G. Wells, datada de 9 de dezembro de 1898. Ou seja, para o próprio autor, a obra é um trabalho criativo sem grande investimento estético e cuja finalidade se resume a ganhar dinheiro.

Reiterando, entretanto, o pressuposto de outros estudos críticos, Skylab mostra como a novela, ainda assim, desvela uma rica engrenagem imaginativa quer seja na sua estrutura formal, quer seja na sua sintaxe. As páginas que se seguem podem ser um ótimo termômetro para revelar os estudos jamesianos a partir da contribuição pessoal do crítico, centrada no estudo aprofundado de *A Outra Volta do Parafuso* e na difusão do estilo geral de James.

Boa leitura!

2. INTRODUÇÃO

Por que Henry James? Lembro a primeira vez que seu nome ressoou com intensidade. Muito provavelmente faça parte de uma primeira série, a partir da qual outras séries seriam ramificadas. Era um grupo de estudos na casa do professor Carlos Henrique Escobar — isso por volta da segunda metade dos anos 1980. O objeto de estudo era Deleuze, mais especificamente, *Mil Platôs*. Henry James me era até então um nome clássico. A partir desse encontro me senti inclinado em sua direção. Neste trabalho, não deixo de retomar o que ali era lido e que me impressionou, ainda que não detivesse um grau suficiente de compreensão. Sempre fui ferido por esses objetos: quanto mais incompreensíveis, maior o poder de afetar.

Mas, nessa revisitação nostálgica, não posso deixar de me remeter também ao início dos anos 1980, quando mantinha um grupo de estudos, desta vez composto por mim e uma amiga, a Mirian. Estudávamos os simbolistas. Ainda que o nome de Henry James não viesse à tona nessa época, havia uma relação indireta que mais tarde chegaria até ele. Era a lírica moderna. Nomes como Saint-John Perse, Rimbaud, Baudelaire... O trabalho de Marcelo Pen Parreira sobre James (*O Campo do Possível*), talvez um dos mais consistentes em termos nacionais, investe nessa perspectiva de crítica à modernidade (James e Machado serão lidos sob essa égide). É curioso que, tanto em mim quanto em Mirian, o estudo dos simbolistas acabaria resvalando em uma postura crítica ao sindicalismo, que, na época, era posto em prática. Ao invés de James, o autor americano que líamos era Ezra Pound, que, em alguns aspectos, vai trazer ressonâncias com James em sua peregrinação pelo Velho Continente.

Este estudo tem essa perspectiva nostálgica que terá influenciado a escolha dos materiais: Blanchot, Deleuze com sua ramificação em Lapoujade, e Derrida — esse último, principalmente, pelo estudo de Abel Barros Baptista em seu *Autobibliografias*. O outro viés deste estudo é trazer os trabalhos nacionais contemporâneos, que, de alguma forma, medem a recepção de James no Brasil. É o caso de Natasha Costa, Luiza Larangeira e Marcelo Pen Parreira — vamos encontrar similaridades e diferenças entre os seus respectivos conceitos, ainda que seja a perspectiva sincrônica o que perpassa essas diferenças e semelhanças. Em seu final, empreendo o que chamaríamos de interpretação de texto, tendo como objeto *A Outra Volta do Parafuso*: nas duas partes desse final, chamo a atenção para a contaminação que estará expressa, seja estruturalmente, seja de forma sintática. "Contaminação", que poderia ser o subtítulo deste trabalho.

2.1. A INTRODUÇÃO SINCRÔNICA E O LIVRO ABERTO

Este estudo começa em Ian Watt e, de certa forma, finaliza-se com ele ao analisar o primeiro parágrafo, seja do preâmbulo, seja da narrativa da governanta, em *A Outra Volta do Parafuso* — o que, por si só, não deixa de apresentar uma estrutura cíclica.

No estudo do primeiro parágrafo de *Os Embaixadores*, Watt vai chamar atenção à perspectiva idiossincrática — aliás, o sentido científico de "idiossincrasia" é a predisposição particular do organismo fazendo com que um indivíduo reaja de maneira pessoal à influência de agentes exteriores. Com isso nos afastamos do mero contexto, o qual geraria toda uma narrativa de ação com o seu caráter dualístico. Esse afastamento, próprio de um tempo de reflexão, acaba por introduzir uma perspectiva mais geral — o sujeito de uma oração, por exemplo, deixa de ser um substantivo concreto, abarcando assim uma extensa gama de sujeitos. Se pensarmos que o objeto estará perpassado de orações relativas, com o excessivo uso do pronome relativo "*that*", o que expressa a multiplicidade de relações entre as ideias na mente do personagem Strether, passamos a nos deparar então com um universo rico, multidimensional, e, mais do que isso, um impressionismo múltiplo de fundo leibniziano, com um esforço civilizador de relacionar cada evento ou momento da vida com toda a complexidade das condições socioambientais (Luiza Larangeira vai trazer toda a riqueza dessa perspectiva). A questão é que esse distanciamento reflexivo, próprio do modernismo, não deixa de gerar uma espécide de dualismo — narrador vs. peronagem. O fingimento narratorial se dá por meio de um equilíbrio irônico: diz-se o contrário do que pensa o personagem no primeiro par de orações do primeiro parágrafo de *Os Embaixadores*. Mas, no segundo par de orações, vai haver uma inversão da figura anterior, justamente pela aproximação do narrador e do personagem: neste caso, o narrador diz exatamente o que pensa o personagem, com a ressalva de que o diz parecendo não dizer (a declaração explícita é velada pela obscuridade da negação formal). A essa nova figura, Watt vai dar o nome de "exagero cômico". Seria possível pensar que a passagem do primeiro par de orações para o segundo se dá por meio do tempo. Mas é justamente aí que entra a perspectiva sincrônica, que Abel Barros Baptista vai analisar depois na passagem do livro metafórico para o livro como fim em si mesmo: essa contaminação, que a modernidade põe em relevo, exibe na verdade o que sempre atuou no livro como resistência ao modelo, impedindo que uma época possa se constituir como um todo homogêneo ou que concebamos a ideia de ruptura histórica, entendida como a passagem de uma época para a outra. Aqui não se trata mais do livro como fim em si mesmo, mas do livro aberto, perpassado pelo incabamento e pela fragmentação. É como fala Watt, de outra maneira, mas expressando o mesmo estado de coisas: não estamos mais na perspectiva do espetáculo (dualismo), mas no campo da experiência. Não há por parte de Strether, como fica claro no terceiro e último par de orações, um esclarecimento que seria obtido de forma progressiva: ele já tinha a apreensão desde o início (a apreensão de que outro personagem, Waymarsh, colocaria à prova a nota europeia). A partir do primeiro parágrafo, leitor e narrador já estão envolvidos na perplexidade do personagem.

Por mais que se tenha começado por uma perspectiva irônica, de afastamento, o primeiro parágrafo de *Os Embaixadores* explicita a presença da apreensão desde o início (há uma elucidação procrastinada no parágrafo, assim como a imersão do herói, expondo o tempo, o espaço, o personagem e a ação). Pois o primeiro parágrafo é essa introdução sincrônica. No caso de James, uma série polifônica de acordes que conteria todos os desenvolvimentos melódicos posteriores.

2.2. O RITORNELO COMO FORMA *A PRIORI* DO TEMPO

É como Deleuze, em *Mil Platôs*, vai entender o agenciamento ou o modelo rizomático, que tanto territorializa quanto desterritorializa. Assim como as moléculas territorializantes da música pop apontam para um agenciamento que aprisiona, este mesmo agenciamento poderá conter forças desterritorializantes, vindo a gerar um povo indiferente à *mass media*.

Trata-se de um processo diferente daquele que predominava no clássico e barroco, com suas ligações lineares e arborescentes (forma e substância; unidade diferencial e partes), dando lugar, no romantismo, ao agenciamento territorial e, no modernismo, às forças cósmicas. Essa passagem de modelos, no entanto, não se dá via ruptura. É o que Deleuze e Guattari vão sublinhar sobre a frase de Vinteuil em Proust: se a frase evocava o amor de Swann por Odette e a paisagem de Boulogne, explicitando o tempo como forma *a priori*, a passagem para um novo modelo explicita a articulação por dentro, os atos intercalares de caráter molecular, gerando os agenciamentos territoriais, as desterritorializações relativas e absolutas.

Essas passagens, portanto, não se dariam via ruptura: a frase de Vinteuil gira em torno de si mesma e fabrica tempos diferentes, passando a ser a forma *a priori* do tempo. É necessário passar pelas malhas do sistema tonal a fim de que a frase melódica deixe de evocar, passando a fazer ela própria um personagem rítmico ou uma paisagem melódica. Deleuze e Guattari não deixam de sublinhar, no entanto, o caráter paradoxal do tempo: não é mais a forma *a priori*, porém, para esse trabalho de deformação, para a frase girar em torno de si mesma e fabricar tempos diferentes, requer-se o tempo.

Em *Proust e os Signos*, Deleuze corrobora essa ideia de transcurso do tempo: a relação entre signo e sentido se dá via essência (a revelção final da arte faz com que as essências reajam sobre os outros campos — mundano, amoroso e sensível), mostrando sua presença desde o início, ainda que venhamos a dar conta disso posteriormente.

2.3. O DUPLO PONTO DE VISTA

Essa perspectiva sincrônica se exterioriza em Lapoujade, quando este, em sua geometria projetiva, propõe um objeto conjuntivo: ao invés de um ponto fixo sob a mira de diversos pontos de vista (diversos observadores), um olho fixo, em torno do qual diversas figuras giram, cuja unidade será formada pela relação contínua entre seus diferentes perfis. A geometria projetiva foge da separação intransponível entre as figuras ou entre as ficções, quando cada uma é reverberada por uma testemunha ou personagem focal. Ao invés dessa unidade estrutural, que dá todo um sentido psicológico ou psicanalítico, o mundo das relações, dos desdobramentos e da simetria (o que dá a nitidez de cada figura é antes a sua relação com as outras). A perspectiva se amplia e abarca toda a obra.

Pensando em James, uma determinada série que tem o celibatário como tema ou objeto conjuntivo (*O Altar dos Mortos*, *A Fera na Selva* e *A Bela Esquina*) pode entrar em relação de correspondência com outras séries — a da relação clandestina, por exemplo, onde se misturam desejo sexual e falta de dinheiro, como Densher e Kate Croy em *As Asas da Pomba.* Essa relação clandestina tem inicidências em ficções como *Retrato de Uma Senhora*, *Os Embaixadores* e *A Taça de Ouro*, nas quais algumas apresentam a referida relação em primeiro plano, enquanto outras aprensetam do ponto de vista do exterior. De qualquer maneira, essa exteriorização tem um limite: a consciência do autor, responsável por impor as interpretações de seu pensamento e as escolhas de sua vontade.

Em outro texto, "Ceticismo e Literatura: o Caso Henry James", Lapoujade sublinha a perspectiva excêntrica em relação ao espaço da intriga, ainda que essa perspectiva, própria do ceticismo, possa ter um fundo instrumental ou ser parte constitutiva de uma filosofia: no primeiro caso, o sujeito reflete sobre suas operações visando cartesianamente uma certeza básica que não possa ser refutada — o que vai dar na literature autorreferencial, debruçando-se sobre a sua própria gênese (o segredo, de acordo com Todorov, no caso do conto "O Desenho no Tapete", tem uma função genética — é um meio para se construir a ficção); já no segundo caso, a parte excêntrica não é mero instrumento, mas parte constitutiva de uma filosofia, a terceira pessoa, o duplo ponto de vista — o que o personagem vê e o que não vê. Para tanto, se faz necessário um observador externo, uma segunda consciência, um novo operador reescrevendo a ficção ou percebendo as forças inconscientes atuantes a determinar a percepção clara do narrador. A diferença entre o real e o romanesco é que neste último poder-se-ia atingir o que naquele nunca poderá se conhecer senão por meio de delírios interpretativos próprios do relativismo: o autor ou mesmo o leitor vão ser a via por meio da qual o duplo ponto de vista, isto é, sua coexistência com o anterior, põe por terra todo o argumento realista do falso e do verdadeiro (Marcelo Pen Parreira vai apontar aqui os problemas de leitura de John Gledson em relação à obra de Machado de Assis).

2.4. O CAMPO DO POSSÍVEL

Maurice Blanchot vai apontar a perspectiva sincrônica em James. Ao analisar as várias camadas de seu texto, demonstra como, em todas elas, se manifesta de alguma forma o campo do possível. Ainda que nos cadernos apresentem-se de antemão os motivos ou temas, numa luta contra a dispersão, o paradoxo é que a dispersão vai estar presente assim como a ambiguidade da verdade entendida como signo do possível (o que se avoluma nos cadernos é o excesso de detalhes que acaba gerando paradoxos e obscuridades). Já na narrativa propriamente dita, a pressão que James submeteria à obra seria no sentido da dispersão: mesmo por trás da obra arrumada, pressentimos outras formas. Na terceira camada, a do assunto, avesso da narrativa, estamos em pleno campo do possível: é o movimento da escrita, plenitude da narrativa, quando a obra ainda não começou. O desejo de abarcar infinitas possibilidades dá a James o campo do possível e seus paradoxos. Em *A Outra Volta do Parafuso*, quando a governanta pressiona as crianças para lhes arrancar o segredo, tudo parece revelar-se e, entretanto, tudo acaba por recair na dúvida e no vazio das trevas.

2.5. ABORDAGEM TEÓRICA DUPLA

A perspectiva sincrônica, de certa forma, vai estar presente na recepção de James no Brasil. No caso de Natasha Costa, que escolheu os três livros da fase tardia do escritor (*Os Embaixadores*, *A Taça de Ouro* e *As Asas da Pomba*) como base de sua análise, muito marcada por Ian Watt, o espaço vai estar ligado à sua representação espaçotemporal (é a parte de seu estudo que destacamos). Ou seja, como se dá sua organização, sua manifestação e suas implicações sintática e semântica (aqui, a diferença em relação a uma tradição que terá em Genette um dos seus fundadores e na qual o espaço é visto sob a perspectiva da espacialidade da linguagem, a percepção simultânea da totalidade da obra). Mas sua abordagem teórica é dupla: segundo os princípios narratológicos, próprios do estruturalismo, num plano estrutural macro e sempre a serviço da representação da consciência (nesse caso, a ordem dos segmentos temporais no discurso narrativo, por exemplo, poderá não coincidir com a ordem da história); e segundo os princípios estilísticos, segundo uma relação forma-ideia, que diz respeito à forma como o narrador escolhe falar sobre algo — é o que tange à semântica e à sintaxe, ou seja, o procedimento linguístico propriamente ditto.

É curioso que num quadro extenso, focalizando as relações espaçotemporais, Natasha se situe fora do cronotopo de Bakhtin e fora também do topocrono de Susan Friedman: não haveria privilégio nem do tempo nem do espaço. A relação espaçotemporal, segundo Natasha, se daria pelo viés narratológico e estilístico — apenas o autor estudado é que propiciaria a modulação variável sobre o espaço e o tempo. Nesse aspecto, Natasha se diferencia também de outros autores que apresentaram a relação espaçotemporal ora pelo viés estilístico (Dimock), ora pelo viés estrutural (Titner). Essa abordagem teórica dupla, ainda que estejamos num espaço de representação, indica pelo menos um esforço de copresença, marcado pela perspectiva sincrônica.

2.6. DICOTÔMICA TENSÃO

Em Marcelo Pen Parreira, no importante livro *Realidade Possível*, Machado de Assis (*Memorial de Aires*) e Henry James (*Os Embaixadores*) vão estar sob o crivo de sua análise. Mas, no presente estudo, trago também seu texto introdutório em *Os Prefácios de James*.

O primeiro aspecto que nos chama a atenção é o campo do possível enquanto ambiguidade não intencional: em *Memorial de Aires*, Fidélia ama Tristão e cultiva um certo dever ao marido — não há uma troca de sinais própria da dialética, nem os conceitos de falso e verdadeiro estarão em cena. Aliás, no que diz respeito ao falso e em oposição ao que chamaríamos de realismo naturalista, o ar de realidade dado à obra é fruto do investimento da forma, e não de uma cópia do real — com isso, sublinhando a perspectiva clássica, muito presente na *Revista dos Dois Mundos*, segundo a qual a imitação do real não o esgota, mas é seletiva. A questão é que essa perspectiva idealista, própria da revista, vai apresentar também uma mensagem retrógrada da classe dominante (de uma certa forma é como expresso, no início desta introdução, minha relação com os poetas simbolistas). O realismo mitigado em James, como advoga Marcelo Pen, vem do fato de que o procedimento formal do narrador (o realismo da arte pela arte) sofreria uma desconfiança por parte do autor e do leitor, uma vez que seriam expressões de um mundo burguês. A essa perspectiva moderna da desconfiança se somaria a constatação de que a revelação interior dos caracteres, pela relação entre narrador e personagem, produziria uma imagem ideal da realidade.

Quando Marcelo Pen traz o cenário da aventura pastoral de Strether em *Os Embaixadores*, ele nos confronta com quatro situações que não deixam de abarcar o que Lapoujade vai designar como segundo operador: à natureza se sucede o quadro que Lambinet pintou, visto por Strether em sua cidade natal, e tendo como objeto os campos parisienses; na terceira instância, temos a aventura pastoral de Strether — neste caso, a natureza sofre, pela lente da lembrança, um rearranjo artísto e social. É a volta da condição de representante por parte de Strether, quando a natureza sofre uma outra volta, diferente da anterior cometida por Lambinet. Mas a outra volta não para por aí: há uma terceira volta, ou "a outra volta da outra volta", quando o autor implícito faz transparecer suas escolhas. Nessa última instância, autor ou leitor vão refazer o texto: há que se diferenciar o autor do personagem ou do narrador.

A experiência autoral vai expressar, segundo Marcelo Pen, tanto em Machado quanto em James, a substância unívoca (o *continuum*) ou as máscaras; a justaposição ou a leitura a contrapelo. Pen chama a isso de realidade possível: a evolução do significado via operação de adição, por justaposição; ou o elogio à impostura — no falso pode estar a verdade e na aparente verdade, o falso. Respectivamente, processos artificiais via ironia, elipse, fragmentação e justaposição; ou via alegoria, metáfora e analogia simbólica. A perspectiva sincrônica de natureza autoral, segundo Marcelo Pen, teria em James um tom crepuscular: nem ruptura, nem ambiguidade própria das reconciliações, mas uma dicotômica tensão.

2.7. A SUBLIMAÇÃO DA TENSÃO

Em "Depois da Queda: A Representação da Cultura Nacional Norte-Americana na Obra Tardia de Henry James (1904-1907)", Luiza Larangeira, tendo em foco *A Taça de Ouro* e *The American Scene*, vai sublinhar a perspectiva sincrônica enquanto ambiguidade: a horizontalidade democrática e a sociabilidade aristocrática. A personagem Maggie Verver tem, inclusive, uma prevalência em relação ao seu autor, sendo identificada à ética confuciana da negociação e da ambiguidade enquanto sublimação da tensão — já James, para Luiza Larangeira, vai ter seu *modus operandi* ligado a uma ascese monástica medieval (voltado para o mundo interior e em constante fuga do mundo exterior). Essa ambiguidade de Maggie, e do próprio James em Nova York, vai ser expressa pela criação de espaços sociais concretos, aos quais Luiza vai dar o nome de "enclave aristocrático". Esse conceito vai se distinguir dos tipos ideais, assim como do conceito de "cultivo" em Georg Simmel — neste, funciona como uma espécie de síntese entre indivíduo e sociedade.

Na verdade, criar um enclave aristocrático é diferente, inclusive, do caso inglês, que tem o lugar social como um ponto prévio mecânico, a tradição como condição de possibilidade para o particular. A questão que perpassa James em Nova York é construir uma situação aristocrática sem ponto prévio (é construir uma biblioteca metafórica num inferninho em Copacabana). Os diferentes níveis nessa sincronia dão conta do *outsider* ou do *intellectual*: ao mesmo tempo que há a experiência, há também a contemplação.

A sublimação da tensão está no desaparecimento da estrutura dialética ou da relação agonística entre indivíduo e sociedade (essa relação agonística vai ser manifestada classicamente no mito do Adão Americano, mas também no Adão Depois da Queda e no Adão das Metrópoles). Luiza vai identificar na inversão de sinais, própria da oposição dialética, a marca do unitarismo do *self* fixo, inflexível, indo do seu apagamento à sua afirmação, embrião até da própria ruptura que os esperançosos do século XIX promovem. Ao invés de oposição, "campo de imanência": o livre-arbítrio é exercido não em função de uma neutralidade ética que se oponha à hereditariedade do pecado original (individualismo vs. predestinação), mas em razão de um campo de imanência — a improvisação, herança humanística. O *self* com estrutura de *narrative* — tal como Rorty o entendia, numa relação empática com o outro (se abstrair e se colocar no lugar do outro), e tal como podemos entender o *flaneur*, que preserva o objeto em sua alteridade — será a marca da estrutura das impressões em James. E vai se diferenciar tanto do excêntrico em seu isolamento (Bartleby, de Melville) quanto do agudo apetite de seu irmão de sangue, que não deixa de ser um resquício do Adão Americano em seu propósito de consumir o objeto.

2.8. CONTAMINAÇÃO

Mas a heterogeneidade do real pode estar além de um subjetivismo ou de um horizonte de expectativa. A ideia de contaminação que tento desenvolver na última parte deste estudo, e que está inserida na clássica interpretação de texto, no caso, de *A Outra Volta do Parafuso*, procura trazer à tona o que se mantinha devidamente recalcado. A empatia não deixa de ser uma zona de conforto — você, no final das contas, mantém preservada sua identidade, não há contaminação real, apenas um jogo de faz de conta. Nas palavras críticas de Luiza Larangeira, comentando negativamente a interessante interpretação de Ross Posnock sobre *The American Scene*, "política da não identidade, identidade improvisada às contingências em contínuo devir". *A Outra Volta do Parafuso* talvez seja a história da contaminação que a sociedade vitoriana fazia de tudo para recalcar — contaminação que explode a identidade e o lugar social.

3. SOBRE O PRIMEIRO PARÁGRAFO DE OS *EMBAIXADORES*, SEGUNDO IAN WATT

Strether's first question, when he reached the hotel, was about his friend; yet on his learning that Waymarsh was apparently not to arrive till evening has not wholly disconcerted. A telegram from him beaspeaking room 'only if not noisy', replay paid, wad produced for the inquirer at the office, so thar the understanding they should meet at Chester rather than at Liverpool remained to that extent sound. The same secret principle, however, that had prompted Strether not absolutely to desire Waymarsh's presence at the dock, that had led him thus to postpone for a few hours his enjoyment of it, now operated to make him feel he could still wait without disappointment. They would dine together at the worst, and, with all respect to dear old Waymarsh — if not even, for that matter, to himself — there wal little fear that in the sequel they shouldn't see enough of each other. The principle T have just mentioned as operating had been, with the most newly delightful as it would be to find himself looking, afet so much separation, into his conrade's face, his business would be a trifle bungled should he simply arrange for this countenance to present itself to the nearing stemer as the first "note" of Europe. Mixed with everuting was the apprehension, aleady, on Strether's part, that it would, at best, throughout, prove the note of Europe in quite a sufficient degree.

(James, 1923, não paginado)

A primeira pergunta que Strether se fez, ao chegar ao hotel, foi sobre o amigo; porém, ao saber que Waymarsh aparentemente só viria à noite, não ficou de todo desconcertado. Na recepção lhe apresentaram um telegrama dele com a resposta paga encomendando um quarto 'desde que não muito brulhento', de sorte que o trato de que se encontrariam em Chester, em vez de Liverpool, permanecia até então inalterado. Mas o mesmo princípio secreto que induzira Strether a não desejar em absoluto a presença de Waymarsh no porto, e que, portanto, obrigara a postergar em algumas horas o prazer de reencontrá-lo, agora operava de modo a fazê-lo sentir que ainda podia esperar sem sofrer nenhuma decepção. No pior dos casos, jantariam juntos e, com todo o respeito ao velho amigo — para não dizer, aliás, a si próprio —, havia pouca chance, logo depois, de não se verem o bastante. O princípio operador que acabei de mencionar constituíra, para o último dos dois cavalheiros a desembarcar, totalmente intuitivo — o fruto de um pressentimento agudo de que por mais agradável que fosse após tanto tempo fitar o rosto do companheiro, seria botar seu trabalho um pouco a perder se houvesse simplesmente arranjado para que tal fisionomia se apresentasse ao vapor como a primeira nota da Europa. Misturada a tudo isso já havia a apreensão, por parte de Strether, de que, na melhor das hipóteses, do começo ao fim, ela poria mais do que suficientemente à prova a nota europeia.

(James, 2010, p.39)

Dividindo em três partes seu estudo sobre o primeiro parágrafo de *Os Embaixadores* (estudo que consta na introdução da edição brasileira do romance, retirado, por sua vez, do *Essays in Criticism*), Ian Watt vai sublinhar, a partir da divisão entre sintaxe, palavra e ideias, três métodos explicativos correspondentes a cada uma delas.

No que diz respeito à sintaxe e à gramática, Watt chama atenção para o aspecto da nova linguística: "A linguística estrutural ocupa-se de problemas de definição e descrição num nível consideravelmente mais básico do uso linguístico do que a análise do efeito literário das especificidades gramaticais que Henry James parece requerer" (Watt, 2010, p. 568). Já a

Crítica Prática, de origem francesa, empírica e indutiva, parte das palavras dispostas sobre a página, sublinhando a autonomia do texto. Ian Watt se posiciona em favor dessa perspectiva em sua tentativa de desenvolver os métodos empíricos e indutivos da Crítica Prática, ainda que chame a atenção de sua variante, o modelo anglo-americano, o *new criticismo* (neocrítica), que vai trabalhar com as três categorias (sintaxe, palavra e ideia). Por fim, na terceira parte de sua divisão, que corresponde ao campo das ideias, a estilística propriamente dita, com intelectuais como Auerbach e Leo Spitzer, Watt sublinha criticamente o salto excessivo da palavra para "os mais elevados empíreos da ideia" — junção de contextos literários e históricos.

3.1. VERBOS NÃO TRANSITIVOS, SUBSTANTIVOS ABSTRATOS, O "THAT", VARIAÇÃO ELEGANTE E AS NEGATIVAS

Ian Watt elenca o que constituiria o caráter complexo desse primeiro parágrafo, tendo em vista uma prosa comum, sem ricas descrições e, ao mesmo tempo, sem as facilidades de uma sensual materialidade. Além do atraso na especificação dos referentes, Watt cita: a) verbos não transitivos; b) substantivos abstratos; c) emprego excessivo do "*that*"; d) variação elegante, evitando o acúmulo de pronomes; e) presença de muitas negativas e quase negativas.

VERBOS NÃO TRANSITIVOS

Considerando que uma das características dos verbos transitivos é expressar ações finitas e particulares, afetando objetos e, portanto, instaurando o caráter ativo da sequência "sujeito-verbo-objeto", poderíamos facilmente estabelecer que essa presença marca mais a prosa narrativa, referindo-se sempre a um objeto particular. O fato é que no referido parágrafo há pouca presença desses verbos. Já os verbos não transitivos pululam:

VERBOS COPULATIVOS:

Strether's first question... ***was about*** *his friend*

VERBOS NA VOZ PASSIVA:

... *he* ***was*** *not wholly* ***disconcerted***

VERBOS INTRANSITIVOS:

... *The same secret principle..., now* ***operated*** to make him feel...

O que vamos encontrar de verbo transitivo estará mais ligado àqueles verbos que expressam estados de ser, próprios de uma prosa expositiva e com a aplicabilidade mais geral, referindo a muitos objetos e eventos.

VERBO NO INFINITIVO

Yet on his learning that Waymarsh was apparently not ***to arrive*** till evening...

VERBO NO PARTICÍPIO

... *that* ***bad prompted*** *Sthrether not absolutly to* ***desire***

VERBO NO GERÚNDIO

A telegram from him ***breaking a room***

SUBSTANTIVOS ABSTRATOS (SUJEITOS DE ORAÇÕES PRINCIPAIS E SUBORDINADAS)

Strether's first ***question****... was about his friend*

Quando você transforma o sujeito de uma oração numa questão, ao invés de um pronome pessoal, e quando o verbo expressa significação ou intenção, estamos diante de uma perspectiva mental e subjetiva. O que está em jogo nesse processo, que se dará em discurso indireto, é o isolamento da consciência do personagem principal, no caso, Strether — o que, por si só, subordina o ator e o ato específico a uma perspectiva mais geral —,como também o estabelecimento de outras instâncias externas visando ao respectivo trabalho de interpretação (estamos aqui nos referindo tanto ao narrador quanto ao leitor). Temos então a natureza multidimensional da narrativa (mente do leitor, do narrador e de Strether), ao contrário da narrativa de ação, seja ela na primeira pessoa com a fusão da consciência do personagem à narrativa, o que propiciaria uma confusão entre sujeito e objeto, seja ela na terceira pessoa por meio do narrador onisciente, exterior à consciência do personagem.

O fragmento que analisamos já deixa bem claro, enquanto evento mental, a transição de tempo e espaço própria dos sujeitos abstratos (há, inclusive, um tempo decorrido entre ação e análise), ao contrário dos eventos físicos, que obedecem a restrições de tempo e espaço: no primeiro caso estamos diante de uma questão de princípio; no segundo, de contexto.

EMPREGO DO "*THAT*" (QUE)

Há uma grande quantidade, no referido parágrafo, de pronomes relativos e outros implícitos "que", sugerindo uma multiplicidade de relações entre as ideias na mente de Strether. Podemos também vislumbrar que o referido pronome introduz orações relativas que tratam de objetos, além de representar também o discurso indireto: "*...yet on his learning* ***that*** *Waymarsh was not to arrive till evening*". Verificamos também o uso do referido pronome, inclusive de forma implícita, para a tripla definição de uma ideia eterna: "*The same secret principle, however, that had prompted Strether no absolutely to desire Waymarsh's presence at the dock, that had led him thus to postpone for a few hours his enjoyment of it, now operated to make him feel he could still wait without disappointment*".

VARIAÇÕES ELEGANTES

The principle I have just mentioned as operating had been, ***with the most newly disembarked of the two men,*** *wholly instinctive*

A variação sublinhada na oração, além de expressar o *continuum* mental do parágrafo (variação de "fazia meses que Waymarsh já estava na Europa") fornece a James a oportunidade de reforçar o distanciamento irônico e a neutralidade com as quais somos convidados a enxergar o investigador com escrúpulos, Strether.

O USO DAS NEGATIVAS

Watt verifica três funções do uso de negativas, que estão presentes no parágrafo em grande quantidade:

- No primeiro caso, o uso explícito de "*not*": "*Yet on his learning that Waymarsh was apparently* **not** to arrive till evening..."
- Negativas implícitas: "*The same secret principle... now operated to make him feel he could still wait* ***whithout*** *disappointement*"
- Qualificações que modificam a assertividade da afirmação: "*The same secret principle however, that had prompted Strether* ***not absolutely*** *to desire Waymarsh's presence at the dock...*"

Lembrando que na natureza não há negativas, e que estas expressam uma tendência subjetiva e abstrata, já que estão presentes apenas na consciência humana, há uma tendência no fragmento estudado em subordinar eventos concretos à reflexão mental. É o caso de "*Yet on his learning that Waymarsh was apparently not to arrive till evening*", que não é uma declaração concreta de um evento físico, já que implica uma expectativa na mente de Strether de seu amigo não vir (além de expressar uma qualidade abstrata , "*not to arrive till evening*", é o seu entendimento ou sua ideia, não algo particular ou físico).

3.2. A PERSPECTIVA IDIOSSINCRÁTICA

Watt sublinha, na questão do ponto de vista, a perspectiva idiossincrática, seja por parte do narrador, seja por parte do personagem, refletida na sintaxe do romance e já exposta no primeiro parágrafo.

O primeiro exemplo de idiossincrasia na instância do narrador, estabelecendo um distanciamento deste em relação ao personagem, estaria em "*... with the most newly disembarked of the two men...*". Como são dois itens envolvidos, o correto seria o uso comparativo: "*more newly disembarked*".

Outro exemplo, este na instância do personagem, diz respeito ao deslocamento da estrutura normal da frase, o que termina por colocar em evidência um determinado termo. É o caso de "*Streter's first question, when he reached the hotel, was...*", frase que inicia o parágrafo, com a inserção procrastinada da oração temporal, forçando uma pausa após a palavra "*question*" e dando a esta uma ressonância bastante significativa.

Outro exemplo de idiossincrasia sintática estaria na oração que conclui o parágrafo, "*Mixed with everything was the apprehension, already, on the Strether's part, that it would, at best, throughout, prove the note of Europe in quite a sufficient degree*", na instância do personagem, em sua profunda hesitação. Em vez de "*The apprehension on the Strether's part that it would prove the note of Europe*", há todo um acréscimo de observações colocadas de forma parentética, que vai culminar em "*throughout*", o que denota o envolvimento do narrador com o personagem e que provoca o deslocamento de "*apprehension*" de sua posição natural no início da frase.

Essas questões sintáticas indicando uma idiossincrasia, seja por parte da consciência do narrador, seja por parte da consciência de Strether, dá ao texto um impressionismo múltiplo de caráter social e individual: "Por trás de cada pequena circunstância individual, ramifica-se uma rede infinita de relações gerais no campo moral, social e histórico... como um esforço sumamente civilizado de relacionar cada evento e cada momento da vida com toda a complexidade das condições socioambientais" (Watt, 2010, p. 580).

Contraposto a esse pensamento de ramificação, de fundo leibniziano, ao qual Watt se associa, Carlo Izzo, em "*Henry James, Scrittore Sintattico*", sublinha a disparidade entre a rica tradição dos meios de expressão e o mundo, numa perspectiva claramente dualista (Izzo,1956).

Ao dividir o referido parágrafo em três grupos de duas orações cada, Watt consegue, analisando a dicção proposta em cada um desses grupos, indicar não só suas características próprias como a sua respectiva progressão, como se o narrador, ao final, inclinasse em favor de uma dessas perspectivas.

Vejamos as duas primeiras orações que constituem o primeiro grupo:

> *Strether's first question, when he reached the hotel, was about his friend; yet on his learning that Waymarsh was apparently not to arrive till evening he was not whooly disconcerted. A telegram from him beaspeaking a room 'only if not noisy', reply paid, was produced for the enquirer of the office, so that the understanding they should meet at Chester rather than Liverpool remained to the extent sound.*

Os sujeitos das duas orações principais são: "*first question*" e "*a telegram from him beaspeaking a room only if not noisy*"; já das respectivas subordinadas são: "*he*" e "*the understanding*". Quanto aos objetos, predicativos, complementos, na primeira oração principal é "*about his friend*" e na segunda oração é "*for the enquirer at the office*"; em relação às orações subordinadas, são "*disconcerted*" e "*remained*".

O que se evidencia, nessa relação de sujeitos e complementos, é que o emprego de uma dicção abstrata em relação a determinados indivíduos tende para a ironia, pois impõe um modo dualístico de observá-los. Não é Strether, mas "*Strether's first question*"; não é "*a telegram*" mas "*a telegram beaspeaking a room only if not noisy*" — há sempre um processo de abstrair a particularidade, com uma aplicabilidade mais geral, e referindo-se, consequentemente, a muitos objetos e eventos.

A abertura que se promove em relação ao sujeito nos obriga então a relativizá-lo, propiciando no mínimo um modo dualístico de vê-lo, o que já denuncia uma diferenciação entre narrador e personagem. Esse distanciamento dá margem a um sentido de vida, não como experiência, a qual marca a relação entre leitor e personagem, mas a vida como espetáculo, mantida por uma relação entre narrador e leitor.

Nesse primeiro grupo, há um razoável distanciamento entre narrador e personagem, como se a distância justificasse um primeiro fingimento: "*he was not whooly disconcerted*"; "*The understanding... remained to the extent sound*". É o que Watt vai chamar de equilíbrio irônico. Tudo permanece inalterado.

À medida que avançamos para o segundo grupo de orações, um novo regime dá lugar:

> *The same secret principle, however, that have promoted Strether not absolutely to desire Waymarsh's presence at the dock, that had led him thus to posthone for a few hours his enjoyment of it, now operated to make him feel he could still wait without disappointment. They would dine together at the worst, and with all respect to deal old Waymarsh — if not even, for that matter, to humself — there was little fear that in the sequel they shouldn't see enough of each other.*

Aqui há a audácia da declaração explícita, o que não sucedia no grupo anterior. O que caracteriza a ironia no grupo anterior é que se dizia o contrário. Aqui não. É como se o narrador alcançasse uma proximidade com o personagem Strether, apresentando, como uma espécie de decoro social e lealdade ao amigo Waymarsh, a declaração explícita velada pela obscuridade da negação formal: "*not absolutey*", "*without disappointment*", "*little fear they shouldn't see enought of each other*". A forma parece dizer o contrário, mas diz exatamente o que está escrito. O fingimento está na forma com que se reveste a frase, parecendo não dizer o que de fato diz. Watt classifica esse segundo grupo como "exagero cômico".

O último grupo, que Watt classifica como jocoso, é perpassado por uma hesitação enganosa:

The principle I have just mentioned as operating had been, with the most newly disembarked of the two men, wholly instinctive — the fruit of a sharp sense that, delightful as it would be to find himself looking, after so much separation, into his comrade's face, his business would be a trifle bungled should he simple arrange for this countenance to present itself to the nearing steamer as the first "note", of Europe. Mixed with everything was the apprehension, already, on Strether's part, that it would, at best, throughout, prove the note of Europe em quitte sufficient degree.

Podemos reparar, primeiramente, que em termos de extensão esse último grupo supera os anteriores. E isso porque nos vemos diante de uma apreensão que finalmente é exposta com toda a transparência. Nem ironia, nem comédia psicológica na relutância por parte de Strether em admitir para si mesmo que está incerto acerca de seu amigo. Já no segundo grupo há um avanço, que se radicaliza no terceiro grupo, na transparência com que essa apreensão é exposta.

Watt vai se referir, ainda a respeito do parágrafo, a um progressivo envolvimento, em uma perplexidade humana geral que só poderá ser resolvida pela aceitação conclusiva por meio do riso, da contradição e do absurdo. Daí porque, segundo Watt, em consonância com Constance Rourke e seu livro *American Humor*, o equilíbrio irônico acaba por se inclinar a favor do envolvimento do narrador ao personagem (ver Strether de forma compassiva, uma forma cômica inteiramente trágica, na melhor tradição de Dostoiévski). Ainda que, neste terceiro grupo, possamos nos deparar com a hipérbole, que é uma figura de linguagem a serviço do fingimento, manifestada nos grupos anteriores de maneiras específicas (ironia no primeiro, decoro no segundo), aqui, ainda que o fingimento esteja presente, leitor e narrador já estão envolvidos na intensa perplexidade do personagem: "*his business would be a triffle bungled*".

A última oração do referido parágrafo, no entanto, informa que a apreensão já está presente, colocando em prova, com total intensidade, do começo ao fim, a nota da Europa. Sublinha-se, portanto, ao final do parágrafo, não um esclarecimento progressivo, um distanciamento crítico por parte de Strether, mas, antes, uma procrastinação, uma morosidade, que vai estar presente também na leitura: "O homem não demonstra amor maior do que quando ouve com paciência o seu semelhante" (Watt, 2010, p.588).

3.3. A DRAMATIZAÇÃO CÊNICA

A forma como Watt aborda o primeiro parágrafo de *Os Embaixadores*, o qual é diferenciado dos primeiros parágrafos de outros romances escritos por outros autores, evidencia um caráter abrangente e complexo, que não deixa de ser característica do romance como gênero (várias camadas de significação e implicação, mantendo-se em contínua operação já no primeiro parágrafo, demonstrado com economia).

No caso do primeiro parágrafo de *Os Embaixadores*, o drama mental da consciência do herói, ao qual se subordinam os eventos e a ambientação, não é contado, mas mostrado, dramatizado cenicamente. Nessa dramatização, vamos encontrar aí os temas maiores: o princípio secreto na mente de Strether e a antítese Waymarsh-Europa. E assim como a elucidação procrastinada do primeiro parágrafo ilumina o encontro com Maria, também esse padrão vai estar presente na estrutura do primeiro capítulo como um todo (uma primeira pergunta que não é acompanhada por uma segunda, certamente sugere que há outras, de maneira desconhecida para nós e para Strether, ainda por vir). O estudo de Watt sugere que no primeiro parágrafo de um romance haveria uma introdução sincrônica de todos os aspectos da narrativa e, no caso específico de *Os Embaixadores*, uma série polifônica de acordes que conteria todos os desenvolvimentos melódicos posteriores: a polifonia, em vez de uma nota muito alta que soa na introdução de *A Casa Sombria*, de Dickens; tons surdos, em vez do excessivo rigor de *Lord Jim*, de Conrad.

A exposição de tempo, espaço, personagem e ação prévia será descrita por meio da imersão do herói. E, em relação às suas perplexidades, o modo de desenvolvimento será cômico.

4. SINTAXE E SEMÂNTICA NA REPRESENTAÇÃO ESPAÇOTEMPORAL

Conforme estabelece Natasha Vicente da Silveira Costa em seu estudo do espaço em James (Costa, 2016), há duas lógicas de representação do espaço.

A primeira lógica estabelece um diálogo entre o espaço e a questão existencial — lugares e coisas se põem a representar personagens: é o espaço balzaquiano propriamente dito, cercado de muitos detalhes, onde ocorre o evento (a ação é sempre externa); o tema internacional, por exemplo, na obra de James, expõe a relação cultural entre os EUA e a Europa (o meio é onde emergem as disposições e as sensibilidades humanas); James, sob essa perspectiva, dialoga com a longa tradição realista.

A outra lógica foge do espaço enquanto instância própria: os lugares e coisas ora podendo ser entendidos como símbolos (união entre uma ideia abstrata e uma imagem concreta representada em termos espaciais); ora podendo ser entendidos como extraídos da disposição interior (Strether/Pousada Chevel Blanc em *Os Embaixadores*), que é a forma como podemos entender a ficção de James, Proust e Beckett — neste último, há a elaboração subjetiva de um mundo em encolhimento, onde um mero adorno pode ser material para resposta mais complexa; ora podendo ser dada aos objetos uma potência metafísica; ora dando voz, movimento e ação a um ser inanimado, próprio da prosopopeia (em *The American Scene*, descreve-se um futuro no qual o desempenho verbal foi desconectado da pessoa e o conhecimento se expandiu além do ser humano). Portanto, nesta segunda lógica, desvinculada da tradição realista, o espaço perde a dimensão de meio, mero local de ocorrência, ainda que possa estar em diálogo com a questão existencial — nesta segunda lógica, o espaço nunca é um mero suporte.

Natasha lista teóricos que identificaram James, nesta segunda lógica, ora ao realismo simbólico (Anderson, 1977), ora ao realismo subjetivo (Parreira, 2012), ora à reificação (Brown, 2003). Para Natasha Costa, no entanto, James é uma figura intermediária, que, além de dialogar com a longa tradição realista, também prepara o terreno para a ficção modernista, por meio de sua representação espaçotemporal e espacial (aqui, neste trabalho, estaremos abordando a representação espaçotemporal).

A forma, como Natasha Costa vai analisar James, será por meio de uma abordagem teórica dupla: por um lado, os princípios narratológicos próprios do estruturalismo — organização estrutural dos espaços e tempos construídos a serviço da representação da consciência e da intimidade, ou seja, a ordem dos segmentos temporais no discurso narrativo, não na história, conforme Gérard Genette (1969); e, por outro lado, uma abordagem conforme os princípios estilísticos, possibilitando distinguir e relacionar o que o narrador fala e como ele escolhe falar sobre isso — é a relação forma e ideia.

Nesse aspecto duplo da abordagem, podemos nos remeter ao estudo de Ian Watt do primeiro parágrafo de *Os Embaixadores*, já analisado aqui: Watt comenta não só o ponto de vista narrativo de Strether e do narrador (individual e social, respectivamente), como também aborda as marcas estilísticas. A concepção do espaço aqui não é a mera espacialidade da linguagem conforme Genette (1995), com a ilusão de percepção simultânea da totalidade da obra (relações estabelecidas entre episódios distantes), mas a representação espaçotemporal pelos viés de sua organização, manifestação e implicações sintáticas e semânticas.

O plano geral e particular, portanto, são integrados a essa dupla metodologia, o que a diferencia da metodologia usada por teóricos como Marcelo Pen (Parreira, 2012). Natasha Costa, em verdade, integra todas as divergentes perspectivas narratológicas por meio das quais o espaço é usado: desde o espaço balzaquiano até o realismo simbólico, o realismo subjetivo e o espaço metafísico. A partir desses diferentes procedimentos espaciais (concepção de personagens com base em espaços e coisas; elaboração subjetiva do entorno; espaço extraído da disposição do personagem; doação de força metafísica a espaços e objetos; uso de figuras de linguagem como a prosopopeia), próprios do plano estrutural ficcional, Natasha Costa tenta compreender os procedimentos linguísticos jamesianos, tais como: o atraso na especificação dos referentes; a dependência de verbos copulativos; o emprego constante de pronomes relativos, próprios de uma multiplicidade de relações; a posição de destaque dos substantivos intangíveis; a preferência por afirmar a existência de abstrações. Das relações (nível macro) aos nomes e imagens (nível micro); dos modos de apresentação, que estão além das questões linguísticas, às estruturas interfrásicas, próprias do nível micro da semântica e da sintaxe.

4.1. A PERSONALIZAÇÃO DOS OBJETOS EM *AS ASAS DA POMBA*

Ao ler os primeiros parágrafos de determinados capítulos dos três livros que são objetos de estudo de Natasha Costa (Os Embaixadores, A Taça de Ouro e As Asas da Pomba), remetendo-nos, portanto, ao estudo aqui contemplado de Ian Watt, estaremos diante de questões centrais das respectivas obras.

No caso de *As Asas da Pomba*, o trecho selecionado (livro 7, capítulo 3, 1° parágrafo) refere-se à imortalidade do espaço, que tece implicitamente a fugacidade da vida de Milly, como se fôssemos levados a enxergar o que não é dito pela sua antítese:

> *Not yet so much as this morning had she felt sink into possession, gratefully glad that the warmth of the Southern summer was till in the high florid rooms, palatial chambers where hard cool pavement took reflexions in their lifelong polish, and where the sun on the stirred sea-water, flickering up through open windows, played over the painted "subjects" in the splendid ceilings — medallions of purple and brown of the brave old melancholy colour, medale as of old reddened gold, embossed e beribboned, all toned with tome and all flourished and scalloped and gilded about, set in their great moulded and figured concavity (a nest of white cherubs, friendly creatures of the air) and appreciated by the aid of that second tier of smaller lights, straight openings to the front, which did everything, even with the Baedekers and photographs of Milly's party dreadfully meeting the eye, to make of the place an apartment of state.*
> (WOD, v.2, p. 132)

> *Ela nunca se sentira tanto quanto nesta manhã mergulhar na posse; agradecidamente satisfeita de que o calor de verão sulista continuasse nos altos quartos floridos, câmaras palaciais onde duros pisos frios captavam reflexos em seu entorno encerado, e onde o sol na agitada água do mar, tremulando pelas janelas abertas, dançava nos "temas" pintados nos tetos esplêndidos — medalhões de púrpura e marrom, de brava velha cor melancólica, medalhas parecendo de ouro velho avermelhado, com estampas e fitas, todas matizadas pelo tempo, só flores, recortes e dourados em volta, dispostas em sua grande e pintada concavidade (um ninho de querubins brancos, simpáticas criaturas do ar) e valorizadas com a ajuda daquela segunda camada de luzes menores, aberturas diretas para a frente, que faziam tudo, mesmo com os Baedekers e fotografias do grupo de Milly completamente à vista, para tornar o lugar um aposento de pompa.*
> (AP, p. 347-348).

O que chama atenção é a personalização dos objetos — o que tem vida são os objetos. O sujeito das orações são: "*the warmth of the Southern summer*"; "*the sun on the stirred sea-water*"; "*that second tier of smaller lights*". A essa personalização dos objetos, Milly permanece "*sink into possession*" e "*gratefully glad*". "*Possession*" que, além do sentido de posse, guarda também uma ideia de obsessão, na qual estaria mergulhada, desaparecida. Daí por que a vida dos objetos ressalta justamente a morte de Milly ou sua invisibilidade.

4.2. A IDENTIDADE ENTRE ESPAÇO E PERSONAGEM EM *OS EMBAIXADORES*

Em *Os Embaixadores*, o primeiro parágrafo do livro dois, colocado em cotejo com outro parágrafo que surgirá momentos depois, vai evidenciar um dos grandes temas do livro: a decisão final de Strether, retornando aos EUA, sustenta o fio condutor que caracteriza seu enredamento por outras cidades que é a desconstrução de dicotomias. Ao eliminar polaridades, tais como Paris vs. Woollet, será capaz de observar pormenores sutis, fora do espaço de sedução. O senso de moralidade, que faz de Paris o centro de um drama ético, marca também sua decisão de não tirar proveito pessoal do drama, o que não deixa de ser uma forma de anular polaridades.

No primeiro parágrafo do livro dois, temos:

> *Strether called, his second morning in Paris, on the bankers of the Rua Scribe to whorn his letter of credit was addressed, and he made this visit attended by Waymarshm in whose company he had crossed from London two days before. They had hastened to the Rue Scribe on the morrow oh their arrival, but Strether had not then found the letters the hope of which prompted this errand. He had had us yet none at all, hadn't expected them in London, but had counted on several in Paris, and, disconcerted now, had presently strolled back to the Boulevard with a sense of injury that he felt himself taking for as good a start as any other.*
>
> (AMB, vol.1, p. 76)

> *Strether fez uma visita, em sua segunda manhã de Paris, aos banqueiros da Rua Scribe, a quem sua carta de crédito fora endereçada, e o fez acom-*

panhado de Waymarsh, com quem chegara de Londres dois dias antes. Os dois dirigiram-se às pressas à Rue Scribe no dia seguinte à chegada, mas Strether, então, não encontrara as cartas em cujo encalço se dispusera a empreender aquela incursão. Até aquele momento não recebera nenhuma; não as esperava encontrar em Londres, mas contara com várias em Paris e, desconcertado, regressara em seguida ao bulevar tomado por um senso de injúria que se pegou reputando como um princípio tão bom quanto outro qualquer.

(BEM, p. 99)

O trecho, que não anuncia o desfecho de sua segunda ida ao banco, apresenta uma expectativa em torno da qual o narrador informa momentos diferentes: sua atual ida ao banco; sua anterior ida, o não encontro das cartas e seu retorno de bolsos vazios; sua chegada à Paris:

1. *Strether called, his second morning in Paris, on the bankers of the Rue Scribe*;
2. *(Waymarsh), in whose company he had crossed from Londres two days before*;
3. *They had hastened to the Rue Scribe on morrow oh their arrival*;
4. ... *Strether had not then found the letters*;
5. ... *disconcerted now, had presently strolled back to the Boulevard.*

A forma como o narrador distribui esses cinco momentos é por meio do *simple past* e do *past perfect*, cabendo ao primeiro a ação mais atual e ao segundo os diversos momentos anteriores. Apenas nas orações secundárias podemos constatar também o *simple past*:

1. ... *the hope of which prompted this errand*;
2. ... *that he felt himself taking for as good a start as any other*

De qualquer maneira, há um predomínio do *past perfect*, assim como um mapeamento do espaço: Paris-Rue Scribe-Rue Scribe-London-London-Paris-Boulevard.

Tendo dessa vez sucesso, isto é, na sua segunda ida a Rue Scribe, a transcrição do espaço, já de posse das cartas, é completamente modificada:

He had for the next hour an accidental air of looking for it in the windows of shops; he came down the Rue de La Paix in the Sun and, passing across the Tuileries and the river, indulged more than once — as if on finding himself determined — in a sudden pause before the book-s-talls of the opposite quay. In the garden oh the Tuileries he had lingered, on two or three spots, to look; it was as if the wonderful Paris spring had stayed him as he roamed.

(AMB, v.1, p. 79)

Na hora que se passou ele exibiu um ar involuntário de andar à procura dessa acomodação nas vitrines das lojas; desceu a ensolarada rue de La Paix, cruzando as Tulherias e o Rio Sena, permitindo-se mais de uma pausa súbita — como se tomado por uma determinação — diante das bancas de livro na margem oposta. Em dois ou três lugares do Jardim das Tulherias demorou os olhos na cena; foi como se a maravilhosa primavera parisiense o houvesse paralisado em meio à deambulação.

(EMB, p. 101-102)

Nesse fragmento, ao contrário do anterior, há uma ocorrência maior do *simple past* em relação ao *past perfect*, sem contar com a presença do gerúndio e até do infinitivo, o que dá ao trecho uma sensação de fruição do presente, permitindo-se ao fortuito e ao acaso, como sugere em "*an accidental air of looking for it in the Windows of shops*". Muito embora o espaço seja nomeado (Rue da La Paix-Tuileries-Rio Sena), há uma espécie de indeterminação sugerida nos trechos:

1. *an accidental air of looking for it in the windows of shops*;
2. *In the gardem of the Tuileries he had lingered, on two or three spots, to look*.

Assim como elementos da natureza tendem a suavizar a intencionalidade que estava presente no fragmento anterior a este (*sun-river-garden-spring*), há personificação do espaço, no caso "*the wonderful Paris spring*", tomando papel de sujeito, assim como observamos no fragmento de *As Asas da Pomba*. A diferença é que lá havia uma antítese entre o espaço e o personagem, enquanto aqui há uma nítida interferência do espaço no personagem, como se ambos fossem um só.

Em relação ao primeiro fragmento de *Os Embaixadores*, não há uma antítese entre espaço e personagem, porém o espaço está claramente localizado, como se independente do personagem. Retomamos então o mesmo percurso de Ian Watt quando este analisa o primeiro parágrafo de *Os Embaixadores* como um processo de envolvimento gradativo entre narrador e personagem. Neste último fragmento, a identidade do embaixador abre-se não só para a intervenção de Paris, como também para a leitura da paisagem pelo reconhecimento de suas próprias emoções.

4.3. AS CONFIGURAÇÕES VERBAIS METAFÓRICAS EM *A TAÇA DE OURO*

Vejamos o mesmo processo em *A Taça de Ouro*, mais especificamente o primeiro parágrafo do volume dois, que tem como título *A Princesa*:

> *This situation had been occupyng, for months and months, the very centre of the garden of her life, but it had reared itself there like some strange tall tower of ivory, or perhaps rather some wonderful, beautiful, but outlandish pagoda, a structure plated with hard bright porcelain, coloured and figured and adorned au the overhanging eaves with silver bells that tinkled ever so charmingly when stirred by chance airs.*
>
> (GB, v. 2, p. 3)

> *A situação viera ocupando, durante meses e meses, o próprio centro do jardim de sua vida, mas havia se afastado como uma estranha e alta torre de marfim, ou talvez algum maravilhoso pagode chinês, lindo, mas estranho, uma estrutura coberta de porcelana dura e brilhante, colorida, cheia de figuras e ordenada, nas bordas que se projetavam, com sinos de prata que tilintavam encantadoramente quando agitados por ares casuais.*
>
> (TO, p. 317)

Sobre essa estranha metáfora, ela prossegue um pouco mais adiante, na mesma página:

> *She had walked round and round it — that was what she felt; she had carried on her existence in the space left her for circulation, a space that sometimes seemed ample and sometimes narrow.*
>
> (GB, v.2, p. 3)

> *Ela a havia rodeado muitas vezes — era como se sentia; levara sua existência no espaço que lhe fora deixado para circulação, um espaço que algumas vezes parecia amplo e algumas vezes estreito.*
>
> (TO, p. 317)

Concluindo o desenvolvimento da metáfora, já na página seguinte:

> *The pagoda in her blooming garden figured the arrangement — how otherwise was it to be named? — by which, so strikingly, she had been able to marry without breaking, as she liked to put it, with her past.*
>
> (GB, v.2, p. 5)

> *O pagode em seu jardim florido representava o arranjo — de que outro modo poderia ser chamado? — pelo qual, de modo tão impressionante, ela pudera se casar sem romper, como gostava de afirmar, com o seu passado.*
>
> (TO, p. 318)

Em relação ao primeiro fragmento, encontramos seis ocorrências de *simple past* ("*plated*", "*coloured*", "*figured*", "*adorned*", "*tinkled*", "*stirred*"), uma de *past perfect* ("*had reared*"), uma de *past present* ("*had been occupying*") e uma de gerúndio ("*overhanging*"). A ocorrência do *simple past* está ligada à descrição do "*outlandish pagoda*", assim como a ocorrência do único gerúndio. Resta, portanto, um *past perfect* e um *past present*, que subentendem dois momentos diferentes do passado.

De fato, como chama atenção Natasha Costa, há uma retrospecção espacial metafórica, centro e margem, que se esquiva de localizar Maggie literalmente — conforme Natasha, o narrador reduz a relevância do espaço do presente em favor dos espaços da consciência (tanto é que só depois de oito páginas é que leremos que ela se encontrava na menor das salas de estar). Resta pensarmos também: se algo se afastara, o que passara a ocupar o centro?

O fato é que esse novo presente adquire uma nova configuração, que o último fragmento tão bem vai exprimir através de dois *simple past* ("*figured*", "*liked*"), dois *past perfect* ("*was it to be named*", "*had been able*"), dois *infinitive* ("*to marry*", "*to put*"), dois gerúndios ("*blooming*" e "*breaking*") — equilíbrio próprio de um arranjo, ao invés do rompimento, com o passado. Já o fragmento anterior a este último exprime o momento que antecede a mudança, com três *past perfect* ("*had walked*", "*had carried*", "*left*") e três *simple past* ("*was*", "*felt*", "*seemed*") — equilíbrio do passado que tende a se desmanchar, pois já faz a personagem sentir o espaço às vezes amplo, às vezes estreito.

Os três fragmentos, portanto, são três configurações verbais diferentes. Mas tanto o primeiro fragmento quanto o segundo apresentam uma instabilidade que só será corrigida no último, quando o equilíbrio do arranjo é finalmente instaurado.

Talvez possamos concluir, ao retomarmos o conjunto da análise das introduções dos três romances aqui estudados, é que o objeto metafísico (*As Asas da Pomba*), o realismo subjetivo (*Os Embaixadores*) e o realismo simbólico (*A Taça de Ouro*) sobressaem na estrutura das respectivas obras, ainda que possamos, em todas elas, verificar as demais manifestações da representação do espaço e do espaço-tempo. E isso porque Henry James funciona, na história literária, como um elemento que dialoga com a longa tradição realista e como aquele que prepara o terreno para novos artifícios narrativos que serão melhor explorados por meio de escritores que vieram após James.

4.4. ESPAÇO DO PRESENTE, DO PASSADO E DO FUTURO

A primeira categoria que vamos analisar, no que se refere à manifestação espaçotemporal, diz respeito às camadas do presente, passado e futuro.

Em relação ao discurso indireto do narrador, o primeiro nível da narrativa é o espaço do presente, próprio da história, e que será marcado por advérbios de tempo como "agora", "ainda" e o verbo no *simple past* — ainda que se esteja falando de um espaço do presente, o verbo pode ter a marca linguística do passado.

No tocante aos advérbios de tempo, vejamos em *As Asas da Pomba*:

> *It was not Milly's unpacified state in short, that **now** troubled her*
>
> (WOD, vol. 1, pág. 115)

> *Não era a agitação de Milly que a perturbava agora*
>
> (AP, p. 108)

> *He was sorry it was **now** Tuesday*
>
> (WOD, vol.2, p. 282)

> *Sentia que ainda era terça-feira*
>
> (AP, p. 461)

Em *Os Embaixadores*:

> *He now conspicuously ignored his movements*
>
> (AMB, vol.2, p. 59)

> *Ele passou a ignorar os movimentos de seu amigo*
>
> (BEM, p. 332)

Como podemos ver, todos os verbos mantêm a marca linguística do pretérito, no caso, o pretérito imperfeito. Mas se aqui se trata da ordem dos eventos na história, pode haver uma interrupção dessa ordem por meio dos deslocamentos temporais narrativos, seja por meio da retrospecção, na figura da analepse, ou por meio da antecipação, na figura da prolepse — ao seguirmos essa nova ordem dos eventos, não estaremos mais no campo da história, e sim do discurso. Toda evocação de um acontecimento anterior ao ponto da história em que se está será um típico caso de analepse, cujo tempo verbal será normalmente o *past perfect*:

It was after they ***had gone*** *that truly felt the difference*

(WOD, vol.2, pág. 235)

Só depois de irem embora foi que ele sentiu de fato a diferença

(AP, p. 425)

No caso da prolepse, toda manobra narrativa consiste em contar ou evocar de antemão um acontecimento ulterior — os verbos modais serão o *would* ou o *perfect infinitive*:

She ***would*** *go to balls again — that seemed, freely, even crudely, stated, the remedy*

(WOD, vol. 2, p. 8)

Iria a bailes de novo — esse parecia o remédio declarado livremente, até mesmo cruamente

(AP, p. 321)

The occurrence of anything in particular ***was to make*** *the sea submerge the island, the margin flood the text*

(WOD, vol. 1, p. 199)

A ocorrência de qualquer coisa em particular seria fazer o mar submergir à ilha, a margem inundar o texto

(AP, p. 170)

No tocante ao discurso direto dos personagens, o espaço do presente será constituído pelos verbos no *simple present* ou *present perfect*. No primeiro caso, temos:

People ***are*** *always traceable, in England, when tracings are required*

(WOD, vol. 2, pág. 154)

As pessoas são sempre rastreáveis, na Inglaterra, quando isso é necessário

(TO, p. 416)

No segundo caso:

She ***has turned*** *her face to the wall*

(WOD, vol. 2, p. 270)

Ela virou a cara pra parede

(AP, p. 451)

Natasha Costa observa que essa relação entre o espaço no presente e o *simple present*, no caso do discurso direto, terá apenas sete ocorrências em *As Asas da Pomba*, contrastando com um total de mais de oitocentas referências espaciais no referido romance. O que é explicado por três motivos: 1) a ênfase pretendida na captação, pela voz do narrador, das ressignificações psicológicas e íntimas do mundo material pelos personagens; 2) preferência do narrador por sua própria sintaxe convoluta e semântica ambígua; 3) amortização do ato mecânico de verbalização dos personagens.

Em relação ao espaço do passado no discurso direto dos personagens, o *simple past* será o tempo verbal utilizado:

The moment I ***met*** *you at Chester*

(AMB, vol. 2, p. 50)

A partir do momento em que eu te conheci em Chester

(EMB, p. 324)

Em relação ao espaço do futuro no discurso direto dos personagens, os verbos poderão estar na forma *will* ou no *perfec infinitive*:

> ***I'm to knock*** *about.* ***I'm to go*** *to places*
>
> (WOD, vol. 1, p. 260)

> *Eu devo correr o mundo. Ir a lugares*
>
> (AP, p. 215)

Natasha Costa vai se remeter ao estudo do tempo subjuntivo em James por Wai Chee Dimock (Dimock, 2009), sublinhando a fluidez do tempo no autor (o efeito de suas elaborações verbais se encontraria fora do mundo indicativo). Segundo Dimock, que estudou o pretérito mais que perfeito e o modo subjuntivo nos ensaios e cartas de James, tais formas transformariam o mundo conhecido em uma sombra oscilante que desvanece em meio ao que poderia ter sido e ao que ainda pode ser. Dimock afirma ainda que a pontuação, a sintaxe e a narrativa são matrizes compostas para James, matrizes fantasmagóricas. Juntas, elas geram um empurra e puxa da corda do tempo, agregando eventos que não são reais, mas que também não são dispensáveis. Talvez possamos pensar aqui a ideia do "possível". Natasha Costa, anteriormente, já assinalava que, em *As Asas da Pomba*, o *simple present* e o espaço tinham uma ocorrência mínima, comparada às outras referências espaciais.

A essa flexibilidade da corda do tempo, como observada por Dimock por meio da estilística, temos em contraponto o estudo de Adeline Titner (Titner, 2000) sobre os impactos dos novos edifícios na escrita de James, mais especificamente em *The American Scene*. Ainda que Titner também aborde o tempo da literatura de James, mais especificamente no conto *The Great Condition*, afirmando-o como precursor do questionamento bergsoniano, o tempo experimentado contraposto ao tempo científico, todavia, Titner estuda em separado o espaço e o tempo.

Diferenciando-se de Dimock, que estudou a combinação do espaço e do tempo apenas pelos viés estilístico, e de Titner, que estudou essa combinação pelo viés estrutural, ainda que não relacionados, Natasha Costa sublinha os efeitos da combinação espaço e tempo pelo viés narratológico e estilístico, diferenciando-se também do conceito bakhtiniano de "cronotopo" (Bakhtin, 1988), que tem como princípio condutor das relações temporais e espaciais, em literatura, o tempo. Vale também lembrar sua diferença em relação ao conceito "topocrono", de Susan Friedman (Friedman, 2005), porque neste o espaço está em primeiro plano, em contraposição ao privilégio do tempo na narrativa.

Entre esses dois extremos, cronotopo e topocrono, Natasha Costa — alinhando-se a Bill Brown (Brown, 2003), Charles Anderson (Anderson, 1977) e Seymour Chatman (Chatman, 1972) — vai defender a modalização sobre o espaço e o tempo, variável, conforme o autor. No caso de James, o espaço teria uma carga figurativa mais notável, seja pela sobreposição imagética a outros espaços, seja pelas figuras de linguagem recorrentes, seja pela relação intrínseca e expressiva com personagens.

4.5. ESPAÇO PRIMÁRIO E SECUNDÁRIO EM *AS ASAS DA POMBA*

Como forma complementar às disposições de espaço (espaço do presente, espaço do passado e espaço do futuro), a ficção jamesiana lança mão também do **espaço primário e secundário**: o primeiro se referindo ao local do personagem (espaço continente e contíguo) e o segundo, um espaço mais distante, ainda que sem constituir uma figura de linguagem ou uma anacronia — são informações transmitidas de forma breve pelo narrador (informações laterais), por meio das quais, no caso de Nova York e Boston, em *As Asas da Pomba*, somos embrenhados de pronto na perda de Milly. Por exemplo:

> *the particular peace that New York couldn't give*
>
> (WOD, vol. 1, p. 105)

daquela paz particular que Nova York não podia proporcionar

(AP, p. 100)

Boston could help you to that as nothing else could, and it had extended to Milly, by every presumption, some much measure of assistance

(WOD, vol. 1, pág. 105)

Nisso, Boston poderia ajudá-la, como nada mais podia, e oferecera a Milly, segundo todas as suposições, um certo grau de assistência

(AP, p. 101)

4.6. DUAS ORGANIZAÇÕES DE ESPAÇO-TEMPO EM *AS ASAS DA POMBA*

Vamos ver agora duas organizações de espaço-tempo diferentes e, respectivamente, seus efeitos de sentido. Ambos ainda em *As Asas da Pomba.*

No primeiro caso, no capítulo 3, livro 4, selecionamos um determinado parágrafo. Ali é narrado como Susan Stringham revela a Milly que as amigas Kate Croy e Maud Lowder já conhecem o sr. Merton Densher, por quem a jovem é apaixonada:

All the same, it should with much less delay than this have been mentioned, she hadn't yet — hadn't, that is, at the end of six days — produced any news for her comrade to compare with an announcement made her by the latter as a result of a drive with Mrs Lowder, for a change, in the remarkable Battersea Park. The elder friends had sociably revolved there while the younger ones followed bolder fancies in the admirable equipage appointed to Milly at the hotel — a heavier, more emblazoned, more amusing chariot than she had ever, with "stables" notoriously, known at home, whereby, in the course of the circuit, more than once repeated, it had "come out", as Mrs Stringham said, that the couple at Lancaster Gate were, of all the people, acquainted with Mildred's other English friend, the gentleman, the one connected with the English newspaper (Susie hung fire a little over his name), who had been her in N.Y so shortly previous to present adventures. He had been named os course im Battersea Park — else he couldn't have been identified; and Susie had natturaly, before she could produce her own share in the matter as a kind of confession, to make it plain that her allusion was to Mrs Merton Densher.

(WOD, vol. 1, p. 183-184)

De qualquer modo, devia ter-se mencionado com muito menos atraso do que se faz agora, ainda não apresentara — quer dizer, não apresentara ao cabo de seis dias — qualquer notícia que a companheira pudesse comparar com um anúncio a ela feita pela última, como resultado de um passeio de carruagem com a Sra Louder, pra variar, na admirável Battersea Park. As amigas mais velhas haviam rodado por lá, enquanto as mais novas seguiam fantasias mais ousadas na bela equipagem concedida a Milly no hotel — uma carruagem mais pesada, com mais brasões, mais divertida do que as que ela já conhecera, dos estábulos notoriamente mal administrados em sua terra; com o que, durante o circuito, mais de uma vez repetido, havia surgido, como disse a Sra Stringham, que a dupla de Lancaster Gate conhecia, vejam só, outros amigos de Mildred, o cavalheiro, aquele ligado ao jornal inglês (Susie hesitou algum tempo quanto ao nome), que estivera com ela em NY tão pouco antes da atual aventura. O nome dele fora, claro, mencionado em Battersea Park — senão não seria identificado; e Susie tivera, por certo, antes de apresentar sua própria parte no assunto como uma espécie de confissão, de deixar claro que aludia ao Sr. Merton Densher.

(AP, p. 158)

Enquanto que a perspectiva é a de Milly nesse discurso indireto livre ("*... more emblazoned... than she had ever, with the stables notoriously, known home*"), vamos constatar também as falas de Susan e a do próprio narrador. Na ação da narrativa primeira, há um presente recente (Battersea), mas a este vão ser acrescidos, em momentos diferentes, duas analepses externas:

- De sua terra natural, cujo objetivo é comparar pela justaposição a experiência presente com a de sua terra:

> *... admirable equipage appointed to Milly at the hotel — a heavier, more emblazoned, more amusing chariot than she had ever, with stable notoriously, known at home.*

- De Nova York, remetendo ao encontro de Milly e Densher:

> *... the gentleman..., who had been her in N.Y so shortly previous to present adventures.*

Cabe também mencionarmos a manifestação espacial em lugar do nome próprio, sugerindo o intercâmbio entre espaço e personagem:

- *the couple at Lancaster Gate* (Kate e Maud);
- *the one connected with the English newspaper* (Densher).

A sequência espacial apresentada pelo discurso é: Battersea Park-hotel--carruagem-casa (terra natal)-Lancaster Gate-inglês-NY-Battersea.

No nível da história, a sequência numérica para os deslocamentos temporais é:

(0) Ponto de referência

(1) Battersea Park

(2) Hotel

(4) Casa

(3) NY

(1) Battersea

A princípio, nessa estrutura espaçotemporal, chama atenção a defasagem entre **discurso** e **história**, ou entre espaço e tempo, com maior variação para a sequência espacial em razão do discurso. Essa textura mais tortuosa do discurso se deve aos efeitos de suavização, procrastinação (protelar o nome de Merton Densher, mencionado apenas no final do parágrafo). Nesse processo, há a intromissão das carruagens, que propicia falar da casa de Milly numa economia narrativa, ao mesmo tempo que, dentro do parágrafo, prepara-se o terreno ou o espírito de Milly para receber a informação.

A defasagem entre discurso e história vem justamente daí: procrastinação e objetividade; sensibilidade e necessidade informativa. A própria defasagem é fruto de uma contenção narrativa, sem que haja prejuízo da forma paulatina e oblíqua com que Susan se refere aos personagens, suavizando a introdução dos nomes próprios e enriquecendo a comunicação de suas identidades.

Nesse discurso indireto livre, o narrador, assim como Susan, transparecem em alguns momentos fora do centro de consciência, o que acaba dando ao parágrafo um impressionismo múltiplo: se há procrastinação por Susan, suavizando a informação, por outro lado há uma crítica do narrador pela demora da informação, o que nos leva a visualizar todo o parágrafo como uma ilustração dessa demora e uma ironia narratorial:

> *it should with much less delay than this have been mentioned, she hadn't yet — hadn't, that is, at the end of six days-...*

Vejamos um outro arranjo espaçotemporal, no 1° capítulo do livro 10, ainda em *As Asas da Pomba*. Vamos detectar 11 referências espaçotemporais que se articulam de uma forma peculiar, alternando constantemente o discurso entre os espaços primários do presente e do passado: Lancaster Gate-nevoeiro de Londres-Veneza-Londres-quarto-Veneza-Lancaster Gate-Veneza-Veneza-salão (sofá)-Veneza.

A voz do narrador e a perspectiva de Densher (discurso indireto livre) ocupam 7 dessas referências; as outras duas surgem no discurso direto de Densher. As 2 alusões ocorrem na perspectiva de Kate e na voz do narrador; e a última referência refere-se à visão mais ampla do narrador em relação aos personagens da sala.

1. PRESENTE: LANCASTER GATE

A primeira referência espaçotemporal está no início do capítulo, que começa com a pergunta de Kate, indignada com Densher, que havia chegado de Londres há duas semanas e não havia ainda contactado:

> *Kate put that to him distinctly, in the December dusk of Lancaster Gate and on the matter of the time he had been back; but he saw with it straightway that she was as admirably true as ever to her instinct.*
>
> (WOD, vol. 2, p. 313)

> *Kate fez-lhe a pergunta diretamente no crepúsculo de dezembro em Lancaster Gate, referindo-se ao tempo passado desde a sua volta; mas ele se viu logo com isso que ela continuava tão admiravelmente fiel como sempre ao seu instinto.*
>
> (AP, p. 483)

Pergunta e resposta, dentro do espaço do presente, são ambas produtos da rapidez das manifestações espaçotemporais: Londres (presente)/ Veneza (passado). Ambas estão implícitas, tanto na pergunta quanto na resposta.

2. PRESENTE: O NEVOEIRO DE LONDRES

> *That fact bloomed for him, in the firelight and lamplight that glowed their welcome throught the London fog*
>
> (WOD, vol. 2, p. 313)

> *O fato abriu-se para ele, à luz da lareira e da lâmpada que fulgiam suas boas-vindas em meio ao nevoeiro de Londres*
>
> (AP, p. 483)

Nesta segunda referência, Londres, temos uma metáfora ao espaço do presente: "*glowed their welcome*", em meio ao nevoeiro de Londres. Esse espaço do presente, agora dividido, luz e sombra, ratifica uma duplicidade, que constatávamos na primeira referência.

3. PRESENTE: LONDRES

Após uma analepse, mostrando que de fato Densher escreveu de Veneza para Maud (não para Kate), temos a terceira referência espaçotemporal:

> *Venice was three weeks behind him — he had come up slowly; but it was still as if even in London he must conform to her low*
>
> (WOD, vol. 2, p. 313)

> *Veneza ficara três semanas para trás — ele emergira devagar; mas era ainda como se mesmo em Londres ele tivesse de obedecer à lei.*
>
> (AP, p. 484)

Assim como há uma discrepância entre o aspecto sintático e semântico de Veneza (é sujeito da oração, mas tendo ficado no passado), Londres será reintroduzida por uma conjunção adversativa, "as if even", o que dá a ambos os espaços uma divisão.

4. PASSADO: VENEZA

Uma retrospectiva surge na alusão espaçotemporal, comunicando equiparação de habilidades e redução por parte de Densher da sua dependência aos ditames de Kate (contradizendo a referência anterior):

> *He might have struck her as expert for contingences in the very degree of her having in Venice struck him as expert*
>
> (WOD, vol. 2, p. 315)

> *Ele podia ter-lhe parecido um especialista em contingências no mesmo grau que em Veneza ela lhe parecera uma especialista*
>
> (AP, p. 485)

Novamente nos encontramos diante de um par equivalente: "presente--Londres" representado pelo tempo verbal "*have struck*"; "passado-Veneza" pela forma verbal "*having struck*".

5. PRESENTE: QUARTO

Conduzido à Lancaster Gate, a pedido de Kate, retornamos então ao espaço do presente:

> *[Kate] was alone in the room and hadn't delayed to tell him that aunt Maud, as she had happily gathered, was to be, for interval — not long but precious — engaged with na old servant*
>
> (WOD, v. 2, p. 316)

> *[Kate] estava sozinha na sala e não demorara a dizer-lhe que a tia Maud, pelo que por sorte depreendera, estaria, nesse intervalo — não longo mas preciso — ocupado com um velho criado*
>
> (AP, p. 485)

Agora, sob a perspectiva de Kate e na voz do narrador, estamos diante do espaço primário do presente ("*was alone in the room*") e do espaço secundário ("*as she had happily gathered, was to be... engaged with an old servant*").

Até aqui, o espaço do presente se associa ao do passado, ainda que seja Lancaster Gate.

6. VENEZA: PASSADO

Por meio do discurso indireto livre, na perspectiva de Densher, é comunicado que ele não revelaria a Kate tudo o que se passara entre ele e Milly, porque:

> *It woul have the sound — wouldn't it be open to him fairly to bring that out himself? — of a repudiation, for pity and almost for shame, of everything that in Venice had passed between them*
>
> (WOD, vol. 2, p. 318)

Soaria — não estava a seu critério provocar isso? — como um repúdio, por piedade e quase vergonha, a tudo que em Veneza se passara entre eles

(AP, p. 487)

Por meio da ambiguidade de "*them*", que tanto pode ser o relacionamento com Kate ou com Milly, nos vemos diante de um espaço analéptico de Veneza segmentado em dois, sem que saibamos qual deles é referido.

7. LANCASTER GATE: PRESENTE

Em seu diálogo, Kate confirma a Densher que Milly está morrendo. Pelo discurso indireto livre, lemos que:

It was strange to him, in the matter of Milly, that Lancaster Gate could noke him any surer; yet what in the world, in the matter of Milly, wasn't strange?

(WOD, vol. 2, p. 319)

Era estranho para ele, no caso de Milly, que Lancaster Gate pudesse fazer ele ter alguma certeza; contudo, que diabo, no caso de Milly, não era estranho?

(AP, p. 487-488)

Por meio de uma metonímia espacial, engendrando a reificação da personagem (Kate-Lancaster Gate), revela-se disfarçadamente o teor crítico de Densher, que é aqui o centro da consciência do discurso indireto livre, a respeito de Kate. Por outro lado, sugere também a diferença intransponível de espaços entre Kate e Milly (Lancaster Gate-Veneza).

8. VENEZA: PASSADO

A conversa entre Kate e Densher e a recusa deste em negar para Milly sobre o seu noivado com Kate:

Densher stared — he was stupefied; the possible thus glanced at by Kate being exactly tha alternative he had to face in Venice and to put utterly away from him

(WOD, vol. 2, p. 322-323)

Densher sobressaltou-se — estava estupefato; o possível assim vislumbrado por Kate fora exatamente a alternativa que teve de enfrentar em Veneza e afastar absolutamente de si.

(AP, p. 491)

Essa diferença entre o possível, vislumbrado por Kate, e o real expressa bem a diferença de posições entre Kate e Densher, ou entre o presente e o passado.

9. VENEZA: PASSADO

Densher faz alusão a seu último encontro com Milly:

She sent for me, I went to her, and that night I left Venice

(WOD, vol. 2, p. 325)

Ela mandou-me chamar, eu fui vê-la e naquela noite deixei Veneza.

(AP, p. 493)

Em discurso direto de Densher, ele comunica a Kate seu último encontro com Milly num espaço do passado.

10. SALÃO-SOFÁ: PASSADO

Complementando:

She received me just as usual: in that glorious great salone, in the dress she always wears, from her inveterate corner of her sofa. And his face for the moment conveyed the scene just as hers equally embraced it

(WOD, vol. 2, p. 328).

Recebeu-me como de hábito: naquele glorioso salone grande, com o vestido que sempre usa, no seu imutável canto de sofá. E seu rosto, no momento transmitiu a cena, assim como o dela igualmente a recebeu

(AP, p. 496)

O que chama atenção aqui, em discurso direto de Densher e discurso indireto do narrador, é a personificação no rosto de Densher do quarto, do vestido e do sofá de Milly — como se esta e o seu espaço em torno fossem uma coisa só, e como se pudesse isso ser transmutado para o espaço do presente, no rosto de Densher, o que sugere, por parte deste, uma profunda interiorização da experiência de Veneza (passado justaposto ao presente). Essa justaposição, finalmente, elimina a diferença que transparecia entre o espaço do presente e o espaço do passado.

11. VENEZA: PASSADO

She was once more close to him, close as she had been the day she came to him in Venice, the quickly memory of which intensified and enriched the fact

(WOD, vol. 2, p. 333)

Ela estava mais uma vez junto dele, junto como estivera no dia em que foi até ele, em Veneza, uma lembrança que, retornando rápido, intensificou e enriqueceu o fato.

(AP, p. 500)

Neste último fragmento, assim como na parte final do anterior, é explicitada a perspectiva do narrador como, se de posse de uma grande-angular, vislumbrasse a uma certa distância não apenas Milly justaposta no rosto de Densher e Kate usufruindo essa visão, mas também o encontro íntimo entre Kate e Densher em Lancaster Gate, repetindo o de Veneza. Tanto no fragmento anterior como neste a relação entre o espaço passado e o espaço presente é de justaposição, o que nos leva a pensar que o desenvolvimento do capítulo parte de uma diferença até chegar à justaposição entre o espaço do presente e do passado.

No entanto, essa fusão que o narrador nos faz ver, entre o espaço do presente e o espaço do passado, se dará de maneira diferente entre Kate e Densher: no caso de Densher, vemos Milly justaposta a seu rosto; no caso de Kate, a memória do primeiro encontro renova o segundo. Do segundo encontro, como observa Natasha Costa, é possível inferir que não será suficiente para Densher apagar sua experiência com Milly. Essa ambiguidade na própria linguagem, como testemunha o "*them*" em "*everything that in Venice had passed between them*", contamina o discurso e impede a restauração de uma unidade, agora impossível.

4.7. ESPAÇO DO FUTURO EM *OS EMBAIXADORES*

Quanto aos espaços prolépticos, espaços de projeção de um futuro, Natasha Costa recolhe o seguinte fragmento do 1º capítulo, livro 8, de *As Asas da Pomba*, descrevendo o trajeto de Densher rumo ao Palazzo Leporelli:

> *He was to dine at the palace in an hour or two, and he had lunched there, at an early luncheon, that morning.*
>
> (WOD, vol. 2, p. 172)

> *Tinha de jantar no palácio dentro de uma ou duas horas, e almoçara lá, cedo, naquela manhã.*
>
> (AP, p. 378)

Como Natasha Costa observa, as perspectivas proléptica e analéptica do palácio emergem na mesma frase, numa estrutura sintática que gera a impressão de que o palácio ocupa totalmente a consciência de Densher:

o seu passado, o seu presente e o seu futuro. A própria distância social entre Densher e o palácio faz com que o referido palácio emerja como um espaço secundário, funcionando como a projeção espacial de seu plano.

Em *Os Embaixadores*, no livro 11, capítulo 4, em meio à representação do espaço primário do presente, com a pousada Chevel Blanc e os personagens, o narrador encaixa um vislumbre futuro da chegada de Strether em outro espaço primário: seu hotel.

O parágrafo começa com:

> *Strether was to remember afterwards*
>
> (AMB, vol. 2, p. 260)

> *Strether viria a se recordar além do mais...*
>
> (EMB, p. 506)

E termina com:

> *when he reached home that night, however, he knew he had been, at bottom, neither prepared nor proof*
>
> (AMB, vol. 2, p. 261-262)

> *Quando chegou ao hotel naquela noite, contudo, viu que, no fundo, não estava preparado nem eximido*
>
> (EMB, p. 507).

4.8. O ESPAÇO DO PRESENTE EM *OS EMBAIXADORES*

Sobre a importância do espaço do presente primário, Natasha recorre a um fragmento de *Os Embaixadores*:

> *He filled out spaces dim symbols of scenes; he caught the gleam of White statues at the base of which, with his letters out, he could tilt back a straw — bottomed chair. But his drift was, for reasons, to the other side, and it floated him unspent up the Rue de Seine and as far as the Luxembourg.*
>
> *In the Luxembourg Gardens he pulled up; here at last he found his nook, and here, on a penny chair from which terraces, alleys, vistas, fountains, little trees in green tubs, little women in white caps and shrill little girls at play all sunnily "composed" together, he passed an hour um wich the cup of his impressions seemed truly to overflow.*
>
> (AMB, vol.1, p. 79-80)

> *Ele preenchia os espaços com fugazes vestígios de cenas; capturava o brilho de alvas estátuas ao pé das quais, recostado em uma cadeira de palhinha, poderia sacar suas cartas. Mas uma preambulação levou-o, por alguma razão, para o outro lado, conduziu-o incólume pela Rue de Seine até o Jardim de Luxemburgo.*
>
> *No Jardim de Luxemburgo, ele parou; foi ali que, enfim, encontrou seu recanto e, ali, em uma cadeira de jardim, à vista da qual, os terraplenos, as alamedas, os panoramas, as fontes, os arbustos em vasos esverdeados, as mocinhas de gorro branco e as estridentes menininhas entregues a folguedos pareciam compor um mesmo quadro luxuoso, ele passou uma hora, durante a qual, a taça de suas impressões pareceu verdadeiramente transbordar.*
>
> (EMB, p. 102)

Outro fragmento:

Buried for long years in dark corners at any rate these few germs had sproited again under forty-right hours of Paris.

(AMB, vol. 1, p. 86)

Encerrados durante longos anos em recessos sombrios, esses poucos brotos voltaram a germinar após quarenta e oito horas em Paris.

(EMB, p. 107)

O espaço, nessa linguagem artística, assume um status de porosidade material, passível de modelagem. A fluidez semântica está em termos como "*dim*" (fulgazes), "*the gleen*" (o brilho), "*could*" (podia), "*his drift*" (sua perambulação), "*floated*" (flutuou), "*sunnily*" (luminosamente), "*to overflow*" (transbordar). Fluidez que, inclusive, produz um certo grau de incerteza — "*for reasons*" (por alguma razão). Esse estado insólito, que terá um efeito de abolição de certezas, será também expresso na sua forma sintática. Basta vermos a forma alongada, parentética, que se intromete entre "*on a penny chair*" (em uma cadeira de jardim) e "*he passed an hour*" (ele passou uma hora). Posterga-se a conclusão da frase por meio de uma sucessão de substantivos ou de microdimensões espaciais que, acumulados no espaço interno do embaixador, entorna ao final como um vômito.

No fragmento seguinte, uma outra imagem semântica, complementar ao vômito, dá conta de um processo germinativo, nos sugerindo a importância desse espaço primário para a própria alteração do processo de cognição de Strether.

4.9. A MOBILIDADE DA REFERÊNCIA ESPAÇOTEMPORAL EM *A TAÇA DE OURO*

Em *A Taça de Ouro*, Natasha Costa recolhe um fragmento do livro 1, capítulo 6, que vai trabalhar com as três dimensões do espaço, abordando a visita de Charlotte e Amerigo a um antiquário:

The man in the little shop in which, well after this, they lingered longest, the small but interesting dealer in the Bloomsbury street who was remarkable for an insistence not importunate, inasmuch as it was mainly mute, but singularly, intensely coercive — this personage fixed on his visitors an extraordinary pair of eyes and looked from one to the other while they considered the object with whicj he appeared mainly to hope to tempt them. They had come to him last, for their time was nearly up; an hour of it at least, from the moment of their getting into a hansom at the Marble Arch, having yielded no better result than the amusement invoked from the first.

(TGB, vol. 1, p. 104)

O homem na lojinha, onde bem depois disso eles se demoraram por mais tempo, o vendedor baixinho mas interessante, na rua Bloomsbury, que era notável por uma insistência não importuna, ainda que principalmente muda, mas singular e intensamente coercitiva — essa personagem fixou nos visitantes um extraordinário par de olhos e espiou de um para o outro enquanto eles avaliaram o objeto com que ele parecia principalmente desejar tentá-los. Eles haviam chegado ali por último, uma vez que seu tempo estava praticamente acabando; pelo menos uma hora já havia se passado desde o momento em que pegaram um cabriolé em Marble Arch, não tendo conseguido melhor resultado do que a diversão invocada pelo primeiro.

(TO, p. 88)

Natasha Costa chama a atenção para o momento em que o narrador se desvincula da perspectiva dos amantes, após o travessão ("*this personage fixed on his visitors an extraordinary pair of eyes!*"), e para a anacronia das principais referências espaçotemporais — "*the little shop*" é acompanhado de "*lingered*" e "*Marble Arch*" por "*had come*". Privilegia-se o espaço do presente (a loja) por sua antecedência, ao nível do discurso, o que, em outras palavras, significa que a ordenação, linearmente cronológica, própria da história, cai para segundo plano.

Entrando na estilística, poderíamos agora pensar sobre os motivos dessa escolha narratológica. É aí que nos damos conta da importância do espaço da loja e do vendedor, uma vez que Maggie, quatro anos depois, comprará a taça de ouro, que os amantes desistiram de comprar, e saberá do adultério. O correlativo espacial para tal procedimento narratológico será o "esboço", conforme denominado por Genette — germe insignificante e imperceptível, cujo valor só será reconhecido mais tarde e de forma retrospectiva.

A sequência desse último fragmento diz respeito às reações futuras de Charlotte:

> *Charlotte, after the incident, was to be full of impressions*
>
> (TGB, vol. 1, p. 105)

> *Após o incidente, Charlotte estaria cheia de impressões*
>
> (TO, p. 89)

> *The Prince was to reply to this that he himself hadn't looked at him*
>
> (TGB, vol. 1, p. 105)

> *A isto o príncipe responderia que não o havia olhado*
>
> (TO, p. 89)

A perspectiva vindoura de Charlotte continua a ser sustentada e, por meio de uma prolepse analéptica, a loja é reintroduzida assim:

> *Thefore she had on this occasion found their antiquario interesting; partly because he cared so for to his things, and party because he cared — well, so for them*
>
> (TGB, vol. 1, p. 106)

> *Portanto, nessa ocasião, ela achara aquele antiquário interessante, em parte porque (o vendedor) se importava tanto com as suas coisas, em parte*

porque se importava — bem, com eles

(TO, p. 89)

O *past perfect*, aqui, é usado porque visto do futuro e, dessa perspectiva, constitui um passado.

Sobre a ambiguidade em que vamos estar sempre envolvidos quando se trata de James, o termo "*them*" pode referir-se tanto às coisas da loja quanto aos amantes — embaralhamento semântico no qual os personagens são transformados em coisas, em objetos do antiquário supervisionados pelo vendedor.

Ainda no contexto desse fragmento, Natasha Costa chama a atenção para o fato de que o *past perfect*, o *perfect infinitive* e o *simple past* são utilizados alternadamente, tanto na focalização futura de Charlotte quanto nos diálogos com Amerigo no presente:

PERFECT INFINITIVE

she was to say...

(TGB, vol. 1, p.106)

ela lembraria

(TO, p. 89)

PERFECT INFINITIVE

She was to ask it with an insistence...

(TGB, vol. 1, p. 106)

ela perguntaria isso com insistência...

(TO, p. 89)

PAST PERFECT

objects that, successively produced, had ended...

(TGB, vol. 1, p. 106)

objetos que, apresentados sucessivamente, terminaram…

(TO, p. 89)

SIMPLE PAST

They looked, the visitors, they touched...

(TGB, vol. 1, p. 107)

Os visitants olhavam, tocavam…

(TO, p. 90)

SIMPLE PAST

He vaguely protested

(TGB, vol. 1, p. 109)

ele protestou vagamente

(TO, p. 92)

PAST PERFECT

The shopman, who hadn't stirred

(TGB, vol. 1, p. 111)

O vendedor, que não havia se mexido

(TO, p. 94)

Essa sobreposição de tempos diferentes convergindo no mesmo espaço é mantida até o momento em que os amantes descobrem que o vendedor fala italiano. É a perda do controle, por parte de Charlotte, de uma elaboração mental fluida — com o retorno do *simple past* e o excesso de vírgulas no nível sintático. Eis a transição:

> *[Charlotte e Amerigo] had both exclaimed on the apprehension, by the wretch, of their intimate conversation, let alone of her possible, her impossible, title, and remarked for mutual reassurance, that it didn't, all the same, matter.*
>
> (TGB, vol. 1, p. 111)

> *[Charlotte e Amerigo] haviam exclamado diante do entendimento, por parte daquele miserável, da conversa íntima entre os dois e ainda mais do título impossível dela, e observado, para tranquilidade mútua, que mesmo assim não importava.*
>
> (TO, p. 94)

A referida disposição espaçotemporal, que nos apresenta esse fragmento de *A Taça de Ouro*, além de chamar a atenção para a impressão duradoura que o incidente causa em Charlotte (as prolepses que o digam) e para a representação personalizada com que a personagem nutriu o momento amorosamente para si, como destaca Natasha Costa, indica-nos também, principalmente, que James sujeita a ilusão da materialidade às elaborações mentais e ao seu método de focalização, provocando a subordinação flexível do tempo e do espaço à percepção de Charlotte. "*Shop of the mind*", como se refere o autor em seu prefácio, fica explícito quando observamos essas implicações espaçotemporais.

A mobilidade da referência espaçotemporal, peça-chave na consciência de Maggie para desconfiar da fidelidade do esposo, pode ser verificada numa outra passagem, onde nos deparamos com uma outra prolepse analéptica:

> *She was to remember afterward something that had passed between them on this — how he had looked, for her, during an instant, at the door.*
>
> (TGB, vol. 2, p. 19).

> *Ela recordaria depois algo que havia se passado entre eles nesse momento — como ele tinha olhado para ela, durante um instante, na porta.*
>
> (TO, tradução de Natasha Costa)

4.10. A PERSPECTIVA NARRATOLÓGICA E A PERSPECTIVA ESTILÍSTICA

Concluindo, e observando que nosso intuito foi seguir passa a passo o método de análise de Natasha Costa, o que nos levou a um fragmento de sua tese — a representação espaçotemporal —, verificamos a perspectiva narratológica e a perspectiva estilística.

No tocante à perspectiva narratológica, verificamos, em relação aos caminhos espaçotemporais, que: espelham as complexidades dos personagens, demonstrando a apropriação do exterior pela mente; exprimem narrativa infiltrada de semente para reconhecimento posterior; revelam espaço primário, com a intensificação e a personalização dos efeitos de um evento; representam espaço secundário com a projeção de planos, conforme a necessidade do narrador aludir e se esquivar de determinado segmento narrativo.

Já no tocante à perspectiva estilística, própria do espaço, verificamos: uso de frases parentéticas com o objetivo de suavizar, atrasar e gerar economias informativas; o descompasso entre semântica e sintaxe, provocando ora a ironia narratorial, ora o fracasso do esquecimento; a ambiguidade informando sentimentos dúbios e coisificação; e o uso de metáforas, indicando alterações afetivas, ruptura de planejamentos em favor da fluidez e a volubilidade referencial figurada.

5. A EMENDA DE SÊNECA E O GÊNERO CONTO EM MACHADO DE ASSIS

Como fugir à representação do espaço e do tempo na narrativa, esta a que esteve ligada o trabalho de Natasha Costa? Como desconfiar não somente dos erros, aos quais determinado personagem possa estar preso (em *Os Embaixadores*, acompanhamos todo o percurso de Strether no sentido de se libertar de uma ilusão), como também dos erros nos quais o próprio narrador possa estar enredado? Como fugir da representação, propriamente dita, ou da interpretação do narrador? No ensaio "A Emenda de Sêneca" (2005), de Abel Barros Baptista, no qual alguns contos de Machado de Assis são estudados, a interpretação, como resolução parcial de um problema, é colocada em questão.

Nesse aspecto, vale também relembrarmos o estudo "Duplo encontro: o alter em 'The Jolly Corner', de Henry James, e 'O Espelho', de Machado de Assis" (2009), de Andre Cechinel. O espaço enquanto não representação será uma forma de fugir ao entendimento final, que tanto "A Bela Esquina" quanto "A Fera na Selva" nos sugerem: reencontro com a terra natal ou com seu amor, ainda que na maioria das vezes, e o mote de *Os Embaixadores* seja bem esse, ocorra tarde demais.

5.1. "O EMPRÉSTIMO"

No livro *O Empalhador de Passarinho*, Mário de Andrade vai reconhecer Machado de Assis — no texto "Contos e Contistas" — como o descobridor da forma conto; em outras palavras, o fundador do conto moderno. Para tanto se requer dois elementos constituintes: aquele que se reitera, que é o elemento reconhecível do conto em sua forma breve, e o elemento novo, de livre experimentação. Haveria então, segundo Abel Baptista, a teoria implícita da forma, que é sempre a mesma história, e sua particularidade.

Analisando o conto "O Empréstimo" (Assis, 1997, p. 333), Abel Baptista chama atenção para o primeiro parágrafo, quando o narrador define o conto por meio de três sentidos: anedota em sua forma breve, não divulgada, fato curioso ou jocoso que permanece à margem; o espírito repousado que achasse filosofia nessa anedota, tirando-lhe uma lição e a divulgando; e, por fim, a competência para a referida transmissão. Essa moldura, que excede a história, acaba por enquadrá-la e afetá-la.

Já no segundo parágrafo do conto, encontramos: "E para começar, emendemos Sêneca" (Assis, 1997, p. 334). Essa emenda tem menos o sentido de alteração que de modernização, principalmente em relação ao dito de um outro autor clássico: a vida em sessenta minutos ao invés de a vida por um dia (Balzac diria: "A vida em 300 páginas").

O sentido filosófico da anedota, esta compreendida não como uma possibilidade da vida, mas como uma vida inteira apertada ou representada numa hora, estaria na presença do observador que vê a vida inteira nesse breve tempo, sendo o narrador, no caso do conto em referência, um mero reprodutor do conhecimento adquirido pelo tabelião Vaz Nunes, que em rigor não conhece completamente Custódio. Fica em aberto, portanto, a validade da interpretação, já que só acedendo à vida inteira que se comprovaria que a vida de fato se apertou e que alguém percebeu corretamente. Conforme Abel Baptista:

> *A emenda de Sêneca designa, então, a descoberta da forma breve do conto, o que agora quer dizer: a descoberta do que está dado pela vida sem*

poder ser um dado da vida, a invenção da possibilidade de a construir, de lhe dar existência material e de fundar a construção na própria lógica da literatura moderna. E nesse sentido, a emenda de Sêneca denuncia o escritor moderno, aquele que já não se pode autorizar com os clássicos e nem se apoiar na ideia clássica da forma dada naturalmente; aquele que também inventa sem o amparo de alguma autoridade exterior à invenção, restando-lhe apenas acrescentá-la com algum simulacro de autorização.

(Baptista, 2006, p. 10)

De qualquer maneira, é interessante como, ao final do primeiro parágrafo do referido conto, vamos nos deparar com a seguinte oração: "Pela minha parte, creio ter decifrado este caso de empréstimo; ides ver se me engano" (Assis, 1997, p. 334). Se, por um lado, depender do leitor a validação é uma ironia narratorial, por outro sinaliza a impossibilidade do narrador se autorizar a si mesmo. Ironia porque o leitor não tem acesso ao Custódio inteiro, não tendo, portanto, meio viável para contestar a decifração, nem tampouco para a confirmar — o que, em outras palavras, significa que não há sentido em orientar a leitura para que decidam se o narrador se enganou ou não. A anedota se entrega sozinha ao leitor e permanece inteligível (divulgação).

Para tanto, será necessário que o narrador se insinue no conto a fim de inscrever o princípio de inteligibilidade sem réplica, próprio do narrador autoritário (decifração). Instaura-se, portanto, uma espécie de circularidade entre decifração e divulgação da anedota: a decifração legitima a divulgação e esta valida a decifração; a interpretação legitima a anedota divulgada, e esta valida a interpretação. A reiteração em cada conto machadiano da teoria do conto (forma breve, interpretação e autoridade do narrador) sinaliza uma espécie de tensão entre inteligibilidade e narrador autoritário, sem possibilidade de o leitor contestar a decifração por parte do narrador.

5.2. "O ESPELHO"

No conto "O Espelho" (Assis, 1997, p. 345), o personagem Jacobina não admite réplica. O cenário remete ao romance *A Outra Volta do Parafuso*, em sua diferença, porque numa sala pequena, alumiada a velas e sem lareiras (estamos num país tropical), estão quatro ou cinco investigadores discutindo entre si questões metafísicas. Conta-se então uma história com a seguinte condição: "Se querem ouvir-me calados" (Assis, 1997, p. 346).

Em *A Outra Volta do Parafuso*, existem dois narradores-personagens, que não sabemos os nomes, e cujo preâmbulo, cenário da casa velha onde a história é contada, será marcado por contadores de histórias de terror. Além do mais, se pensarmos que a história de Douglas é pra rebater o desconhecimento de um ouvinte, segundo o qual era a primeira vez que tomava conhecimento de uma "aparição" a uma criança, não seria desprovido de sentido pensarmos então que estamos num contexto de réplicas. Já em "O Espelho", cujo contexto é de doutores discutindo metafísica, o conto abre um parêntese, com o personagem Jacobina não admitindo réplicas por duas razões.

A primeira delas é que há uma proposição universal (não há só uma alma, há duas, a alma exterior e a interior) e, no episódio, o caso não pode deixar de demonstrar a teoria porque já vem narrado, exemplificando a teoria; em outras palavras, o conto "O Espelho" se organiza justamente para desqualificar a pergunta, para não admitir réplica (emenda de Sêneca) — a tal ponto que nos perguntamos: a teoria foi deduzida do episódio ou somente este pôde ser contado depois da formulação da teoria?

A segunda razão para não haver réplica é que em função da curiosidade haveria uma espécie de submissão do auditório, condição da narração. Esta cria concórdia e inutiliza o exame da teoria, que se torna inseparável do caso contado (não obstante o caso não ser separável da teoria, são subtraídas da história as consequências da teoria, isto é, a discussão).

É interessante compararmos essa concórdia ou a submissão do auditório à submissão do personagem sem a farda — ambos voltam a si: aquele, quando o narrador termina a história e desce a escada; este, quando veste a farda. A ausência da alma exterior acarretaria o desmanchamento do mundo, do si mesmo, próprio à experiência de sedução, que também será o tema de *A Outra Volta do Parafuso*. Tanto Machado quanto James trazem à tona os artifícios narratoriais, que serão marca da literatura moderna.

5.3 . "PRIMAS DE SAPUCAIA!"

O segundo caso teórico apresentado por Abel Baptista, referente aos contos machadianos, trata-se da narrativa "Primas de Sapucaia!":

> *Há ocasiões oportunas e fugitivas em que o caso nos inflige duas ou três primas de Sapucaia; outras vezes, ao contrário, as primas de Sapucaia são antes um benefício do que um infortúnio.*
>
> (Assis, 1997, p. 417)

Esta sentença inicial, que pretende, num salto de generalização, constituir ensinamento além da particularidade do caso, isto é, além do infortúnio particular, mascara a efetiva interpretação do narrador, qual seja, a identidade de Adriana, deduzida da história de Oliveira, amigo do narrador-personagem, sendo a referida interpretação o que estrutura a narrativa e ao mesmo tempo o que entra em incompatibilidade com a história que se conta.

Os dois erros do narrador seriam: em primeiro lugar, em sua divagação no hotel, pôr a história inventada em paralelo com a história de Oliveira, tomando a primeira por alternativa necessária ao invés de possível; e seu segundo erro seria a representação apertada de toda a Adriana em sua mera passagem, representação de uma vida inteira, e capaz ainda de lhe decifrar o sentido como mulher fatal (a emenda de Sêneca).

A sentença apresenta, portanto, uma interessante duplicidade: começa por afirmar o papel ativo do acaso, mas redunda na completa negação do acaso — as primas representam, sobretudo, o desejo de atribuir um desígnio ao acaso, desejo interpretativo por excelência. O fragmento que Abel

Baptista sublinha no texto de Machado e que, dentro de sua lógica, melhor representa essa duplicidade entre história e interpretação, será também, em sua ótica, a melhor explicação para o erro de interpretação do narrador, momento em que a história demole a autoridade do narrador:

> *Imaginei então que as primas não estavam comigo e que eu seguia atrás da bela dama. Assim é que se consolam os pretéritos pela loteria; assim é que se fartam as ambições malogradas.*
>
> (Assis, 1997, p. 419)

Aqui vem exposta a demolição da autoridade do narrador por parte da história. Se, em "O Espelho", o conto se organiza para desqualificar a réplica, aqui ele se organiza para desqualificar a sucessão de acasos.

5.4. "A CAUSA SECRETA"

O terceiro caso teórico apresentado por Abel Baptista é retirado do conto "A Causa Secreta" (Assis, 1997, p. 511). Ao contrário dos dois contos anteriores, neste vamos ter a presença do narrador na terceira pessoa, acompanhando, em boa parte da história, a visão de Garcia.

A emenda de Sêneca, momento singular e fortuito, verdade que transparece visível, acaso que destrói o cuidado dissimulador de Fortunato e que põe abaixo a interpretação que vinha ocorrendo ao longo de observação próxima, contínua e demorada por parte de Garcia, expressa não a natureza benigna de Fortunato, mas sua perversão. Esse conto tem, portanto, a representação do erro de interpretação (no conto anterior depreendemos o erro de interpretação do narrador, neste o erro de interpretação se dá por meio de um personagem, o Garcia).

O curioso é que o conto termina através de uma grande-angular do narrador, que se desprende da perspectiva de Garcia, denunciando-lhe o erro interpretativo, isto é, os limites e as fragilidades da emenda de Sêneca. Dessa forma, o narrador sobrevive ao intérprete, que é Garcia, e denuncia-lhe o erro, ainda que repetindo-o por toda a narrativa e fazendo da interpretação uma espécie de perversão.

5.5. A FORMA DIALÓGICA

Abel Baptista acrescenta mais uma variação da figura do narrador nos contos de Machado, além das que são estabelecidas nas análises dos contos anteriores. Em relação aos já analisados, observamos as seguintes configurações do narrador: os que não admitem réplicas ("O Espelho"); os que formulam conjecturas ("Primas de Sapucaia!"); os que decifram sem poder comprovar que decifraram ("A Causa Secreta").

Em relação a uma última figura do narrador, Abel Baptista acrescenta aqueles que não entenderam o que viveram ou presenciaram, ainda que consigam estruturar uma narrativa inteligível a partir dessa incompreensão — uma espécie de caso-limite da emenda de Sêneca ou da irredutibilidade do anedótico na forma conto. Aqui, o poder masculino, encarnado na atividade da interpretação, seria arruinado pela forma diálogo, que inviabiliza o estabelecimento autoritário de uma interpretação. Alguns exemplos são os contos "Singular Ocorrência" (Assis, 1997, p. 390), "Teoria do Medalhão" (Assis, 1997, p. 288) e "A Desejada das Gentes" (Assis, 1997, p. 504). No conto "Missa do Galo" (Assis, 1997, p. 605), ainda que sem forma dialógica predominante, o narrador fica sem entender o que foi presenciado.

Esse não entendimento, todavia, não está ligado à ausência de sentido, o que nos remete ao estudo de David Lapoujade sobre Henry James (Lapoujade, 2010) e sua abordagem do conto "O Desenho no Tapete", do escritor americano. Para Abel Baptista, no caso de Machado, os contos são orientados para a decifração ou interpretação do respectivo sentido. Haverá sempre, no conto machadiano, a inserção de uma teoria implícita, uma perspectiva filosófica tendo como baliza a moralidade. O fato é que essa decifração ou interpretação é arruinada pela história ou pelo acontecimento singular, não pela ausência de sentido. O sentido da ação humana está presente, só não é dado, nem ilustrável, nem decifrável, nem transmissível. E se assim é, deve-se à falta de autoridade do narrador, o que nos remete novamente à razão de ser da emenda de Sêneca: o escritor moderno inventa sem o amparo de alguma autoridade exterior à invenção, restando-lhe apenas acrescentar a invenção com algum simulacro de autorização.

6. AUTOBIBLIOGRAFIAS

Em *Autobibliografias* (2003), que tem como subtítulo "solicitação do livro na ficção de Machado de Assis", Abel Barros Baptista enceta uma espécie de leitura que evita a todo custo a polarização. Trazendo o grande legado do romantismo alemão (Schlegel e Novalis) e de seus herdeiros, tais como Maurice Blanchot, vamos nos debruçar na introdução e no primeiro capítulo dessa extensa pesquisa, que pode ser vista como a contraface da emenda de Sêneca.

Retomando um fragmento de Jean-Luc Nancy, Abel Baptista justifica o título de sua pesquisa:

> *A reduplicação do livro em seu próprio seio, a representação em si da literatura, a narrativa em toda a obra de seu próprio nascimento — de seu próprio parto —, sua autoanálise ou ainda a involução de sua mensagem na exibição de seu código, ou a figuração de seu modo de fazer no processo, narrativo ou demonstrativo, da formação de suas figuras, ou pôr em jogo suas regras pelas regras mesmas de seu jogo, tudo isso em uma palavra eu nomearia a autobibliografia, tudo isso data da invenção do livro.*

O interessante desse fragmento é que, na sucessão de imagens, fica bem visível duas perspectivas separadas pela partícula "ou": de um lado, a representação, a narrativa; de outro, o código, a figuração. Mas na última imagem do fragmento, "pôr em jogo suas regras pelas regras mesmas de seu jogo", o estranhamento vem de que não há mais a separação que parecia sustentar a lógica que estruturava o fragmento. O paradoxo expresso pelo termo "jogo" está na equivocidade de seu sentido: ora funcionamento, ora morte, desde o instante de sua invenção. Essa perspectiva sincrônica de Abel Baptista vale a pena ser acompanhada.

6.1. SOLICITAÇÃO

Um conceito que o crítico português vai trabalhar em sua pesquisa diz respeito ao conceito de "solicitação" — explicitado neste fragmento abaixo de Derrida, também exposto, como o de Jean-Luc Nancy, antes mesmo do texto da pesquisa:

> *On perçoit la structure dans l'innstance de la menace, au moment où l'imminence du peril concentre nos regards sur la clef de voûte d'une institution, sur la pierre ou se résument as possibilité et sa fragilité. On peut alors ménacer méthodiquement La structure pour mieux La percevoir, non seulement em sés nervures mais em ce lieu secret ou elle n'est pás ni écretion ni ruine mais labilité. Cette operation s'appele (em latin) soucier ou solliciter. Autrement dit ébranler d'un ébranlement qui a rapport au tout (de sollus, em latin archaïque: le tout, et de citare: pousser).*
>
> *Percebe-se a estrutura na instância da ameaça, no momento que a iminência do perigo concentre nossos olhares sobre a pedra angular da instituição, sobre a pedra onde se resumem sua possibilidade e sua fragilidade. Pode-se então ameaçar metodicamente sua estrutura para percebê-la, não unicamente em suas nervuras, mas nesse lugar secreto onde ela não é nem ereção, nem ruína, mas fragilidade. Essa operação se chama desassossegar ou solicitar. Dito de outro modo, abalar como um abalo que tem relação com o todo (sollicitar: de sollus — o todo; citare — pousser — empurrar).*
>
> (Baptista, 2003, p. 7-8)

O fora e o dentro estariam implícitos na operação de solicitação, compreendido esse "dentro" não apenas como nervuras, mas também como fragilidade.

6.2. OS TRÊS SENTIDOS DE "SOLICITAÇÃO"

O que no texto de Abel Baptista faz ressonância ao conto "O Desenho no Tapete", de Henry James, é que a solicitação, ao contrário de interrogação crítica, está compreendida como um processo de apreensão do texto ou mesmo de apropriação do texto (os textos respondem consoantes às perguntas que lhe fazemos). A solicitação não quebra a resistência do texto à resposta, antes acolhe essa resistência como uma das condições do esclarecimento que procura. Abel Baptista define essa resistência como uma resposta sem resposta que resiste à exigência de resposta (relembrando a emenda de Sêneca, podemos pensar nos casos em que o narrador não entende o que foi presenciado e ainda assim consegue estruturar uma narrativa inteligível a partir dessa incompreensão — a incompreensão originária da falta de autoridade do narrador moderno, que inventa o que não pode mais ser um dado da vida).

Conforme Abel Baptista, haveria três sentidos diferentes para "solicitação": o primeiro é quando eu solicito a ficção machadiana, situação em que o texto é paciente da operação solicitadora; o segundo sentido, a partir de um texto ativo, se dá quando o texto solicita o livro: é a ficção do livro (ficção da experiência do livro, da aprendizagem do livro, do risco do livro); o terceiro sentido de solicitação, seu sentido comum, é quando o livro solicita a si mesmo à medida que solicita outros — ação propriamente da ficção sobre o livro, busca do ponto de ruína de um edifício, o livro como construção e não como edifício (neste caso, o leitor é chamado à responsabilidade, a responder por sua leitura, a inscrever sua assinatura, já que um texto nunca confirmará suas análises).

6.3. O ANTES E O DEPOIS DO LIVRO

No primeiro parágrafo do livro *Autobibliografias*, "Antes de começar: prolegômenos para uma solicitação futura", logo no prólogo, nos vemos diante de duas observações: 1) a sobrevivência do livro, para empreender, com assumida legitimidade, um trabalho de solicitação do livro na ficção (escrever sobre o livro antes do livro); 2) a sobrevivência do livro se faz, paradoxalmente, à custa de sua morte, implicando também a morte do leitor enquanto consequência necessária da morte do autor. Nos vemos, então, diante do antes e do depois, duas instâncias às quais o livro estará ligado necessariamente.

6.4. A NOÇÃO VULGAR E A NOÇÃO DE MEDIAÇÃO DO LIVRO

Quando se pensa em *Dom Quixote*, para respondermos a pergunta se o romance é um livro, somos inevitavelmente levados a duas noções de livro: a noção vulgar, que entende o livro como suporte material ou como um meio de transporte neutro (o romance terá emergido em continuidade ou ruptura às diferentes práticas de contar histórias e, nesse sentido, enquanto ficção, não se identifica com a noção vulgar de livro); e temos uma outra noção de livro que não se esgota na consideração do suporte material e será considerada uma noção advinda do romance, cuja estrutura fundadora é a estrutura da mediação. Nesse sentido, pensando em *Dom Quixote*, Amadis, que é o personagem de um livro, designa por metonímia o lugar do livro na mediação externa, investindo-o de um valor específico.

Visto o livro sob essa noção de mediação, duas leituras de *Dom Quixote* são colocadas em perspectiva: a de Hans Blumenberg, em *A Legibilidade do Mundo* (1981), quando é sustentada uma oposição entre livro e realidade: o Quixote é o escrito que se substituiu à realidade com a função de a tornar supérflua; e a leitura feita por Michel Foucault em *As Palavras e as Coisas* (1966), segundo a qual a linguagem de Quixote rompe a antiga intimidade com as coisas para entrar nessa soberania solitária, no seu ser abrupto, convertida em literatura — essa valorização da experiência individual será também sublinhada em Ian Watt (Watt, 1957), segundo o qual haveria uma transição da orientação objetiva, social, pública do mundo clássico para a orientação subjetivada, privada, individualista da vida e da literatura nos séculos XIX e XX.

Além dessas duas perspectivas, Abel Baptista traz uma terceira, a de Marthe Robert (Robert, 1963), segundo a qual a nova relação com o livro, possivelmente lançada por *Dom Quixote*, estaria na busca e no confronto com o livro, na interrogação do livro como limite e finalidade da escrita, tornando-se a aventura moderna da literatura.

6.5. A NOÇÃO VULGAR DE LIVRO E SUA FUNÇÃO DE REPRESENTAÇÃO

A noção vulgar ou familiar de livro faz deste um objeto familiar que tem uma relação com outra coisa que, em si mesma, não depende do objeto e até o precede. Essa relação é a função de representação. O que faz a vulgaridade é a presunção de que a função de representação constitui um traço inerente ao objeto, isto é, o objeto, uma vez formado e organizado, não poderá deixar de cumprir essa função. A noção vulgar, ao mesmo tempo que incorpora uma noção histórica determinada pela forma particular do objeto, no caso, o objeto tipográfico, é também uma noção que escapa à história, uma vez que incorpora sem dificuldade uma outra coisa, transmitida por meio do tempo sem se corromper.

Em outras palavras, espera-se do objeto livro a plena disponibilidade para se submeter à função e, no limite, se apagar no pleno cumprimento da função que lhe foi assinalada. De qualquer maneira, essa noção vulgar de livro não elimina os riscos, mesmo com a presunção de que a função de representação seja um traço inerente do objeto. Tanto o suporte material, organizado de forma adequada e com uma certa autonomia, reproduzindo-se de maneira independente da função, quanto a disponibilidade do objeto para cumprir essa função de representação, afinal, fixam, inscrevem, tornam presente e acessível o que de outro modo escaparia ao controle

— e tudo isso pode também conduzir à morte a função representativa. No caso do livro em branco — um de contabilidade, por exemplo —, o fato de estar em branco o torna disponível para a fraude, para a perversão de sua função representativa, o que nos leva a pensar que a função faz o livro e este pode se desfazer da função.

6.6. A METÁFORA DO LIVRO ANTES E ALÉM DE QUALQUER METÁFORA DO LIVRO

A noção vulgar de livro, contraposta à noção técnica como organização, esta compreendendo o livro como um objeto empírico, familiar, sujeito à mudança e à corrupção, vai apelar para a ideia de que o progresso da técnica de fabrico do livro atingiu o estágio em que o livro, que reenvia a uma totalidade natural, se apresenta como totalidade artificial, acabada e depurada em razão de sua função.

Em outras palavras, a evolução técnica é tanto mais perfeita quanto maior a disponibilidade do objeto livro se apagar no cumprimento de sua função, ou seja, se tornar transparente (a substituição do próprio objeto é legitimada pela ideia de que sua função sempre é substituir e ser substituído).

O traço decisivo da noção vulgar é que apela a uma familiaridade do livro, isto é, não dispensa a referência a uma forma de livro enquanto objeto, sem depender essencialmente dessa forma, mas da sua função representativa. A noção vulgar, portanto, diz respeito a um processo metafórico: de transporte, do veículo, do médium — metáfora que se situa sempre antes e para além de qualquer metáfora do livro.

6.7. O LIVRO METAFÓRICO E O LIVRO-OBJETO

A diferença irredutível de si a si mesmo que define o livro é o "Livro dos Livros", aquele que contém todos os livros e que gera os outros. Em outras palavras, enquanto lei escrita, ouviu-se a palavra de Deus e contemporaneamente se escreveu (a revelação e o livro são contemporâneos; a revelação começa com o livro e o livro é a revelação).

Mas o "Livro dos Livros" gera outros livros, que não se confundem com ele — neste caso, a revelação que se repetirá nos livros é originalmente revelação do livro como repetição: repetição da repetição, poderíamos afirmar, é quando se copia um livro que Deus lhe pôs diante dos olhos. A diferença irredutível de si a si mesmo que define o livro é, portanto, a repetição e a reprodução: a tradução do que era audível e a tradução do que era visível.

Podemos então pensar agora a diferença entre os livros, o livro metafórico e o livro-objeto: o primeiro diz respeito à metáfora do desempenho pleno da capacidade de transporte, se reportando à experiência da inteligibilidade do mundo, da legibilidade e do conhecimento (são metáforas insubstituíveis), enquanto o segundo diz respeito à capacidade de transporte, cujas metáforas, todas elas substituíveis, vão se referir à inscrição, gravação, impressão, fixação, folheamento, abrir e fechar do livro.

No livro metafórico há uma coincidência da presença e da reprodução, com a imagem do trânsito desimpedido ao saber — há exclusão do objeto, de forma que possa se proteger dos descaminhos do trânsito (desvio pela metáfora a fim de configurar o livro como metáfora). Enfim, o livro como objeto pode prejudicar o processo de transporte até porque o trânsito não se garante antes e independente do objeto.

6.8. A LÓGICA DA CONTAMINAÇÃO E EXCLUSÃO

O duplo privilégio do livro metafórico (ideal de comunicação sem livro e lugar do livro não metafórico, no mesmo espaço de comunicação que exige a comunicação sem livro) acaba por valorizar o diálogo e secundarizar a escrita, diferenciando-se do livro-objeto, este entendido como uma máquina capaz de funcionar na ausência de interlocutores e fora de uma intenção de comunicação. Nesse sentido, o livro metafórico conteria em si todas as respostas para todas as perguntas, expressando a comunicação na sua forma original, enquanto o livro-objeto, livro como simulacro, não responderia às perguntas que porventura lhe fizessem, vindo a precisar sempre da assistência do pai.

A determinação essencial do livro metafórico, além da substituição do diálogo, é a transcrição de um discurso anterior ao livro — haveria aqui uma espécie de precedência do sentido como condição de possibilidade do livro.

Interessante verificarmos também que a boa escrita, conforme será caracterizado o livro metafórico ou a noção vulgar de livro, assim é designada em razão da metáfora da má escrita. Conforme se verifica em Platão, mais especificamente no *Fedro*, a valorização do discurso vivo contra a escrita se dará por meio de metáforas tomadas à escrita. Em outras palavras, dentro de uma perspectiva derridiana, o livro metafórico se constitui por meio da referência ao oposto que exclui — o lugar do não metafórico é, inclusive, definido pelo livro metafórico quando este é contaminado por aquele, o que nos remete a uma lógica de contaminação e exclusão.

Na abertura do trabalho de Maurice Blanchot, *A Conversa Infinita* (2001, p. 7-10), a distinção, ali estabelecida, não será entre livro vs. escrita. Porque na escrita haveria uma rede de relações que tornariam possíveis as noções distinguidas presentes no livro, tais como sentido próprio e derivado, ou sentido metafórico e literal. Na escrita haveria uma unidade de relação entre sentido metafórico e literal, ocorrida na superfície do texto e, portanto, de forma sincrônica, ao contrário do livro, cuja antecedência do significado em relação ao significante nos leva sempre à ideia de transcrição.

6.9. A PERSISTÊNCIA DO NOME "LIVRO"

Amedeo Quondam (Quondam, 1983), analisando a invenção da imprensa de caracteres móveis, destaca a importância da tipografia, no sentido da aceleração das diferenças das práticas de discurso — essas diferenças já eram um processo moderno, que com a tipografia foram aceleradas. Por outro lado, o estatuto comunicativo dos vários gêneros discursivos é incrementado, o que nos leva a entender a persistência do nome "livro": a nova invenção é ao mesmo tempo produção do novo e reedição do mesmo — produção do novo objeto tipográfico e reedição do livro enquanto meio de transporte, trânsito desimpedido em relação à verdade.

O que faz o texto tipográfico ser um suplemento da escrita, esta entendida como repetitiva e inanimada, ao contrário da oralidade, é que o caráter tipográfico, além de não ter a dimensão da atualidade própria do manuscrito com a proximidade da mão que imprime, produz um objeto múltiplo, sistemático e fixo: múltiplo em razão da velocidade da edição; sistemático pela delimitação e organização da página e pela ordenação e coerência do volume, forçando a estruturação sistemática do conhecimento; e fixidez porque é mais fidedigno que o manuscrito, movendo-se em direção a uma forma verdadeira e única, gerada no processo da escrita, da edição e da impressão.

Em outras palavras, com o texto tipográfico, o discurso escrito afirma sempre a mesma coisa independentemente do contexto, da intenção do autor ou das perguntas que possam ser dirigidas ao texto. O fato é que essa autonomia de apresentação do objeto tipográfico propicia o reforço da representação, o apagamento do veículo de transporte — a leitura se faz com uma eficácia que não seria possível com o manuscrito.

O romance-livro nasce dentro dessas prerrogativas: por ser um objeto portátil e múltiplo, reforça o individualismo e cria um público leitor. Mas permanece subordinado ao modelo clássico de comunicação e de substituição do diálogo. O que interessa a Abel Baptista, no entanto, é interrogar sobre a continuação do livro como meio de transporte — se na história haveria algum momento que expressasse o desvio dessa metáfora.

6.10. WALTER ONG, COUTURIER E IAN WATT

Abel Baptista ilustra com três exemplos a história do suplemento aperfeiçoador como protagonista, momento em que o romance é afetado pelo livro tipográfico.

Para Walter J. Ong, autor de *Oralidade e Cultura Escrita: A Tecnologização da Palavra* (1982), a imprensa deu origem ao romance, este compreendido como a unidade discreta, definida pelo acabamento. Remete ao mito aristotélico da ação completa, com início-meio-fim, modelo do qual tanto a tragédia grega quanto o romance faziam parte. E, além do acabamento e completude, o romance teria o papel de protagonista de um processo de apuramento tecnológico do livro, qual seja, veicular sem falhas uma história organizada de acordo com o paradigma da ordem lógica e cronológica do enredo (conforme a pirâmide de Freytag, ação ascendente até o clímax, seguida de uma ação descendente até o desenlace). O romance policial seria o estágio final desse processo, já que seu enredo é linear conforme a pirâmide de Freytag: é anulada a distância entre romance e história. A história é veiculada, o livro se massifica e há um processo de tecnologização da palavra ao fim do qual o livro se configura materialmente em pleno acordo com sua essência.

Para Maurice Couturier, autor de *Comunicação Textual: Uma Teoria da Novela Baseada na Tipografia* (1991), o romance é menos um gênero que um novo nome para a literatura impressa, considerando que, se a tipografia produziu uma mais-valia de comunicação, esta não foi afetada de modo significativo (há um diálogo entre autor e leitor sem conversação, uma comunicação silenciosa em que a privacidade da leitura não impossibilita o diálogo). Aqui também, tanto quanto em Walter J. Ong, não há interrogação da noção vulgar de livro, assim como do modelo de comunicação: o isolamento do leitor não é incompatível com a restituição da presença do autor (aliás, esse isolamento é uma condição previsível, por isso alvo de cálculo do autor e horizonte de suas intenções).

É interessante verificarmos a diferença entre diálogo sem conversação, em razão da distância entre autor e leitor (Couturier), e conversação entre autor implícito e leitor, conforme Wayne C. Booth em seu livro *A Retórica da Ficção* (1961) — aqui o autor não desaparece, mas se mascara atrás de um personagem ou de uma voz narrativa que o representa.

Ian Watt vai apresentar, em seu livro *A Ascensão do Romance* (1957), a tese de que mergulhamos no mundo da ilusão que o romance descreve, sobretudo em razão da natureza impessoal do material tipográfico. Seria essa natureza impessoal que viria a produzir: a sensação de autoridade do texto em razão da materialidade do texto (não mais originário do conteúdo ou do sentido veiculado pelo livro); o apagamento da letra, que, uniforme, pode ser lida de forma automática, impedindo que tenhamos consciência da página impressa e nos levando ao mundo da ilusão do texto; uma extensão de nossa vida pessoal por meio do objeto livro, ao contrário de outros objetos de expressão como a carta, a confissão e o diário.

É curiosa a diferença de análise entre Couturier e Watt: no primeiro, o elemento tipográfico permitiu a leitura isolada, privada, que, por sua vez, propiciou uma espécie de comunicação, de diálogo silencioso; já em Watt, é a própria materialidade da página impressa que, automaticamente, leva à ilusão da plena transparência — um processo automático que desencadeia a comunicação. É mais direto, inclusive, do que a ordem lógica-cronológica do enredo e completude da ação. Segundo Watt, o cumprimento da função livro dependeria desse efeito material imediato.

6.11. A TENSÃO DE *DOM QUIXOTE*

Se *Dom Quixote* anuncia o fim do livro ou a interrogação do livro, estabelecendo uma nova relação com este, que é próprio da aventura moderna da literatura, cuja noção não vulgar de livro não se esgota na consideração do suporte material, por outro lado, teremos o romance afetado pelo livro tipográfico, sendo o romance policial e o romance naturalista exemplos dessa influência. A história da literatura sofrerá essa tensão, principalmente o romance: ora impondo resistência à autoridade do livro e valorizando a experiência individual (o herói que se mete na estrada para viver em conformidade com os livros que leu, tal como Dom Quixote, cuja escrita é uma paródia dos textos que o precederam), ora sofrendo as exigências em nome do livro. Muito embora o romance viva essa tensão, prevalece a função representativa, o privilégio da comunicação (não esquecer que as exigências da tipografia buscam justamente a mediação). Fugir a essa tensão é saltar fora do terreno da representação.

6.12. A SUPERAÇÃO DA OPOSIÇÃO ENTRE O LIVRO COMO FIM EM SI MESMO E COMO TRANSPORTE

O que caracteriza a modernidade literária é o livro como fim em si mesmo, contraposto ao livro metafórico, o que reduz a diferença entre meio de transporte e transporte. No livro metafórico, a escrita é transparente e o privilégio é a comunicação pelo diálogo. O inacabamento e a fragmentação, que põem por terra a transparência da escrita e, por isso mesmo, indica o esgotamento do livro, isto é, o seu fim, tem lugar em plena modernidade técnica do livro, transformando-o num instrumento de transmissão — o que, por sua vez, indica sua sobrevivência.

Essa contaminação que a modernidade literária põe em relevo exibe, na verdade, o que sempre atuou no livro como resistência ao modelo, impedindo que uma época possa se constituir como um todo homogêneo ou que concebamos a ideia de ruptura histórica, entendida como passagem de uma época para outra. Assim como o livro não tem uma identidade que permanece — a identidade do livro como transporte (livro metafórico) —, na sua morte há uma espécie de sobrevivência.

Segundo Abel Baptista, "a ideia de um processo conduzindo à emergência de um novo livro, o livro como fim em si mesmo, é forçada a pressupor uma oposição entre o livro como meio e o livro como fim em si mesmo, e uma hierarquia estabelecida que subordina este àquele, para depois afirmar, em primeiro lugar, a inversão dessa hierarquia e em segundo lugar a superação da própria oposição" (Baptista, 2006, p. 64-65).

O livro aberto, portanto, dá conta do que sempre esteve em jogo no livro — a própria possibilidade de transporte e disponibilidade para o nome "livro" ser transportado, indica, por si só, a sobrevivência de uma metaforicidade específica. Nesse sentido, sempre haverá, no livro, o risco da regressão, da reinstalação daquilo mesmo que se pretendia superar.

6.13. O LIVRO ABSOLUTO

Maurice Blanchot, em *A Conversa Infinita* (1969, p. 524), credita ao romantismo alemão esse trabalho incessante de desarticulação do regime da unidade e da totalidade do livro, regime esse que a tipografia vai incrementar como suplemento aperfeiçoador na direção do transporte e da transparência do livro.

Quando Schlegel, em sua *Carta Sobre o Romance* (1978, p. 327), o exclui de um gênero particular, definindo-o como um todo autônomo para além dos gêneros, indica isso mesmo que Flaubert, em carta a Louise Colet de 16 de janeiro de 1852, vai dizer sobre a diferenciação do livro no interior do próprio livro: um livro que incluísse a exposição de sua própria lei. É quando o romance supera a diferença genérica, tornando-se um livro absoluto: se insinua no tecido de relações do velho regime de livro para, alcançando o lugar superior, sair fora dele e se tornar o livro total. Fica claro, aqui, que essa totalidade terá sempre o sentido de integração da diferença, enquanto diferença, e que esse todo também deva ser interrompido, pelos diversos modos de interrupção, tornando-se móvel.

Trazendo à tona o ensaio de Richard Rorty, "Heidegger, Kundera, Dickens", de 1991, para quem a preservação, a permanência e a resistência de Cervantes dariam a conhecer melhor o Ocidente do que os tratados filosóficos (nestes, o Ocidente se apresenta como um todo homogêneo e acabado), Rorty vai atribuir ao livro absoluto, isto é, ao romance, o grande legado do Ocidente. E isso porque não só remete a si mesmo como gênero específico, um meio de transporte que conduz a si mesmo (noção moderna de livro, este subentendido como fim em si mesmo), mas também remete a um certo passado e, nesse caso, é uma representação do Ocidente enquanto esperança de liberdade e igualdade. O romance, portanto, é um meio de acesso a si próprio (noção moderna de livro) e um meio de acesso que conduz a outra coisa (noção vulgar de livro).

7. O PROBLEMA DO DIÁLOGO NA LITERATURA CONTEMPORÂNEA

No capítulo "A dor do diálogo", da obra *O Livro por Vir* (2005), no que tange ao diálogo entre personagens, que, em última análise, é apenas uma variável do diálogo entre autor e leitor, Blanchot visualiza duas possibilidades: ou os personagens falam entre si para colocar branco numa página — repouso para o autor e para o leitor; ou o diálogo tem uma insignificância expressiva, abaixo da fala nula na vida corrente. A essa última categoria distribuem-se os escritores norte-americanos, seja por meio do discurso silencioso (vide Maurice Couturier — diálogo sem conversação), seja por meio de uma fala abaixo de zero e com um alto grau de vida — aqui, Blanchot cita como exemplo Hemingway. A alternativa apresentada a esse quadro, que faz parte do diálogo romanesco moderno, é um caso raro: *Le Square* (1955), de Margarite Duras.

Antes de examinar esse livro, caso raro de diálogo na literatura moderna, Blanchot estabele um quadro dessa literatura por meio de três de seus representantes: André Malraux, Henry James e Kafka. No caso de Malraux, o que sobrevém em seus personagens não é o diálogo propriamente dito, mas a discussão — o que remete a Sócrates, guardando as devidas diferenças. Os personagens são apaixonados, ativos e, na ação, entregues à solidão (não há diálogos). Entretanto, nos momentos de calma, tornam-se vozes dos grandes pensamentos da História — descobrimos então que há uma atitude de discussão, uma atitude de pensamento comum.

Vamos ver depois que no diálogo é possível que os personagens falem entre si, mesmo sem estarem de acordo. Isso porque a essência do diálogo não é o acordo; já na discussão, o acordo torna-se fundamental. A diferença entre as falas socráticas e as dos personagens de Malraux é que, para Sócrates, basta falar para se chegar a um acordo — contanto que não se contradiga e prossiga por tempo suficiente de forma a estabelecer, por meio de provas, a coerência, se chegará sempre a um acordo e a violência será sempre desarmada por intermédio da razão. Já nos personagens de Malraux há a atitude de discussão (a vivacidade das palavras permanece em contato com um pensamento comum a todos), mas falta tempo para se chegar a um acordo. Esses momentos de calma desaparecem, e volta a ação: "A violência se afirma novamente, mas uma violência transformada, porque não conseguiu romper o discurso nem o respeito pela fala comum que persiste em cada um dos homens violentos" (Blanchot, 2005, p. 224-225).

Assim, conforme Blanchot, já não estamos sob o signo da razão, mas da inteligência, enquanto interesse universal que compreende tudo apaixonadamente — tudo em relação com tudo. E essa é a perspectiva moderna, na qual a literatura de Malraux está inserida.

7.1. A AUSÊNCIA DO DIÁLOGO, SEGUNDO MAURICE BLANCHOT

Quando Blanchot adverte que o diálogo romanesco moderno não são diálogos, poderia se pensar que o fato de não o serem estaria ligado à ausência de acordo. Mas o caso de *Le Square* aponta para o diálogo sem o acordo. Prosseguindo o quadro da literatura moderna, onde se encontra ausente o diálogo, Blanchot cita Henry James.

Em James, os protagonistas se entendem perfeitamente, mas por intermédio de uma verdade oculta, o que pode gerar mal-entendidos, e também razão de um ansioso e profundo entendimento — afinal, o que não pode ser expresso é o que nos atrai. Essa formulação negativa foge da formulação dialógica tradicional, assim como a ação dos personagens em Malraux os arremete à solidão. Mas, em James, a formulação negativa leva os personagens a se entenderem perfeitamente: é em volta do que escapa a toda comunicação direta que se reforma sua comunidade. Em outros termos, a ausência do diálogo, no sentido comum do termo, não rompe o discurso, seja em Malraux, seja em James. Com a diferença de que em James a verdade é oculta e em Malraux é acompanhada pela violência.

7.2. A AUSÊNCIA DO DIÁLOGO EM KAFKA

Quando chegamos em Kafka, que é a ponta dessa cadeia, as falas estão presentes, mas desta vez não promovem uma compreensão. O não expresso, desta vez, não leva ao entendimento, mas à separação: existe a fala dos juízes (a justiça absurda da lei, acima e abaixo da lógica) e existe a fala dos não juízes (a justiça da razão, da lógica, da não contradição). Nunca se sabe quando houve a substituição da lei do discurso pela lei do absurdo, nem se estamos às voltas com uma ou outra.

O fato é que, embora sejam falas comuns pelo sentido, não têm o mesmo alcance nem a mesma realidade. Essa dualidade do discurso é que impede aquele que se obstina a transpor a distância que separa os interlocutores. O objetivo das falas que conversam continua sendo o universal — assim foi em Malraux, em James e em Kafka. Mas, no último, a impossibilidade da relação gera uma forma de comunicação em que não há reciprocidade: pergunta-se uma coisa e responde-se outra.

7.3. O DIÁLOGO SEM ENTENDIMENTO EM *LE SQUARE*, DE MARGUERITE DURAS

Vejamos então a forma de comunicação dialogal por excelência, que parece diferenciar-se tanto da forma de comunicação via discussão quanto da forma de comunicação do romance moderno — analisada acima sob três nuances: atitude de discussão; forma negativa; não reciprocidade.

Em *Le Square*, que é um diálogo entre um homem e uma mulher, há um caráter de gravidade (falar enquanto é tempo), ao contrário da discussão socrática, cujo acordo é obtido por um caminho que vai de prova em prova, de forma lenta e coerente. Uma outra característica do diálogo em *Le Square* é justamente o fato de ser uma fala-limite: não é nem a fala impessoal do conforto e da facilidade, em que se renuncia a si mesmo para deixar falar momentaneamente o discurso em geral, nem é a fala além do limite, também impessoal por perda de si — fala da solidão, do exílio. Em outras palavras, nem fala da superfície, nem fala da profundidade sem profundidade. O diálogo em *Le Square* é fortuito; a tensão é oculta, mas sem caráter dramático (não há uma grande infelicidade), sendo que o único ponto em comum entre esses dois personagens, já que são tão diferentes entre si, é o fato de estarem separados do mundo comum, onde, entretanto, vivem.

No caso da personagem feminina, uma doméstica, apesar de não ter relação nem com seu dono nem com ela mesma, é dotada de uma vontade própria: o rigor bravio e obstinado com que recusa tudo que poderia tornar sua vida mais leve. E seu único objetivo na vida é encontrar alguém que a retire desse estado solitário e a torne semelhante a todo mundo. Alguém deveria recolhê-la, bastaria isso para ela, o que não seria difícil por ser nova e ter os olhos bonitos.

Visualiza-se, então, o seguinte quadro: ela quer ter uma vida comum, mas ao mesmo tempo recusa as vias normais por meio das quais obteria essa vida comum. Em outras palavras, ela torna a sua grande esperança algo impossível de ser concretizado. O seu imenso desejo de uma felicidade comum abre mão dos caminhos fáceis que estão à sua mercê.

Por outro lado, o homem espera uma vida partilhada, mas espera sem grande esperança. Aceita tudo e não pede. A solidão, sem o contentar, preenche-o a ponto de não lhe deixar tempo para almejar outra coisa. Teve breves iluminações felizes, como uma espécie de felicidade privada.

Ambos são o último dos homens. Estão fora do círculo comum das relações, mas em perspectivas opostas: o que impede a mulher de sair da atual circunstância é o excesso de esperança, que a faz, inclusive, rejeitar o caminho mais fácil; o que impede o homem de sair de onde se encontra é a ausência de vontade. Ambos, excesso e ausência de vontade, seriam formas do impossível, o que garante a eles um entendimento sem entendimento: falam-se sem estarem de acordo.

Talvez pudéssemos aqui concluir que não há um caráter dramático nesse diálogo. Há uma tensão oculta e banal. A superfície do diálogo está à mostra em sua forma positiva, ao contrário de Henry James, mas não guarda um entendimento. Está à mostra em função dos personagens estarem fora do círculo comum das relações — eles se mantêm sem comunidade.

De qualquer maneira, na literatura moderna, vive-se um diferencial entre superfície e profundidade: diálogo sem entendimento (*Le Square*), não diálogo e entendimento (James e Malraux). Na idade clássica, ao contrário, a discussão socrática nos levaria ao diálogo e ao entendimento (a fala e o acordo). Esse diferencial da literatura moderna expressa nossa desconfiança em relação à linguagem, que não é mais capaz de nos garantir nada. Seu ponto-limite está em Kafka: nem diálogo, nem entendimento — resguardando, ainda assim, uma espécie de comunicação cuja marca é a não reciprocidade.

7.4. JAMES, PROUST E KAFKA

Ainda em *O Livro por Vir*, de Blanchot, é dedicado um capítulo ao estudo de *A Outra Volta do Parafuso*. O texto de Blanchot que tratamos anteriormente, "A dor do diálogo", assim como a narrativa de Henry James, estão inseridos numa mesma divisão denominada "De uma arte sem futuro".

Blanchot faz uma análise introdutória sobre os planos ou as estruturas dos romances que estão, no caso de James, expostos nos seus cadernos. E, analisando essas estruturas, as diferencia de outros escritores que fazem parte da literatura romanesca moderna.

No caso de Proust, esses planos estruturais se materializam nas "paperoles", uma espécie de folha suplementar — o livro de Proust é edificado como um vestido, formado por essas paperoles, cuja estrutura é complexa.

Já o livro de James se edifica como uma catedral, cujos planos, expostos nos cadernos, podem ser modificados ou seguidos fielmente — mas o que chama atenção, conforme Blanchot observa, é que os planos dos romances jamesianos são muito detalhados e, ao mesmo tempo, obscuros, como se se perdessem num excesso de detalhes.

Em Kafka não há plano nem análise prévia; há muitos esboços que são a própria obra; por vezes, uma página ou uma única frase, que estão engajadas na profundidade da narrativa por ela mesma — se a frase é uma busca, é a busca da narrativa por ela mesma: uma via que só o movimento imprevisível da escrita romanesca pode abrir (ainda que haja clareza nesses esboços ou na sua própria obra, já que elas se confundem, permanece uma coerência absurda e irracional). Com referência a outros escritores desse campo da literatura moderna, há certo parentesco com o procedimento de Kafka: a narrativa não pode ser composta de fora e, portanto, não há uma estrutura anterior (é no seu movimento de progressão que se descobre o espaço de realização da obra).

7.5. O CAMPO DO POSSÍVEL

A diferenciação que Blanchot estabelece entre as várias camadas de um texto pode ser assim visualizada:

1) o que James propôs tratar conscientemente, os motivos e temas que estarão devidamente expostos em seus cadernos e que darão a segurança de uma composição determinada de antemão — no caso de *A Outra Volta do Parafuso*, o motivo ou a anedota será a relação de domínio que as crianças sofrem por parte dos fantasmas, que as atraem para um espaço

onde devem se perder (há, também, a estruturação das cenas dramáticas e toda uma luta contra a dispersão — nada menos francês, como nos lembra Blanchot);

2) uma outra camada é a narrativa propriamente dita, que tem um caráter de dispersão, mas que pode ser vista por uma espécie de pressão que James submete a obra para fazê-la falar completamente, sem reserva, de seu segredo, no entanto, reservado — daí porque "mesmo por trás de uma obra limitada e arrumada que ele põe em forma, pressentimos outras formas, o espaço infinito e leve da narrativa tal como ela é antes de todo começo" (Blanchot, 2005, p. 195). Em *A Outra Volta do Parafuso* há um esforço de investigação — a narradora observa de fora, impõe-se pela violência e nos revela a ambiguidade que dissimula o segredo, a verdade aparecendo como imagem ambígua;

3) a outra camada a que está restrito o assunto, que para James é tudo, é o campo do possível, a experiência, não da narrativa que será escrita, mas de seu avesso, o outro lado da obra que oculta necessariamente o segredo, a lei do assunto — lei essa entendida como o movimento da escrita (essa terceira camada é a plenitude da narrativa que ainda não começou, quando a obra ainda indeterminada, pura de toda ação e de todo limite, é somente possível; é a embriaguês absoluta da pura possibilidade).

O que verificamos nos cadernos é uma espécie de paradoxo nos esboços que vai contaminar a própria narrativa, se pensarmos que, tal como a governanta pressiona as crianças para lhes arrancar o segredo, tudo parece revelar-se e, entretanto, tudo acaba por recair na dúvida e no vazio das trevas. Se assim é na narrativa, antes estará também nos esboços apresentados pelos cadernos: excesso de detalhes que obscurantiza; luta contra a dispersão e dispersão; método forte e infinitas possibilidades, cujas anedotas desaparecem na obra ou nela apresentam valores negativos como se não tivesse acontecido. A narrativa jamesiana também estará sob esse paradoxo: a pressão, a violência da narrativa para extrair a verdade, que não poderá ser dita mas cuja ambiguidade a expressará como signo do possível.

8. GEOMETRIA PROJETIVA EM DAVID LAPOUJADE

David Lapoujade, em seu texto "Henry James: Perspectiva e Geometria" (2006), fala do perspectivismo do autor, mas não sob o signo da focalização, isto é, não sob o signo do ponto de vista, este compreendido como variedade de observadores que giram em torno de um ponto fixo, levando a uma espécie de relativismo: a relatividade dos observadores (num outro texto de Lapoujade, que iremos abordar a seguir, vamos observar de perto seus questionamentos em relação ao relativismo). O problema da narratologia provém justamente daí: o ponto de vista é fechado no interior da unidade da ficção, se limitando à unidade estrutural desta. Já a geometria projetiva, à qual Lapoujade se filia, fala de outra espécie de perspectivismo: as coisas parecem girar em torno do olho, não o olho em torno das coisas; e a unidade do objeto é a relação contínua dos seus perfis — uma espécie de objeto conjuntivo por meio do qual Deleuze vai relacionar o perspectivismo de Leibniz com o perspectivismo dos irmãos James (Deleuze, 1991, p. 37).

Outro trabalho importante nesse sentido é o de Michel Serres, "O Sistema de Leibniz e seus Modelos Matemáticos" (1968), que vai considerar a parábola, a hipérbole, a elipse e o círculo como variações da circunferência no interior de um espaço projetivo ótico, segundo a variação do plano onde a figura se projeta — haveria, então, uma relação entre a projeção e o projetado, cada ponto de um correspondendo a cada ponto do outro. É sob esse aspecto que todas as figuras geométricas teriam uma certa semelhança, conforme expõe Leibniz em *Novos Ensaios Sobre o Entendimento Humano* (1999).

O que está em jogo na geometria projetiva é o movimento da obra: cada ficção aparece como a composição de uma figura geométrica no interior de um espaço ótico — essa figura aparece nítida não mais com as ficções tomadas separadamente, mas cada ficção em relação com as outras. Em outras palavras, cada ficção se ordena e se responde entre si. Temos, então, um jogo incessante de projeções, desdobramentos e simetrias, próprio de uma geometria ótica, que acaba dando aos personagens, na fase tardia de James, um caráter artificial e abstrato. A narrativa estrutural, ao contrário, ao investir na estrutura das ficções focalizadas, nas quais uma testemunha privilegiada reverbera o que se passa, faz do personagem focal uma espécie de espelho vivo do universo (a mônada leibneziana), nos remetendo sempre a um sentido psicológico ou psicanalítico.

8.1. A SIMETRIA NO INTERIOR DA FICÇÃO (*RETRATO DE UMA SENHORA*)

Vejamos como a geometria se concebe como signo da simetria, ora no interior dos romances, ora na relação entre eles, sempre dentro da perspectiva leibneziana, segundo a qual a projeção e o projetado se correspondem.

Em *Retrato de uma Senhora* (James, 1995), um ponto de vista maníaco vai corresponder a um ponto de vista depressivo, funcionando como pressões paralelas sobre Isabel Archer, que é a unidade maníaco-depressiva, a morbidez, o plano do espelho, estabelecendo a relação entre a projeção e o projetado, ou entre um ponto de vista e outro ponto de vista. Uma figura corresponde ponto por ponto à outra figura graças ao espelho, que vai gerir seu reflexo invertido.

Se de um lado temos Henrietta Stackpole (figura americana, jornalista independente, preservando sua força moral e tendo como base o princípio de realidade), seu reflexo invertido, do ponto de vista maníaco, será Ralph Touchett — depressivo (figura inglesa, sujeito à depressão e ao mal, mas cuja fortuna o mantém como uma espécie de narcótico). Essa mesma relação invertida vai ocorrer entre Caspar Goodwood (rico, cheio de *affairs* maníacos) e Lord Warburton (rico, apático e pertencente a uma aristocracia depressiva). Temos nesse quadro o que Lapoujade vai chamar de simetria espiral e helicoidal. Porque há também o caso de simetria espiral e bilateral, quando, sobre o plano do espelho, isto é, na consciência de Isabel, há uma espécie de reflexão e torsão, que são as vias possíveis que a consciência projeta a cada ponto de vista suplementar — é o caso de personagens secundários como Gemini (sensual e deprimido) e Mrs. Touchet (austera e benevolente).

8.2. A SIMETRIA NO INTERIOR DA FICÇÃO (*OS EMBAIXADORES*)

Em *Os Embaixadores* (James, 2010), temos o caso dos duplos inversos, Boston (cidade moral, mundo da realidade) e Paris (cidade dos prazeres, mundo da aparência), sendo o aparelho ótico (o espelho, o refletor) aquele que passa de um mundo ao outro, mas ao mesmo tempo permanecendo entre os dois à maneira de um espelho preso entre a imagem real e a virtual, que coincidem nele, sem saber distinguir entre eles com nitidez.

Quanto à simetria inversa, em *Os Embaixadores*, podemos pensar os seguintes pares: Mrs. Newsome-Mme. Vionnet (Chad); Waymarsh-Bilham (Strether) — lembrando que, nesses respectivos pares, a simetria consiste em fazer refletir espaços em cada um dos termos (América e França, por exemplo).

Há uma outra situação em que a simetria consiste em fazer refletir tempos diferentes em cada um dos termos ou personagens que compõem a figura geométrica de Strether, enquanto imagem virtual disso que os outros são imagens atuais, como se Strether vivesse um tempo paralelo ao presente (Strether não está engajado em nenhum desses tempos, mas é o princípio de sua circulação). Dessa forma, Maria Gostrey é a passagem entre o passado e o futuro; Mme. Vionnet é o presente que escapa a Strether; Mamie, o tempo revolvido; Chad, a figura do futuro que Strether não pode ser mais; Bilham, a revelação do presente como falta; Waymarsh, a figura do passado que Strether não foi verdadeiramente.

8.3. A SIMETRIA ENTRE AS FICÇÕES

Resta pensarmos a simetria não no interior de cada romance, mas em relação uns com os outros, tornando, dessa forma, nítida a figura geométrica que compõe cada ficção no interior do espaço ótico da obra ou de uma série de textos.

Por exemplo, na série de novelas que o prefácio de James contempla, na edição de Nova York, é informado que em *O Altar dos Mortos* (James, 2007a), *A Fera na Selva* (James, 2007b) e *A Bela Esquina* (James, 1994) o tema são os pobres senhores sensíveis. Isso não quer dizer, segundo Lapoujade, que James gira em torno da figura do celibatário, multiplicando os pontos de vista sobre ele; são antes as figuras do celibatário que giram sob o olho do romancista e se apresentam cada vez sob um perfil diferente, segundo suas inclinações. Em outras palavras, é o personagem focal que representa a inclinação, tornando variável a figura do celibatário. O processo de aspectos que gira sob o olho de um observador numa determinada duração, como James explicita em "A Criação Literária", vai representar a variação de figuras do celibatário.

Outra série de James — *Brooksmith* (1982), *In the Cage* (2014) e *The Birthplace* (2010) — tem como tema os empregados, isto é, a maneira como os personagens de um meio modesto conseguem se elevar para um outro mundo mais refinado, mais relacionado com a sua natureza, graças a um dom prodigioso para decifrar ou transmitir os signos mais secretos.

Numa outra série do norte-americano, esta ligada aos romances — *Retato de uma Senhora* (1995), *As Asas da Pomba* (1998), *Os Embaixadores* (2010) e *A Taça de Ouro* (2002) —, temos como tema a relação clandestina na qual se misturam desejo sexual e falta de dinheiro: Osmond-Mme. Merle (*Retrato de uma Senhora*); Densher-Kate Croy (*As Asas da Pomba*); Chad-Mme. Vionnet (*Os Embaixadores*); Amerigo-Charlotte (*A Taça de Ouro*). Mas, enquanto eixo central, verificamos que pode ser percebido em primeiro plano ou do exterior: no caso do *Retrato*, a relação Osmond-Mme. Merle é percebida do exterior, já que em primeiro plano estão os jovens, principalmente Isabel; no caso de Densher-Kate Croy, a relação é percebida em primeiro plano porque os jovens nesse romance (*As Asas da Pomba*) estão em primeiro plano; no caso de *Os Embaixadores*, a relação Chad-Mme. Vionnet é vista em primeiro plano e os jovens estão localizados em último plano — Strehter, aqui, é o focalizador; em *A Taça de Ouro*, os jovens voltam ao primeiro plano e a relação ilegítima, Amerigo-Charlotte, é vista de frente.

Constatamos então que os romances da fase tardia de James colocam em primeiro plano a relação clandestina. Já em *Retrato*, escrito numa fase bem anterior, foi colocado em último plano.

Por outro lado, o mundo dividido em figuras inversas que se respondem umas às outras como projetadas sobre um plano, numa espécie de drama em progressão espiral, estará presente tanto no *Retrato* quanto em *As Asas da Pomba*, ou seja, em fases distintas. Se no *Retrato* existe um lord manipulador, uma vítima inocente, uma fortuna, uma confidente, haverá em *As Asas da Pomba* uma redistribuição desse conjunto sob um novo ponto de vista — se no *Retrato* era Isabel, em *Asas* é Merton Densher.

Mas a divisão entre relação manipuladora e relação de confiança vai se manter intacta, mesmo em fases diferentes: se de um lado temos Maud e do outro Ms. Stringham em *As Asas da Pomba*, já no *Retrato* essa mesma divisão se estabelece entre Mme. Merton e Ralph; em *Os Embaixadores*, Mrs. Newsome de um lado e Mme. Vionnet do outro; em *A Taça de Ouro*, Charlotte de um lado e Adam Verver do outro. O tema, que será o mesmo (relação clandestina), tomará diferentes configurações ou arranjos, conforme a variação do plano ou do elemento focalizador. Em outras palavras, é a relação clandestina e sua frustração que constituem nas quatro grandes ficções de James a razão da série, a perspectiva secreta, o eixo de rotação em torno do qual se fazem todas as variações de configurações e da distribuição dos focais.

8.4. O ESPAÇO PROJETIVO DO AUTOR

Lapoujade remete ao livro *As Metamorfoses do Círculo*, de Georges Poulet (1961), como motriz do que vai chamar de geometria movente, aquilo que submete os personagens a rotações, torsões, numa vasta combinatória em que as diferentes séries entram em correspondência umas com as outras, abarcando a totalidade da obra — a qual constitui essa relação contínua, cujos planos podem crescer indefinidamente por adjacências, reagrupamentos, desdobramento, projeções. Mas essa vasta combinatória, marca de James, que tem como fundamento a potência da variação (a geometria de uma ficção é a metamorfose de uma outra), o que não deixa de ser uma espécie de ruptura em relação ao mundo balzaquiano das espécies sociais e seus tipos fixos, não elimina, no entanto, a consciência do autor, centro a impor as interpretações de seu pensamento e as escolhas de sua vontade. Se de um lado tem a figura, do outro lado tem a projeção ou o espaço de projeção, cuja mudança afetará a imagem projetada. O problema da concepção estruturalista da ficção, ou da narratologia, é ficar preso no interior da ficção sob a perspectiva do personagem focal enquanto espaço de projeção e plano inclinado no interior do espaço projetivo do narrador. A exteriorização desse processo, à qual a geometria projetiva se vê submetida, considera também o narrador espaço de projeção e plano inclinado no interior do espaço projetivo do autor — dessa forma, o autor relaciona diversos espaços entre os narradores, o que leva, inevitavelmente, a uma perspectiva total da obra.

8.5. O CETICISMO COMO INSTRUMENTO OU COMO PARTE CONSTITUTIVA

Em "Ceticismo e Literatura: o Caso Henry James" (2010), Lapoujade classifica o ceticismo como um projeto crítico (a impossibilidade de se ter acesso a uma ordem de realidade exterior supostamente conhecida — e essa impossibilidade sendo advinda de limites do próprio conhecimento), que tanto pode ser instrumento quanto ser constitutivo de uma filosofia (Descartes e Hume, respectivamente), assim como pode ser imanente à criação literária, tornando-se literatura cética. De qualquer maneira, o que a rigor vai identificar o ceticismo, em contraste com o relativismo, é sua crença de que o objeto existe, mas se tornou segredo — o que, em última instância, significa dizer que o segredo é o único objeto (haveria um progressivo apagamento do objeto por trás das interpretações que ele faz nascer). Já o relativismo traduziria-se como uma ausência de crença — não há verdade, tudo é mistificação, nada é verdadeiro e a interpretação produziria um objeto inexistente ao invés de escondê-lo.

O texto "A Noção de Literatura" (2018), de Todorov, ao analisar o conto "O Desenho no Tapete", se mostra em paralelo à ordem metodológica na Filosofia — quando o ceticismo se torna seu instrumento. Lapoujade, por sua vez, ao estudar *A Outra Volta do Parafuso,* vai se colocar em consonância a Hume, em cuja filosofia o ceticismo é parte constitutiva e não mero instrumento — essa diferença reside na categoria da terceira pessoa.

8.6. "O DESENHO NO TAPETE" SOB O OLHAR DE TODOROV

Centrando no conto "O Desenho no Tapete", e em analogia à ruptura cética, sujeito empírico vs. sujeito transcendental, opinião vs. ciência, esta última compreendida como a reflexão do sujeito sobre suas próprias operações e a constituição correlativa de um novo tipo de objeto, o fenômeno, Todorov vai diferenciar dois níveis: no primeiro, que é do sujeito de opinião, espera-se em vão a divulgação do segredo (se quer decifrar o segredo, daí a leitura); já no segundo nível, do sujeito de ciência, o segredo é o meio através do qual James constrói sua ficção, revelando-se, portanto, a função constitutiva ou genética do segredo — é quando a literatura se torna crítica literária e a ficção é uma parábola sobre suas próprias condições genéticas. Neste segundo nível, ao invés de querer decifrar o segredo, propõe-se a sua presença por meio do ato de escrever — a literatura é posta em abismo, torna-se autorreferencial porque a ficção passa a ser sobre sua própria gênese, o que dá ao texto (forma refletida da obra), em vez da intriga, o primeiro plano de importância.

8.7. O SEGUNDO PONTO DE VISTA: HUME

A certeza apodítica é uma certeza egológica porque retirada de sua própria consciência, sendo uma forma refletida de ordem superior — nesse caso, a consciência é a função constituinte, a função do sujeito conhecedor. A mudança que Hume instaura é um terceiro elemento, capaz, inclusive, de constituir um novo objeto filosófico: a ciência do homem — nesse caso, a consciência se torna objeto de conhecimento e justamente porque algo escapa ao seu controle. É quando a função constituinte é formada por princípios, forças plásticas, pelas quais o sujeito é constituído. Se em Descartes havia uma ruptura epistemológica entre sujeito empírico e transcendente, em Hume a ruptura passa a ser antropológica, entre consciente e inconsciente, entre representação e afeto. Daí a presença, na literatura, do observador externo, de um segundo ponto de vista além da consciência, fazendo vê-la objetivamente através da imagem que ela própria faz do mundo.

Esse segundo ponto de vista é o que permite ver o que o personagem vê e o que ele não vê; o romancista não teria por função dizer o que é inconsciente ou irrefletido no personagem, ele deveria somente mostrar a parte irrefletida que entra em suas reflexões, a parte de desatenção que entra em suas percepções, a parte de afeto que ordena o jogo de suas representações. No livro *Realidade Possível*, de Marcelo Pen (2012), que analisaremos posteriormente, vamos constatar o uso contínuo desse segundo ponto de vista.

8.8. A OUTRA VOLTA DE LAPOUJADE

Esse duplo ponto de vista, presente também na psicologia de William James (há uma zona mais escura, que é a própria perspectiva da consciência, polarizada sobre um tema; e há a zona mais clara, que é a perspectiva do psicólogo, percebendo a consciência de fora, tomada como objeto), Lapoujade vai verificar em *A Outra Volta do Parafuso*: conforme o personagem focal, os fantasmas existem objetivamente; e, conforme o narrador, estamos diante da alucinação da governanta, cuja consciência terrificada os percebe.

Conforme Lapoujade, James se interessa menos pelo mundo, no qual vivem as consciências, do que pelas consciências que vivem nesse mundo — e, se há um mundo exterior em James, é somente para ver como uma consciência ordena esse mundo, o incurva, o deforma, para fazer disso seu mundo.

8.9. PERSPECTIVISMO

Nessa ideia de ver a deformação que a consciência promove no mundo está implícito um terceiro elemento. Quando Lapoujade promove a leitura de *A Outra Volta do Parafuso*, indica que, no retrato da governanta, a descrição não deve ser mais geral do que descreve a consciência dela, mas deve incluir tudo que se esconde nessa consciência. Esse texto, portanto, deve conter o ponto de vista dela, a sua percepção clara do mundo, que é o retrato de uma perspectiva, com suas formas e contornos, as provas de objetividade, as afirmações, os esclarecimentos que dão validez a uma hipótese, assim como deve conter as pequenas percepções ao fundo de sua consciência, que determinam secretamente o curso de suas percepções claras.

Essas zonas de sombra, que remetem a Leibniz, testemunham uma profunda atividade inconsciente, que recusa a validez da hipótese porque são signos de um delírio regidos por ocultações e denegações. O que fica do retrato é a coexistência desses dois pontos de vista e as dobras, as torsões, que são necessárias para a passagem do fundo à forma, da indeterminação das margens aos contornos do tema.

Na verdade, essa passagem é própria da relação de causalidade, que sugere um operador. Se este operador for um narrador na primeira pessoa, como acontece em *A Outra Volta*, poderá se descrever um autorretrato, inclusive com as margens de sombra, sem que no entanto se forneça um significado do sombreamento. É uma espécie de relação de causalidade subterrânea devido a uma potência oculta, própria do pensamento racionalista cartesiano.

A passagem desse primeiro nível para um segundo requer a presença de um observador externo, que transforma a potência oculta em forças inconscientes: "Tudo se passa como se a ficção em primeira pessoa se reescrevesse sem cessar, sob os olhos do leitor, num estilo indireto livre, como se um narrador observasse e alterasse o sentido de sua ficção" (Lapoujade, 2010, p. 10).

Esse novo operador faria ver a relação causal entre a consciência do personagem e seu fundo inconsciente. De qualquer maneira, a característica do operador, esteja ele em primeira pessoa, esteja ele ocupando a figura do leitor, é que será sempre excêntrico em relação ao espaço da intriga, uma vez que a relação se faz sempre à distância, mesmo que ela permaneça imanente aos termos que liga.

Podemos compreender, então, a diferença entre o subjetivismo e o que Lapoujade vai chamar de "um mundo de imagens e reflexos", que é como Henry James será retratado. À dualidade entre consciência e fenômeno sucede um segundo ponto de vista, próprio do universo cético (perspectivismo a partir de uma relação de três termos), onde cada consciência torna-se o reflexo de uma outra, num processo ilimitado. A transformação dos objetos em segredos indecifráveis nos torna relegados a um mundo de imagens e reflexos, onde tudo é interpretação, numa esfera de delírios interpretativos que tentam incansavelmente decifrar os segredos. Já que o real aos nossos olhos é o que não podemos conhecer, o romanesco, com os circuitos e subterfúgios de nosso pensamento e desejo, representa as coisas que poderão ser atingidas.

9. "TRÊS NOVELAS", DE GILLES DELEUZE & FÉLIX GUATTARI

Em *Mil Platôs*, há um texto em que Deleuze e Guattari comentam a novela "Na Gaiola", de James. O texto chama-se "1874 — Três Novelas ou 'O que se Passou'?". Além da narrativa de James, outras duas são comentadas: "*The Crack up*" (Fitzgerald, 2014) e "História do Abismo e da Luneta" (Fleutiaux, 2014) — esta, mais recente, publicada em 1976. E como aqui estamos tratando de novelas, cabe relacionarmos o referido gênero ou sua estrutura à esquizoanálise, como se vê destacado neste fragmento de *Mil Platôs*:

> *A esquizoanálise* não tem outro objeto prático: qua*l é o seu corpo sem órgãos? Quais* são suas próprias linhas, qual mapa você está fazendo e remanejando, qual linha abstrata você traçará, e a que preço, para você e para os outros? Sua própria linha de fuga? *Seu corpo sem órgãos que se confunde com ela? Você racha? Você rachará? Você se desterritorializa? Qual linha você interrompe, qual você prolonga ou retoma, sem figuras nem símbolos? A esquizoanálise* não incide em *elementos, nem em conjuntos, nem em sujeitos, relacionamentos e estruturas. Ela só incide em lineamentos que atravessam tanto os grupos quanto os indivíduos. Análise de desejo. A esquizoanálise é imediatamente prática, política (para o indivíduo, grupo ou sociedade). Pois antes de ser, há a política. A prática não vem após a instalação dos termos e de suas relações, mas participa*

ativamente do traçado das linhas (enfrenta os perigos e as variações delas). A esquizoanálise destaca linhas (de uma vida, de uma obra literária, da arte e da sociedade) segundo determinado sistema de coordenadas mantido. É como a arte da novela. (Deleuze, 1996, p. 77-78)

Essa relação entre esquizo-análise e novela pode ser compreendida melhor quando Deleuze e Guattari, no início do texto, estabelecem uma diferença entre novela, conto e romance, sob o prisma do acontecimento: o que aconteceu? O que acontecerá? O que acontece?

9.1. NOVELA, CONTO E ROMANCE

A cada uma dessas perguntas vai corresponder um determinado movimento que coloca o presente sob determinada perspectiva. Na primeira pergunta, que é específica da novela, há um movimento que coloca o presente no passado — algo acabou de acontecer que eu nunca saberei o que foi e que permanecerá incognoscível, imperceptível. A novela fala do imperceptível, assim como Leibniz também o fizera. Há um burburinho, uma intensa atividade à margem que não fazemos ideia porque não percebemos: a zona de sombreamento que antecede a clareza. É mais uma questão de dobras e envolvimentos.

Já o conto, enquanto gênero, tem um movimento simetricamente contrário ao da novela (se voltarmos à análise de Abel Barros Baptista, vamos compreender a perspectiva filosófica do conto enquanto gênero). Aqui, um outro movimento arrasta o presente para o futuro, e ficamos na expectativa do que irá acontecer. Há um suspense que antecede a descoberta, num processo de desdobras e desenvolvimento, desnudando a posição (aqui não é mais postura).

O terceiro movimento se move com o presente e vai estar conectado ao romance enquanto gênero: presente vivo.

9.2. A ESTRUTURA TRIÁDICA

Vamos perceber uma sincronia, no texto de Deleuze e Guattari, que vai ser caracterizada pela estrutura triádica: conto, novela, romance; conteúdo, forma, expressão (no caso da novela, postura do corpo, segredo e modalidade); linha de segmentaridade dura, linha de segmentação molecular e linha de fuga; segmentações arborescentes, segmentações rizomáticas e desterritorialização; passado, fissura e nenhum segredo; divisão celular, contornos e cartografia; matéria, forma vazia e clandestinidade; endurecimento, ambiguidade e homem sombrio. O terceiro elemento deterá um privilégio no corpo teórico de Deleuze e Guattari, ainda que, considerando a estrutura triádica das linhas, cada uma delas trabalhe nas outras, o que elimina qualquer espécie de transcendência. O que, em outras palavras, significa, por exemplo, que uma linha de fuga, assim como ela promove ruptura na segmentação, com sua desterritorialização absoluta, pode também, por acaso, refazer os segmentos duros.

9.3. *NA GAIOLA*, DE HENRY JAMES

Na novela *Na Gaiola*, vamos nos deparar, seguindo o modelo do texto de Deleuze e Guattari, com o relacionamento do casal e, simultaneamente, com a relação da telegrafista com o telegrafante, que se dissolve na forma do segredo, já que nada aconteceu — uma espécie de subconversação contendo linhas secretas de desterritorialização, conforme Nathalie Sarraute em *Conversation und Sous-conversation* (1956). De um lado, portanto, temos a conjugalidade do casal ou entre os segmentos, acenando na direção do porvir (relacionamento intrínseco que põe em jogo conjuntos ou elementos bem determinados — classes sociais, gênero masculino e feminino, a identidade pessoal); do outro lado, temos um relacionamento menos localizável (no caso, a telegrafista e o telegrafante), exterior a eles mesmos, que concerne antes a fluxos e partículas que escapam de classes sociais, gêneros e identidade pessoal.

Não será difícil detectarmos nos personagens de James essa mobilidade social já indicada por Lapoujade, mas que nele era apontada por uma habilidade pessoal e rara, em sua classe social, para a percepção. Em Deleuze, a referida mobilidade, ainda que de modo passageiro, permitindo ao personagem frequentar ou conviver num mundo social diferente de sua origem, é devido a uma linha de segmentação molecular, proporcionando a relação de duplos (ele que era seu outro ela mesma).

Aqui, Deleuze e Guattari sublinham toda a especificidade e importância de James, diferenciando-o, por exemplo, de Proust e Dostoiévski — nestes, o tempo é reencontrado, o passado é revivido por intermédio dos grandes territórios e dos grandes pontos do inconsciente. E isso porque o segredo, pensado aqui enquanto amor-sexualidade, era uma matéria escondida no passado, sem sabermos mais que forma achar para ela; em James, essa matéria é molecularizada, inassimilável — em outros termos, ela é presente (não está escondida no passado), mas é imperceptível — um presente cuja forma é de algo que já aconteceu, por mais próximo que se esteja dele. Essa, me parece, é a grande relação entre James e Leibniz.

Mas há um determinado momento na história de James em que a telegrafista, que passou por um longo período em processo de decifração, nada mais podia interpretar — até porque não havia mais obscuridades que a fizessem ver mais claro: "Só resta uma luz crua". Estava ela em pura linha abstrata (linha de fuga), em saltos, podendo falar de qualquer coisa, já que não há mais segredo, isto é, não há mais forma.

9.4. AS CARTAS DE AMOR DE SCOTT E ZELDA FITZGERALD

O mesmo modelo triádico que é aplicado nas três novelas (o segredo pode se revestir de uma matéria, de uma forma vazia ou da clandestinidade do que não pode mais acontecer na linha de fuga) será aplicado também nas cartas de amor de Scott e Zelda. No primeiro caso, enquanto matéria, temos uma segmentaridade dura, feita de disjunção ("cada um de nós se comportaria melhor sem o outro"), demarcações — uma máquina binária a produzir polarizações — "50% dirão que foi minha bebida que enlouqueceu Zelda e os outros 50% que foi a loucura de Zelda que me levou à bebida" (Fitzgerald, 2005) — e escolhas binárias, tais como loucura-bebida, rico-pobre. No segundo caso, o segredo enquanto forma vazia, não será mais processo de disjunção porque a segmentaridade maleável, molecular, conjuga — daí o seu caráter duplo e ambíguo: "Ela ama o álcool em meus lábios e eu venero suas alucinações" (Fitzgerald, 2005) — whisky + loucura. No terceiro caso, o segredo enquanto clandestinidade, já que não pode mais acontecer na linha de fuga, temos o par "um e outro", sem binarismos nem conjunção: "Nada tinha verdadeiramente importância. Nós nos destruímos (mas jamais pensei que nos destruímos um ao outro). Tudo pode recomeçar" (Fitzgerald, 2005) — o homem clandestino é o homem sombrio, imperceptível.

9.5. A ESTRUTURA, A FISSURA E O LANCE DE DADOS

A forma vazia do segredo é a fissura: é quando o segredo não é mais revestido de uma matéria, da matéria do passado, como em Proust. A fissura é a forma do que aconteceu de algo imperceptível numa matéria volátil — a matéria do passado que se volatilizou. Não estamos mais no campo da estrutura, o qual é constituído por pontos, posições, cortes determinados pela transcendência de uma árvore — as segmentações arborescentes (conforme Deleuze e Guattari, são pseudocortes estruturais nas cadeias significantes que nos levam à ideia de ruptura — ruptura de uma cadeia para uma outra, ou para retornarmos a uma antiga). São nas segmentações rizomáticas — que são ligações maleáveis, subterrâneas, moleculares — que vão se constituir as fissuras ou as rachaduras. É quando a vida deixa de ser um processo de demolição claramente perceptível e passa a ser constituído por mudanças moleculares, redistribuições de desejo — "o que aconteceu" se apresentando como fissura. Não se tratam mais de pontos localizáveis, mas de limiares de intensidade.

Quando Guattari e Deleuze identificam, nas três novelas por eles analisadas, as três linhas copresentes — as linhas duras, as linhas moleculares e as linhas de fuga —, sugerem-nos que as linhas maleáveis são as que darão a marca da novela, cabendo aí a grande força de James. Ao mesmo tempo, essas linhas maleáveis, próprias das segmentações rizomáticas, formam no microscópio as grandes figuras das quais pretendem escapar. Essa duplicidade é sua marca: foge-se para longe de tudo a fim de retornar à segmentaridade dura.

As segmentações rizomáticas são expressas, em "História do Abismo e da Luneta" (Fleautiaux, 2014), como a visão ampla, telescópica, adivinhando o futuro, mas sob a forma do devir do que já aconteceu em uma matéria molecular. Ao contrário dessa mescla entre segmentação dura e molecular, própria das linhas da escrita, que vai caracterizar as segmentações rizomáticas, o lance de dados é o que só nós podemos lançar ou traçar, a linha de fuga não segmentar — desterritorialização absoluta, territórios que eu mesmo traço (não são imaginários) e que permanecem fora de alcance (nesse momento, terei abandonado as segmentações rizomáticas). Não é à toa que, pensando as três espécies de linhas, Proust, James e Kafka serão estudados por Deleuze.

10. RITORNELO (CANÇÃO, CIRANDA E SONORIDADES DIFERENTES)

"Acerca do Ritornelo" (Deleuze, 1997), outro texto importante de *Mil Platôs,* apresenta logo de início essa mesma simetria triádica, que chamamos já a atenção. Os três estados do ritornelo, que não são momentos sucessivos numa evolução, seriam **o caos, a morada e o cosmos**. Em relação ao primeiro estado, haveria uma espécie de esboço de um centro (canção), começo de uma ordem por meio dos componentes de infraagenciamento (forças do caos), constituindo um ponto cinza, caracterizado como caos não dimensional, não localizável, feixe enredado de linhas aberrantes.

Em torno desse centro frágil e incerto (lembrando que não são momentos sucessivos) se organiza um espaço limitado, a morada, por intermédio das forças interiores da terra, que constituem a base ou solo da polifonia, configurando assim o espaço dimensional. A ciranda é a que melhor expressa esse aspecto do ritornelo, não só pela roda de crianças em torno do círculo, como também pela consoante e vogal ritmadas, que são como forças interiores da criação, construindo partes diferentes de um só organismo.

O terceiro e último aspecto do ritornelo é a abertura do círculo para o futuro, ao encontro de forças cósmicas. Consequentemente, nessa abertura ou saída do círculo estão envolvidas tanto as linhas motoras, gestuais e sonoras costumeiras quanto as linhas de errância que vão gerar sonoridades diferentes. Os componentes de passagem interagenciamento, ou mesmo de fuga, serão as forças cósmicas.

10.1. REPETIÇÃO, TRANSCODIFICAÇÃO E DIFERENÇA

Uma outra divisão triádica, **caos-meios-rítmos**, configura o caráter complexo dos meios, entendidos como repetição periódica de um determinado componente, que é a sua forma de existir, e, também, como produtor de diferenças num estado perpétuo de transcodificação ou transdução. Os meios teriam esse duplo caráter de repetição e transcodificação, sendo o ritmo a diferença produzida, por meio da qual um meio vai servir de base para outro ou vai se dissipar num outro. Dessa forma, os meios seriam comunicantes entre si, abertos no caos, sendo o ritmo uma espécie de diferença produzida em contraste ao mesmo do caos. Entre os componentes que podem ser repetidos, caracterizando uma espécie de meio, temos os materiais que vão determinar o meio exterior, os elementos componentes e substâncias compostas determinando o meio interior, as membranas e limites constituindo os meios intermediários e, finalmente, as fontes de energia e as percepções-ações que vão determinar os meios anexados.

10.2. MEDIDA E RITMO

Compreendido o meio como uma repetição que produz diferença, inicialmente vamos nos deparar com uma noção não unitária de meio — é o caso da água, que recebe componentes codificados diferentemente. Se pensarmos que existe um meio exterior, interior, intermediário, além dos anexados, vamos perceber então que dentro de um espaço-tempo homogêneo podem existir diferentes componentes. A ideia de medida vem daí — ela nem precisa ser regular, mas supõe uma forma codificada cuja unidade pode variar, mas num meio não comunicante.

A essa forma codificada contrapõe-se uma outra, chamada aqui de ritmo propriamente dito, que implica numa mudança de meio. Em vez de um espaço-tempo homogêneo, encontramo-nos diante de dois blocos heterogêneos, entre os quais, justamente no espaço intermediário entre os dois, vamos nos deparar com o ritmo ou, pensando no biólogo Jakob von Uexküll, com a teia, que implicava, no código da aranha, sequências do código da mosca. A ideia de contraponto musical, uma melodia servindo de motivo a outra, é como podemos entender a relação entre a aranha e a mosca, a vespa e a orquídea.

10.3. O FATOR TERRITORIALIZANTE E O TERRITÓRIO

Temos um território quando os componentes de meios param de ser direcionais (direcional, por exemplo, no sentido de que os estados interiores hormonais de um ser vivo — componentes do meio interior — podem afetar o meio intermediário, isto é, componentes deste como a membrana e produzir uma determinada cor, que é um estado da membrana), tornando-se dimensionais e organizando o espaço, a propriedade; e quando esses mesmos componentes param de ser funcionais (funcional no sentido de produzir uma determinada ação, como fuga, sexo, agressividade — e como tal, uma ação ou uma cor transitória) para se tornarem expressivos. Em outras palavras, o território não é um estado nem é algo transitório — é uma constância e uma assinatura.

Na verdade, quando definimos o território com esse par de adjetivos, estamos diferenciando o ato e o efeito, o fator territorializante e o território, o ato do ritmo e o ritmo tornado expressivo, o ato dos componentes de meios e tais atos tornados qualitativos. Esses referidos atos são o devir-expressivo do ritmo, que, inscrito num plano diferente da ação, torna-se o território ou a qualidade própria. Há, portanto, uma anterioridade do devir-expressivo, que é a marca constituinte de um domínio, de sua assinatura. Já o efeito da arte é sua propriedade, o seu território, que pertencerá ao sujeito que traz consigo essas qualidades expressivas. A propriedade sempre será primeiramente artística e o solo da arte é o movimento da territorialidade, a liberação de matérias de expressão. O território, portanto, é uma espécie de *ready-made*:

> *O ritornelo é o ritmo e a melodia territorializados porque tornados expressivos — e tornados expressivos porque territorializantes... há um automovimento das qualidades expressivas... não se reduzem a efeitos de um impulso... são autoobjetivas, isto é, encontram uma objetividade no território que elas traçam.*
>
> (Deleuze, 1997, p. 124)

Que a assinatura não é a marca constituída de um sujeito, mas de um domínio, nos leva ao filósofo Gabriel de Tarde e ao primado vital e estético do "ter": um ter é mais profundo que o Ser.

10.4. ASSINATURA E ESTILO

Deleuze e Guattari, analisando *Em Busca do Tempo Perdido*, dizem que "para Swann, a pequena frase de Vinteuil age frequentemente como uma placa associada à paisagem do bosque de Boulogne, ao rosto e à personagem de Odette: é como se a pequena frase trouxesse para Swann a segurança de que o bosque de Boulogne foi efetivamente seu território e Odette sua posse" (Deleuze, 1997, p. 126). Estaríamos então na perspectiva da assinatura, que é quando fazemos da qualidade expressiva um cartaz. No caso acima, a frase é uma paisagem melódica e um personagem rítmico (bosque de Boulogne e Odette) porque estamos no estágio das placas, dos cartazes, próprios dos territórios, onde os motivos melódicos são pulsados (ligados a um personagem) e são localizados. Aliás, o que caracteriza o território é a relação do meio interior dos impulsos com o meio exterior das circunstâncias, levando-nos à assinatura.

Outra coisa completamente diferente é o que exprime um território, sem nenhuma relação com personagens e paisagens. Trata-se aqui do estilo. São propriamente os motivos territoriais e os contrapontos territoriais

— ainda que eles formem os rostos rítmicos e as paisagem melódicas, não significa que o ritmo e a melodia estejam associados a personagens e paisagens do mundo: uma espécie de paralelismo que remete ao problema da expressão em Espinosa. Os motivos territoriais, que não são impulsos internos, são as relações entre as matérias de expressão, relações internas, que vão formar rostos ou personagens rítmicos: uma coisa é o ritmo estar associado a um personagem, outra coisa completamente diferente é o ritmo fazer um personagem rítmico ou motivos territoriais formarem personagens rítmicos.

Da mesma maneira, no que tange à qualidade de expressão, os contrapontos são a maneira pela qual essas qualidades expressivas constituem no território pontos que tomam em contraponto as circunstâncias do meio exterior. Em outras palavras, os contrapontos exprimem a relação das circuntâncias com o território, enquanto os motivos exprimem a relação entre o impulso e o território. As relações próprias, sejam entre as matérias de expressão, sejam entre as qualidades de expressão, são relações abstratas — elas podem estar dadas sem que o impulso ou as circunstâncias o estejam. É necessário entender que são mundos separados, o mundo da expressão (estilo) e o mundo territorial, e que há entre eles, no máximo, um paralelismo.

10.5. TERRITORIALIZAÇÃO, DESTERRITORIALIZAÇÃO, RETERRITORIALIZAÇÃO

No estudo do comportamento de determinados pássaros, Deleuze e Guattari vão pôr em evidência o duplo papel da matéria de expressão: como cartazes (placas) e como motivos (contrapontos): no primeiro caso, traçando um território; no segundo caso, como uma questão de expressão ou estilo. Assim é que o "galhinho" (matéria de expressão) vai fazer parte da nidificação — o pássaro constrói o seu próprio ninho. Esse agenciamento territorial, no entanto, adquire independência para formar, ele próprio, um novo agenciamento (o amor cortês), mesmo que se permaneça no interior do território. Há, portanto, uma espécie de abertura do agenciamento territorial, até que, no seio desse novo agenciamento, uma reterritorialização se faça. Um componente de alternância, portanto, vem tomar o lugar do "galhinho": não é mais só territorial, mas torna-se amoroso e social. Na matéria de expressão, e aqui podemos entender tanto o ritornelo quanto o galhinho, o que constitui a arte de um modo geral, cromossomas excessivos, não tomados no código genético, funcionam livres, oferecendo uma matéria livre para a variação. Diferentemente do meio, cujo código me dá uma espécie de constância, ainda que sujeita à transcodificação, na arte predomina a descodificação, cujo componente desterritorializado, ou em vias de desterritorialização, atua como um componente de passagem entre o agenciamento territorial e um novo agenciamento.

10.6. OS QUATRO TIPOS DE RITORNELO

O que Deleuze e Guattari chamam de "Natal", centro intenso, conteria uma espécie de equívoco. Porque o ponto de convergência tanto pode ser em relação a si mesmo, gerando a territorialidade, quanto pode ser um ponto de convergência de territórios diferentes e afastados entre si, portanto, fora de si mesmo, o que explicaria o movimento de desterritorialização — este entendido como o que sai de todo agenciamento, que extrapola as capacidades de todo agenciamento possível para entrar num outro plano. Cabe pensarmos quais forças ou matérias de expressão seriam capazes de evitar qualquer agenciamento, inclusive os agenciamentos desterritorializados. O Cosmo seria justamente a localização ou o ponto de convergência de territórios afastados entre si, ao qual a matéria de expressão se dirige em desterritorialização absoluta, produzindo o ritornelo cósmico, que é quando o canto dos pássaros dá lugar às combinações da água, do vento e da chuva.

Outra espécie de ritornelo é aquele cuja matéria de expressão se desterritorializa e se reterritorializa de novo — um exemplo são as parlendas, variáveis em sua maneira de cantar conforme o bairro da cidade.

Outro ritornelo é o que territorializa, enquanto fator territorializante: a sexualidade e o amado, por meio das cantigas de amor; o sono e a criança, por meio das cantigas de ninar (são ritornelos de funções territorializadoras) — tanto esta espécie de ritornelo quanto a anterior são frutos de uma desterritorialização relativa (aquela, como interagenciamento, apresenta a variação das relações do território com cada agenciamento desterritorializado; esta, como intra-agenciamento, as variações de cada função desterritorializada com cada território).

A quarta espécie de ritornelo busca, marca, agencia um território — são agenciamentos territoriais, próprios de infra-agenciamento.

10.7. O MODELO ARBORESCENTE E O RIZOMÁTICO

As matérias de expressão, com a aptidão de entrarem em relações internas, isto é, de consolidar-se no outro, tornam possível a consistência. Mas a consistência poderá ter diversos modelos.

O modelo arborescente (esquema linear) parte da localização: haveria um centro superior (uma forma ou uma boa estrutura que se impõe). A relação de um centro ao outro seria linear, com a imposição de uma medida e a existência de um começo. Esse módulo, dualista por excelência, admite o inato e o adquirido, a inibição e o desencadeamento (para Deleuze e Guattari, os autores que insistem no papel do periférico e do adquirido no nível dos estímulos desencadeadores não derrubam realmente o esquema linear arborescente, mesmo quando invertem o sentido das flechas).

O outro modelo de consistência, rizomático, se dá não por meio de uma forma exterior que se impõe, mas pela repartição de neurônios no conjunto do sistema nervoso central, como uma rede de fiação, sendo que a coordenação entre os centros e os agrupamentos celulares se daria via articulação de dentro — moléculas oscilantes passam de um centro heterogêneo para outro, mesmo que para assegurar a dominação de um desses centros. Há todo um universo de atos intercalares, articulação por dentro, acomodação de intervalos, repartição de desigualdades, superposição de ritmos disparatados — neste caso, a consolidação se dá depois, porque no início temos um conjunto vago.

Deleuze e Guattari citam Henry James como uma figura de referência ao modelo rizomático: "É preciso começar longe, tão longe quanto possível e proceder por blocos de matéria trabalhada" (Deleuze, 1997, p. 141). A síntese de heterogêneos se dá depois por meio do enunciado maquínico ou do agenciamento de enunciação, em contraposição ao agenciamento territorial. Será um modelo de consistência presente, por exemplo, no canto pleno dos tentilhões, cujo agenciamento efetua contraponto em sua melodia, aprofundando uma zona bem determinada (haverá, em outros casos, contrapontos assegurados por outros lugares).

10.8. O AGENCIAMENTO E A FUNÇÃO DA MÁQUINA

O que modula a matéria de expressão é o agenciamento e não o modelo binário usado pela etologia, como os mecanismos inatos e aprendidos. A consistência do ritornelo se dá: ou sob a forma de melodia mnêmica que não precisaria ser inscrita, dentro do binarismo inato-adquirido, num centro; ou sob a forma de motivo vago que não precisaria, sob o binômio inibição-desencadeamento, estar já pulsado ou estimulado. Porque esse modelo binário subentende uma forma localizada e pulsada, própria do território. O agenciamento, pelo contrário, regulado por matérias de expressão, não só diz respeito ao agenciamento territorial, que nada tem a ver com o meio interior (há um movimento de descodificação) nem com estímulos do meio exterior (o tentilhão mesmo exposto aos sons sintéticos, guarda um sentido inato da sua própria tonalidade). Com o agenciamento desaparece o modelo dualista porque, ao mesmo tempo que ele territorializa, ele também desterritorializa, tendendo para uma pátria desconhecida, o que acaba por gerar outros agenciamentos desterritorializados. A função da máquina seria justamente no sentido de abrir o agenciamento territorial específico para outros agenciamentos, podendo essa abertura estar ligada a seres da mesma espécie ou a espécies diferentes: no primeiro caso, temos o agenciamento de corte, verificado em determinados pássaros, em substituição à nidificação; no segundo caso, o canto de outras espécies fazendo soar como um canto estrangeiro numa determinada espécie.

10.9. O BURACO NEGRO (A DESTERRITORIALIZAÇÃO NO VAZIO)

A máquina intervém num agenciamento dado, abrindo-o para o cosmo ou para outras espécies (canto estrangeiro) ou para outro agenciamento da mesma espécie (o caso da corte ou do gregarismo) — casos de abertura em consistência. Porque também pode haver uma outra espécie de desterritorialização voltada ao fechamento, uma desterritorialização no vazio. Ao contrário, na abertura em consistência está implícito um processo de relação com o outro, de consolidar-se no outro, de se manterem juntos heterogeneamente. Já o fechamento corresponde a uma espécie de buraco negro, efeitos individuais de grupo, como o fenômeno da cauda do pavão. O curioso é que nesse caso da cauda do pavão, mesmo a desterritorialização no vazio, espelhando um alimento imaginário, e, portanto, sendo um fenômeno individual de grupo, pode servir de conversor do agenciamento, abrindo passagem para um agenciamento de corte. Em outras palavras, o referido fechamento pode servir a processos inovadores de abertura.

10.10. ESTRATO E PLANO DE CONSISTÊNCIA

Na consistência das matérias de expressão, temos o plano semiótico e o molecular. E em cada um destes vamos nos defrontar com suas respectivas heterogeneidades: se no plano semiótico vamos nos ver diante da potência do Natal e da aptidão em formar temas rítmicos-melódicos, no plano molecular as relações poderão ser lineares (diretas) ou por meio de discernimento, discriminação, estereoespecífica (ligações indiretas).

No plano da matéria: os átomos poderão constituir grupos em direção a estados equilibrados, via acumulação estatística-probabilística, apagando-se a individualidade; ou poderão formar grupos em direção a estados de concentração menos prováveis, por meio de comunicação com indivíduos de diferentes ordens. Seguindo a mesma divisão, a vida, entendida como transcodificação dos meios, pode ocorrer: nos sistemas estratificados, codificados horizontalmente como a causalidade; nos sistemas estratificados verticalmente (hierarquia); ou por meio da sucessão de formas que serve de substância para outra sucessão (enquadramento).

Mas a transcodificação pode ocorrer não só em sistemas estratificados — ela também pode ocorrer em conjuntos consistentes (consolidado de componentes heterogêneos), como se um *phylum* maquínico, uma transversalidade desestratificante, passasse através dos elementos, das ordens, das formas e das substâncias, do molar e do molecular, para liberar uma matéria e captar forças.

Nesse processo de transcodificação, portanto, estão implícitas duas operações — a constituição do estrato (agenciar territórios), mantendo juntos os elementos; e operando causalidades transversais de desestruturação em conjuntos consistentes. Essa mesma lógica é obedecida no agenciamento, mantido pelas causalidades lineares, mas também pela ponta de desterritorialização, que sempre abre novos possíveis, ainda que se mantenha, como no Ritornelo, conectado a componentes bioquímicos e moleculares.

É que, conforme Deleuze, nessa dupla operação não existe um processo de oposição. Pensar o agenciamento como uma oposição à estratificação do meio é esquecer que dentro do próprio agenciamento pode ocorrer um movimento de abertura desterritorializante em direção ao cosmo, como também pode ocorrer um movimento de fechamento territorial, que, por sua vez, como no caso da cauda do pavão, pode propiciar uma abertura. Da mesma forma, o estado de estrato do meio pode gerar um movimento de desestratificação: "É no plano de consistência que os estratos se endurecem e é nos estratos que o plano de consistência trabalha e se constrói" (Deleuze, 1997, p. 152).

10.11. CLASSICISMO, BARROCO, ROMANTISMO E MODERNISMO

Deleuze e Guattari não propõem uma superação do modernismo. Vai ser a partir dessa divisão tripartite que os dois pensadores franceses vão desenvolver um quadro histórico baseado na forma, no agenciamento territorial e no cosmo.

As ligações lineares arborescentes, cujas diferentes partes estarão sujeitas a uma forma, estabelecendo assim uma relação entre forma e substância, a partir da qual as partes são consonantes a uma unidade diferencial que é o começo do mundo... nos remete ao classicismo e ao barroco — aqui, as forças do caos são devidamente organizadas por meio da distinção binária: forma-substância; código-meio codificado; forma-ordem de sucessão das substâncias enformadas.

No romantismo, que será subdividido em duas partes, o herói mítico e o herói histórico (povo) — até nessa divisão ressoa a desterritorialização relativa (intra-agenciamento e interagenciamento; variações das funções territorializadas e variação de agenciamentos desterritorializados); não se trata mais da universalidade do direito, mas do agenciamento territorial. Não é mais uma questão de código, e sim de força (o conjunto das forças na terra), o que nos remete à matéria de expressão sucedendo à matéria de conteúdo clássica. Nesse momento, em função do ato de territorialização (agenciamento territorial), surge o território, que não se confunde à terra. Daí a ambiguidade romântica: o artista vive o território, mas vive como exilado, desterritorializado, em defasagem; em termos musicais, o ritornelo se dirige a um canto mais profundo que o funda (estamos aqui tratando de fundação, não é o mundo binário como a fórmula "forma e substância" do classicismo; aqui é uma terra só, o fundo grego das forças, dos afetos não subjetivados, para onde o herói mítico ou histórico (Wagner e Verdi) se dirigem; a questão é que o artista vive o território, daí que, ao descer até o fundo, ele se choca contra o fundo, arrasta o fundo consigo e faz o fundo desafinar. Essa ambiguidade do artista romântico é bem exemplificado em Maller, que evoca os agenciamentos por meio do motivo melódico (canção territorial), mas também evoca o motivo rítmico, por meio da voz, ponta do agenciamento, elemento desterritorializado em direção ao fundo (no primeiro caso temos os cantos dos pássaros; no segundo, Dionisos).

Na questão do moderno, a diferença, no que tange ao clássico e romântico, está na relação matéria-força ou molécula-cosmo: a matéria visual deve capturar forças não visíveis, tornando-as visíveis, e não reproduzir o visível. É que essas forças são cósmicas: não têm forma e são imateriais. Já as forças da terra constituem uma grande forma expressiva, são matérias de expressão — a filosofia romântica invocava uma identidade sintética formal, que assegurava a inteligibilidade contínua da matéria (síntese *a priori*).

Numa pintura romântica, o que um camponês carrega deverá ser mostrado porque a matéria é expressiva, tem forma, é visível. No caso de uma pintura moderna, a matéria está associada às forças invisíveis que ela captura — não tem nada *a priori*. A máquina de sons, para o compositor Varèse, por exemplo, não tem o sentido de reproduzir os sons, mas molecularizá-los e ionizá-los a fim de capturar forças do cosmo — ao mesmo tempo que a máquina torna audível a produção do processo sonoro, desviando da ilusão de uma forma ou de um conteúdo, ela nos coloca ainda em relação com outros elementos que ultrapassam a matéria sonora (se essa máquina deve ter um agenciamento, este seria o sintetizador, que reúne os módulos, os elementos de fonte e de tratamento, os osciladores, geradores e transformadores, acomodando os microintervalos, tornando audível a produção do processo sonoro) — aqui, a matéria sonora deixa de ser uma forma expressiva e passa a conter disparates, numa síntese heterogênea, cuja operação de consistência por parte do sintetizador tomou o lugar do fundamento: uma filosofia não mais como juízo sintético (Kant), mas como sintetizador de pensamento, este compreendido como uma força do cosmo.

Nesse sentido, Deleuze e Guattari fazem um elogio ao gesto sóbrio, com raízes kafkianas, quando contrapõem o ruído (o amontoado estatístico, o material rico e ao mesmo tempo vago, confuso) a uma síntese de disparates com grau de consistência que torna possível a distinção dos elementos disparatados que o constituem. Para abrir-se ao cósmico se requer a simplicidade, a sobriedade, a molecularização, a desterritorialização.

10.12. AS FORÇAS DESTERRITORIALIZANTES

A questão é que o agenciamento tanto pode levar a uma abertura cósmica quanto ao fechamento de um buraco negro — sempre há um risco aí envolvido. Processos de conservação e destruição ocupam o cosmo para subjugar o molecular, colocando-o num conservatório ou numa bomba. Nesse aspecto, povo e terra podem ser bombardeados num cosmo que os limita — *mass media*, meios de controle, computadores, armas nucleares teriam um sentido de adestrar, controlar ou aniquilar o povo, ainda que este carregue um vetor para um cosmo incerto.

O fato é que nada é determinante: nada garante que as moléculas territorializantes da música pop não possam disseminar aqui e ali, atualmente, um povo de um novo tipo, singularmente indiferente às ordens do rádio, aos controles dos computadores, às ameaças das bombas atômicas. É que por detrás de qualquer agenciamento, mesmo aqueles que aprisionam e matam, vai existir sempre as forças desterritorializantes, sejam elas as forças do caos, da terra ou do cosmo, desestratificando, descodificando, ou sendo cooptadas, respectivamente. A essa desterritorialização é que damos o nome de devir, ao qual a Máquina estará ligada.

11. O RITORNELO COMO FORMA *A PRIORI* DO TEMPO

O estudo de Deleuze sobre Proust — "Proust e os Signos" (1987) —, anterior a *Mil Platôs*, já levanta essa perspectiva de um trabalho a ser feito a fim de que o agenciamento se abra para uma força cósmica. Proust dramatiza essa situação: num primeiro momento, a pequena frase da sonata de Vinteuil fica associada por muito tempo ao amor de Swann pela personagem de Odette e à paisagem do bosque de Boulogne, até que essa pequena frase gira em torno de si mesma para revelar uma potencialidade até então inaudita, entrar em outras conexões, levar o amor em direção a outros agenciamentos. Como se não houvesse o Tempo como forma *a priori*, sendo o ritornelo a forma *a priori* do tempo, capaz de fabricar tempos diferentes a cada vez. Como se do primeiro ritornelo (territorial ou de agenciamento) houvesse um trabalho de transformação a um ritornelo cósmico — o que nos remete de uma certa forma ao trabalho de Bartók, transformando as melodias territoriais e populares, fechadas em si, em temas, cujo desenvolvimento da Forma assegura um devir das forças. Esse trabalho de deformação implica a presença desde sempre. Não é, por exemplo, a ruptura com o sistema tonal; é, antes, passar através de suas malhas, a fim de que o ritornelo, ao invés de evocar uma paisagem ou um personagem, possa fazer, ele próprio, um personagem rítmico e uma paisagem melódica.

A idade moderna, à qual Proust se encontra essencialmente ligado, implica no primado da não reprodução. O grande paradoxo é que vai se requerer um certo tempo de trabalho a fim de que se descubra o ritornelo como a forma *a priori* do tempo, fabricando tempos diferentes a cada vez.

11.1. A ESSÊNCIA COMO REVELAÇÃO DA ARTE

Muito desse aspecto é desenvolvido em "Proust e os Signos" (Deleuze, 1987). Há um processo de aprendizado que se efetua no tempo. Para Deleuze, analisando *Em Busca do Tempo Perdido*, o personagem principal não sabe certas coisas no início e aprende progressivamente até a grande revelação final. Progressivamente, mas sem um caráter linear. Enquanto a revelação da arte não sistematizou o conjunto, uma revelação parcial pode aparecer em determinado campo de signos, mas ser acompanhada, às vezes, de regressões em outros campos. Esse processo de aprendizado se dará, portanto, de forma descontínua e voltada para o futuro, até que as essências, manifestadas na obra de arte, passam a reagir sobre todos os outros campos anteriores (o mundano, o amoroso e o sensível), nos chamando a atenção para a sua presença desde o início, ainda que não pudéssemos compreendê-la imediatamente.

Nos signos mundanos e amorosos, a essência se apresenta na forma geral da lei (as leis gerais do vazio e as leis gerais da mentira, respectivamente; generalidade de grupo e generalidade de série, respectivamente). Já nos signos sensíveis, a essência começa a adquirir um mínimo de generalidade, uma vez que sua encarnação depende de dados contingentes e de determinações exteriores. E, finalmente, na arte, a essência individualiza o sujeito em que se incorpora e determina de modo absoluto os objetos que a exprimem (é quando a essência adquire maior individualidade, se encarnando com mais necessidade e individualidade — aqui, a essência é revelada como a razão da relação entre o signo e o seu sentido e suas variações). As essências, entendidas como alógicas e supralógicas, é que vão constituir tanto o signo quanto o sentido (o primeiro sendo mais profundo que o objeto que o emite, ainda que semiencoberto por este; e o sentido, mais profundo que o sujeito que o interpreta, ainda que encarnado pela metade em uma série de associações subjetivas).

Quando, em *Mil Platôs*, a pequena frase da sonata de Vinteuil, antes associada ao amor de Swann e à paisagem do bosque de Boulogne, passa a girar em torno de si mesma, fabricando tempos diferentes de cada vez, Deleuze e Guattari chamam atenção para alguma coisa liberta do sujeito e do objeto: a essência, capaz de recuperar todas as verdades do tempo e todas as espécies de signos, fazendo deles partes integrantes da obra de arte.

12. REALIDADE POSSÍVEL

Realidade Possível — Dilemas da Ficção em Henry James e Machado de Assis (2012), de Marcelo Pen Parreira, provavelmente seja um dos estudos, em língua portuguesa, mais abrangentes sobre Henry James, ainda que inclua também o caso Machado. Logo na introdução, Parreira explicita suas fontes: Antonio Candido, Roberto Schwarz, Ian Watt (*A Ascensão do Romance*, 1996) Wayne Booth (*A Retórica da Ficção*, 1961), John Gledson e Dolf Oehler (*O Velho Mundo Desce aos Infernos*, de 1988, e *Terrenos Vulcânicos*, de 2004).

Dividido em três partes ("Mergulho", "Percursos" e "Chegada"), a primeira parte vai identificar, tanto em *Memorial de Aires* (Assis, 1947) quanto em *Os Embaixadores*, um estado crepuscular: ambos descreveriam, na tela de suas especificidades formais, uma ordem de coisas que estava morrendo, enquanto aludiriam a um novo, gélido e impreciso conjunto de circunstâncias, que já então despontavam no horizonte. Essa ambiguidade crepuscular é que daria a ambos escritores uma condição singular.

Ao mesmo tempo que prenunciam uma nova realidade escorada em crimes, empunham suas armas e aguçam suas estratégias para fazer frente à nova situação. Nesse sentido, há em ambos uma mescla entre o clássico e o moderno. Clássico porque, ao contrário do realismo naturalista e seguindo a tradição peripatética, entendem que a imitação do real será sempre seletiva, e não cópia do todo — aqui estaria a relação de ambos com a *Revista dos Dois Mundos*, que viria a exercer sobre eles uma influência estética e ideológica (a verdade estética é mais importante que a verdade histórica, até porque o almejado ar de realidade dado à obra é fruto do investimento na forma; e a mensagem retrógrada, dentro do referido contexto histórico, principalmente no caso de Machado, seja em seus ensaios de retórica conservadora, seja na relação do narrador Aires com a elite proprietista, será observável; se pensarmos em *Memórias Póstumas* (Assis, 1997), até a forma narrativa, e aqui não dá pra poupar Machado, revela os novos matizes e o próprio refinamento da classe dominante. Em todo caso, se a perspectiva clássica, em contraponto ao realismo naturalista, estará presente em Machado e James, a perspectiva moderna também. Eles prenunciariam o romance psicológico de Proust e James Joyce. Os caracteres, onde são guardados os desejos e as motivações, são de onde James e Machado partem — até nesse ponto eles se diferem dos realistas, para quem a ação e o enredo têm o primeiro plano.

Um segundo aspecto dessa primeira parte do trabalho de Marcelo Pen, que me parece procedente no sentido de entendermos o núcleo do seu estudo, está no confronto entre a sua perspectiva e a de John Gledson (Gledson, 1986). Para Gledson, há uma verdadeira história de Tristão e Fidélia por trás de encenação de Fidélia no Memorial, assim como há a devida manipulação do narrador. De toda essa visão do americanista, paira a tenebrosa sombra do realismo nos sugerindo a tragédia da incompreensão: tanto Capitu em *Dom Casmurro* quanto as crianças em *A Outra Volta do Parafuso* fariam abater sobre si mesmas a tragédia da incompreensão — essa mesma incompreensão, que pode ser lida na manipulação do narrador.

Para Edmundo Wilson, em *O Castelo de Axel* (2004), seguindo a mesma lógica realista de Gledson, a verdadeira presença maléfica em *A Outra Volta* é da imaginação sem freios da governanta. A descrição minuciosa por parte da narradora, no livro referido, denunciaria sua intenção — essa lógica realista a partir da qual não devemos confiar no narrador é contraposta por pessoas do peso de um Wayne Booth (Booth, 1961), segundo o qual, optando pela versão direta da história, a governanta viu os fantasmas e procurou proteger as crianças. Mais importante que contar é a sugestão que se dá por meio de cenas ou diálogos, é a impressão não nomeada que caberá ao leitor completar. Os fantasmas, em *A Outra Volta*, teriam uma relação com o virtual, assim como Mrs. Newsome em *Os Embaixadores*. Em contraponto ao realismo, a sugestão, o esboço, intensificam os resultados dramáticos. Como o próprio James define em seu prefácio de *A Última Volta*, "faça o leitor pensar no mal, faça ele pensar por si, e você estará livre das frágeis especificidades" (James, 2003, p. 238-239).

Haveria, então, por essa perspectiva, à qual Marcelo Pen adere, um investimento nos caracteres, na indeterminação, na dúvida, na internalização da ação e da paisagem, apelando para a imaginação do leitor. Mais importante que intuir é imaginar. Não é à toa que Marcelo Pen, em seu estudo, opta por *Memorial de Aires* e *Os Embaixadores*. A ambiguidade não intencional dos romances permite, por exemplo, que possamos interpretar como possíveis ambas as hipóteses da fuga de si mesmo por parte de Fidélia: seu amor por Tristão e seu dever ao marido morto. Ou que possamos interpretar a doação das terras da fazenda de Fidélia aos escravos como uma espécie de traição a estes ou como uma atitude louvável, se pensarmos que até bem pouco tempo, no Brasil, reforma agrária era apenas outorga de terras.

Haveria, nesse aspecto, um empenho antiaristotélico por parte do escritores referidos — fora, portanto, da perspectiva realista; o que abre para uma comédia de erros. É nesse aspecto, que tanto Chad quanto Fidélia, em relação a Strether e Aires, respectivamente, representam forças misteriosas, influências ou possíveis influências, um sopro do inferno.

12.1. A IDEIA DE PROTÓTIPO

Na segunda parte de seu estudo, "Percursos", Marcelo Pen trabalha com a ideia de protótipo (germe), o que, de uma certa forma, vai na contramão dos que separam em fases diferentes as obras de James e Machado. Em relação a *Ressurreição* (Machado de Assis, 1997), há uma espécie de traição (a carta de Luís Batista falando de Lívia) e a conjugação entre a oligarquia rural e a burguesia (o casamento de Felix com a filha do fazendeiro). Relacionando *Ressurreição*, *Dom Casmurro* e *Memorial de Aires*, Helen Caldwell, autora de um livro importante sobre Machado (*O Otelo Brasileiro de Machado de Assis*, 2002), vai dizer que justamente pelo fato dos personagens do primeiro romance serem tratados com menos nuances é que pode ser percebida com maior clareza a motivação que os anima. O quadro que Luís Batista solicita a Felix, como um pedido de sua amante, tem como tema Betsabé, avistada pelo Rei David em seu banho. Sabe-se que Urias, estrangeiro e marido de Betsabé, viria a ser mandado à guerra por ordens de David, morrendo nos campos de batalha. Não será difícil, a partir daí, estabelecer analogias entre Aires, Luís Baptista e o Rei David, dentro do grande campo da traição, enquanto Fidélia, Lívia e Betsabé seriam suas vítimas, assim como Urias, Tristão, Felix e Bentinho.

Em *A Mão e a Luva*, outro grande tema vai se articular, não só com os romances da fase madura de Machado, mas também com a fase tardia de James: é o tema do disfarce e da dissimulação. Aqui temos Mrs. Oswald e Guiomar, personagens cheias de ardis: a primeira por uma natural sagacidade inglesa, a segunda por uma questão mesmo de sobrevivência num mundo em que se é apenas subalterna — o modelo de Guiomar estará presente em Capitu e Sofia, mas também em James, na Madame Blumenthal de *Eugene Pickering*, em Kate Croy (*As Asas da Pomba*), em Charlotte Stand (*A Taça de Ouro*) e em Marie de Vionnet (*Os Embaixadores*). O mundo dos disfarces, das máscaras — seja por uma questão de engenho, seja por uma indeterminação ligada aos caracteres.

12.2 . ENTRE O REALISMO DA ARTE PELA ARTE E O IDEALISMO DA *REVISTA DOS DOIS MUNDOS*

A *Revista dos Dois Mundos*, que será investida de importância no estudo de Marcelo Pen (não é à toa a menção ao veículo, tanto em *Os Embaixadores* quanto no *Memorial*, o que, de certa forma, testemunha a atenção que lhe é dirigida tanto por James quanto por Machado), serve para medirmos a situação singular de ambos os escritores, a meio caminho entre o idealismo e o realismo.

O estudo de Marcelo Pen acompanha o histórico da revista: da cabal refutação ao realismo até sua rendição parcial — James e Machado estariam mais situados no contexto dessa rendição parcial, também conhecida como "realismo mitigado". Ainda assim, serão observadas diferenças entre Machado e James no tocante ao ideário estético da revista.

Tendo escrito por longo tempo para o *North American Review*, verifica-se nas resenhas de James uma tendência para o ecletismo — realismo e idealismo conjugados —, tendo em vista o interesse que lhe desperta Flaubert (o primado do procedimento sobre as opiniões, no caso do escritor francês, abriria todo um campo para o realismo da arte pela arte, colocando em evidência tanto o autor quanto o leitor). A abertura tanto para o autor quanto para o leitor imprime a desconfiança sobre o narrador e protagonista, que muito embora cientes de si, nos revelando o interior dos caracteres, conforme a concepção idealista da arte que vai banhar o ideário estético da *Revista dos Dois Mundos*, ainda assim, deixará a narrativa exposta a desconfianças.

Machado, ao comentar *O Crime do Padre Amaro*, critica justamente a tendência do naturalismo realista pela descrição (*telling*), de privilegiar as circunstâncias exteriores (o lenço de Desdêmona na peça de Shakespeare) como truques de enredo, o incidente e o fortuito em vez dos caracteres e da vontade.

Em seu texto sobre *O Primo Basílio* (Machado de Assis, vol. 3, 1997), na revista *A Marmota*, há um espírito sectário semelhante aos moralistas e pregadores da revista, tais como Fielding e Walter Scott — no texto, Machado é contra a ciência, o realismo, o positivismo, o socialismo, o romantismo e o idealismo metafísico. A fórmula que prevalece é: história + caracteres + ensinamento moral.

Talvez pudéssemos concluir que o primado formal em James tenha um maior investimento do que em Machado, principalmente se pensarmos na fase tardia de ambos. O excesso naturalista é corrigido em Machado por meio de um ideal médio que revoga todos os excessos, restringindo a hipérbole, a eloquência, a verbosidade, o incidente vulgar, a descrição em demasia. A essa perspectiva de Machado, que Marcelo Pen retira de Tristão de Ataíde, justapõe-se a de Henry James, segundo a qual o excesso realista deve ser corrigido pela discriminação, pela seleção do real, que deverá ser mais abrangente ainda do que a preconizada pelos críticos da *Revista dos Dois Mundos*.

Além dessa maior abrangência indicar que não há uma receita, uma fórmula para os romances, indica também uma alternativa diferente da seguida por Machado: o excesso naturalista do *telling* seria substituído pelo *showing* — aqui, não se trata de um ideal médio, mas o não dito, o mínimo, a sugestão, a impressão, a partícula da poeira à espera da reflexão e da discriminação do leitor. Conforme Valéry (Valéry, 1991, p. 66), é a estratégia dos poetas simbolistas que se configura em James.

Ainda que possamos estabelecer essas nuances entre Machado e James, sobrepõe-se em ambos o primado do procedimento, assim como a desconfiança e a melancolia dos novos tempos: por um lado, o realismo da arte pela arte, trazendo outras instâncias como o autor e o leitor, a impessoalidade da observação, o culto da forma, a liberdade da arte, expressando também a democracia no campo político, a ausência de discriminação, a Revolução de 1848, a República de Luís Bonaparte que veio a seguir — expressões de um mundo burguês; e, por outro lado, a desconfiança desse mesmo mundo, a nostalgia de uma vida transfigurada pela arte, que, ao invés de observar ou imitar, escolhe, combina e faz a imagem ideal da realidade — nostalgia que terá sido o vínculo de ambos com a *Revista dos Dois Mundos*.

12.3. O PERSONAGEM, O NARRADOR E O AUTOR IMPLÍCITO

Marcelo Pen seleciona, em *Os Embaixadores*, o que ele vai chamar de "aventura pastoral" e, em *Memorial de Aires*, a visão de Fidélia no cemitério. Em ambos os cenários, coloca-se em movimento um *modus operandi* que Marcelo Pen vai relacionar tanto a James quanto a Machado.

A aventura pastoral diz respeito à ida de Strether ao campo. Ali, acontece o imprevisto: Madame Vionnet e Chad são flagrados juntos num barco, dando margem a toda uma *mise-en-scène* e fazendo vir à tona a farsa, que o protagonista passaria a tomar conhecimento.

Ir ao campo tem um aspecto de ver *in loco* o que Strether viu nos museus e nos livros, de Lambinet a Maupassant. E sob o influxo de conflitos, como uma espécie de fuga diante da futura chegada dos Newsome a Paris. Mas escolher o campo também tem a ver com o objeto de seu desejo: reviver um quadro de Lambinet que retrata justamente os campos franceses, visto pela primeira vez no Museu de Boston e que ele tanto desejou, mas não conseguiu comprar. Pois a "aventura pastoral", como Marcelo Pen denomina a fuga de Strether aos campos franceses, tem esse elemento da memória, ao mesmo tempo que acusa um elemento de acaso, já que a escolha da estação de destino é feita praticamente a esmo. Nesse caso, o quadro é restituído a seus elementos originais, isto é, a natureza, num retorno que também é das demais circunstâncias de outrora: a sua condição de subordinação, enquanto emissário e representante daquilo que em essência ele não é.

Há um duplo movimento nesse processo, que vale a pena ser registrado: a natureza, de uma certa forma, reformula a obra; mas, diante do universo rural, que supostamente havia inspirado a obra, há uma espécie de rearranjo desse universo segundo antigas vicissitudes. Em outras palavras, a natureza que inspirou o quadro, sob o refluxo do quadro e das circunstâncias pessoais, torna-se uma outra natureza. E isso porque ela é vista pelas lentes da lembrança: a ficção elaborada por Lambinet e a consciência da condição de subordinação de Strether. Se pensarmos que a obra (o quadro) é uma cópia da natureza e que esta, *in loco*, tornou-se um rearranjo artístico e social (uma cópia da cópia), o texto, que passa a representar essa natureza, é uma cópia da cópia da cópia, enquanto expressão do autor implícito. Essas três instâncias (quadro, natureza, texto) servem para entendermos a figura do personagem, do narrador e do autor implícito.

James nunca desejou revelar a farsa narrativa para não prejudicar a dissimulação, ao contrário de Beckett. Mas o autor implícito, como o define

Booth, é a soma das próprias escolhas do autor real (aqui, obrigatoriamente, somos levados a lembrar da perspectiva do idealismo que banhou a *Revista dos Dois Mundos*: escolher o aspecto do real que interessa retratar, já que é impossível esgotá-lo). Em James, a dissimulação é fundamental: mais importante que expor o autor implícito é iluminar a farsa ou a comédia que o personagem-narrador está sujeito.

12.4. A PAISAGEM RELACIONADA AO CAMPO DO DESEJO

Como foi observado a respeito do lenço de Desdêmona (a crítica de Machado sobre *O Primo Basílio*), o acaso do encontro de Strether com Chad e Vionnet e a consequente farsa estabelecida pelo casal são decorrentes da consciência que o narrador adquire da sua condição pública e pessoal, incapaz de seguir seus ideais. A projeção desse estado falseado, então, a sua dupla consciência (Strether representa o que essencialmente ele não é), será a inverossimilhança da superfície: absurdo e autêntico; falso e real. Esse real produz estranheza justamente por sua inverossimilhança: a relação tipicamente de farsa entre Chad e Vionnet diante de Strether.

Essa relação entre real e consciência também é perceptível no *agreement* do rio — um espaço concedido a seu personagem e extraído de sua disposição interior: *agreement* tem aqui um sentido de harmonia, conformidade, concórdia, mas também de um estado supostamente dominado que espelha o estado de dominação do sujeito, que julga exercer um domínio sobre a natureza e depois percebe que nem mesmo esse frágil controle é capaz. Fica explícito também nesse processo que a paisagem não é objetiva, autônoma, separada da consciência do personagem (essa independência se manifestaria mais entre os realista — Balzac, Flaubert e as primeiras narrativas de James, como "Um Peregrino Apaixonado"); esta natureza não está à parte de sua cegueira, mais do que à sua memória, mais ainda do que às suas sensações — basta lembrarmos das madeleines em Proust —, a paisagem se liga a seus desejos, a seus impulsos íntimos necessariamente implicados: Deleuze entende o campo do desejo como uma subdivisão do sensível, que será também ocupado pela memória involuntária (Deleuze, 1987, p. 53).

12.5. O *TELLING* E O *SHOWING*

A questão do *telling*, em James, é que nunca é puro no sentido de uma descrição objetiva. James, sem dúvida, mostra uma paisagem, mas como ela se reflete na mente do herói — e esses reflexos dizem uma série de coisas ocultas. O outro aspecto é que o *telling* é uma espécie de preparação para a cena, no caso, o flagrante do casal e sua reação.

A característica de Machado é a descrição enxuta, principalmente no *Memorial*. O *telling*, na obra do autor brasileiro, se expressa mais pelas intromissões do narrador — suas lembranças, digressões, referências doutas. A única longa descrição, no caso do *Memorial*, é quando o conselheiro espreita Fidélia pela primeira vez no cemitério. Nesse momento, ele não só prepara a cena como a anuncia e a comenta. E vamos nos deparar com arbustos mudos e pássaros mortos, paralizados sob a ação da memória e vivos sob a ação do tempo, a história como contemplação ritual e como existência ou ação. O fato é que o narrador Aires compara as aves no cemitério aos arbustos quedos e calados, no presente sem tempo do cemitério. Assim como compara a ação de Fidélia às aves no cemitério: na ótica de Aires, a ação de Fidélia não se fazia por avanço, mas por oposição; e a obra de Fidélia (a entrega das terras aos ex-escravos) não leva o casal ao engajamento, mas à fuga — a Portugal, não ao Brasil.

A presença do irrevogável (a morte, no caso de Machado; a consciência tardia em Strether) é aquilo que não pode ser mudado: o destino, a sina, o ato que marca para sempre, o que se arrasta como uma bola presa à corrente. É a impressão pré-moldada, seja do campo francês em Strether, seja do cemitério em Aires. Mas além desse tempo, que é do *telling*, isto é, do tempo pretérito, o realismo subjetivo de James e Machado aponta também para uma outra espécie de tempo, expresso no *showing*: o presente eterno — que é o presente da consciência, tempo da impessoalidade, o presente existencial sujeito a mudanças. Essa presença dos dois tempos se dá numa síntese problemática e equívoca, ainda que se privilegie, no caso de James e Machado, o eterno presente, fazendo abarcar o pretérito e o futuro a partir da percepção, das sensações e dos afetos (*showing*).

12.6. A DUPLA CONSCIÊNCIA

A cena de *Os Embaixadores*, escolhida por Marcelo Pen para efetuar suas análises, se dá no 12º livro, entre a aventura pastoral, que tem um padrão de cena dramático, e a segunda visita de Strether à Madame Vionnet, também esta com um padrão de cena dramático. Entre os dois, temos uma longa cena de espera que será analisada, quando a mente é dramatizada e o tema pictórico, conforme Lubbock, é expresso pelo método dramático (Lubbock, 1976, p. 152-185). Isto é, seguiremos a experiência da consciência de Strether. Esse anticlímax, depois da grande revelação do capítulo anterior, estará, no entanto, cheio de suspense. Aqui estarão em foco os locais públicos como as Tulherias e os Champs-Élysées, que viriam a sofrer a modernização do Barão de Haussmann, sob o império de Napoleão III. Essa nova Paris, a do turismo burguês ou da má consciência, a encobrir os crimes do passado, como o fuzilamento dos inssurrectos de 1848 ou de 1871, seria representada pela residência de Chad na Boulevard Malesherbes, uma das artérias amplas abertas pela operação de embelezamento estratégico de Haussmann. Esse momento de suspense em que o telégrafo vai desempenhar uma função muito importante, com a "presteza das pequenas mulheres de Paris conjurando, pretextando Deus sabe lá o quê, cravando as medonhas canetas públicas, nas medonhas mesas públicas, salpicadas de areia", expressa o estreitamento do tempo e o espaço desdobrado (afinal, é essa a experiência do telégrafo), assim como fazem os fantasmas que podem desafiar o tempo, atravessar espaços e manifestar-se simultaneamente em dois lugares diferentes. Não serão, portanto, gratuitos a tensão e o suspense que se manifestam sob uma calma aparente do Estado Moderno, remetendo o narrador a figuras do *Ancien Régime*, como Madame Roland e Maria Stuart, ambas decapitadas, e a cabeça de esfinge, ornamento da casa de Madame Vionnet, simbolizando não apenas as glórias napoleônicas mas as degolas anteriores.

Esse duplo que é o *Ancien Régime* e o Estado Moderno, Mrs. Newsome em Wollet e em Paris, a face frívola de Madame Vionnet na aventura pastoral e sua face mais profunda no dia seguinte, em sua própria residência, diante de Strether (um intervalo reduzido de tempo entre as duas faces e a mudança como produto da violência), expressam o drama da dupla consciência daquele que tem de haver consigo próprio, como representante e resultado de circunstâncias nacionais específicas, mas cujos olhos e aspiração se colocam numa direção estrangeira à sua — conforme Roberto Schwarz, é a ambivalência própria das nações periféricas (Schwarz, 2000).

No nível sintático, o primeiro parágrafo do 12º livro comprime variadas facetas em longuíssimas frases concatenadas num só período: o futuro aparece ligado ao pretérito mais remoto, passando pelo presente do personagem, parecendo fechar-se num ciclo sempre reinaugurado. A dupla consciência se manifesta dessa forma: o tempo único, sensorialmente eterno da consciência, e o espaço redobrado. Os fantasmas e o logro — este, expresso tanto por Vionnet e Chad quanto pelo fenômeno do encilhamento na nossa Velha República, seria característica dos tempos modernos que não levaria a bons resultados.

> *Strether couldn't have said had during the previous hours definitely expected it; yet when, later on, that morning — though no later indeed than for his coming forth at ten o'clock — he saw de concierge produce, on his approach, a petit blue delivered since his letters had been sent up, he recognized the appearance as the first symptom of a sequel.*

Strether não poderia ter dito que houvesse, nas horas que se passaram, definitivamente esperado por isso; porém, mais tarde, naquela manhã — *ainda que de fato não depois das dez, o horário em que descera do quarto — ao ver que o porteiro exibiu, com a sua chegada, um petit bleu entregue após o envio da correspondência, nosso amigo reconheceu na imagem o primeiro sintoma de uma série.*

Esse período conjuga duas características: sob uma aparente calma, uma ansiedade que se expressa na mudança dos tempos verbais (***couldn't***

have said *— he* ***had expected*** it *— when* ***he saw*** *the concierge produce petit blue delivered — since his letters* ***had been sent up*** *—* ***recognized*** *the appearance —* ***as the first symptom of a sequel***; futuro do passado-passado remoto-presente-passado remoto-presente-possível desenvolvimento futuro); a ideia de antagonismo expressa por diversas conjunções presentes no período (*yet*, *though*), além de começar com uma negativa *couldn't have said*, que será contradita, expressando o conflito interno do personagem.

12.7. A PRIMEIRA PARTE DO *MEMORIAL DE AIRES*, DE MACHADO DE ASSIS

Em *Memorial de Aires*, na análise de cena, Marcelo Pen destaca o período entre 17 de agosto e 4 de setembro, sublinhando o fragmento de Shelley, "*I can give not what men call love*", que será utilizado em três momentos diferentes: referindo-se a Fidélia; referindo-se a si mesmo por ocasião das bodas do casal Aguiar; e numa terceira vez, retomando o verso para provar que é verdade sua intenção de retornar a si, reconciliando com suas cãs. Nesse processo, nos damos conta de dois momentos: um primeiro, no qual o que Aires diz de si mesmo não bate com o que se vê — nesse sentido, temos um poeta falso, fingidor; e um segundo momento, em que Aires tenta provar sua sinceridade.

O primeiro momento, que vai de 17 a 21 de agosto, ao fim do qual Aires cogita interromper o Memorial, o leitor se defronta com dois pontos de vistas que vão marcar uma divisão nessa primeira fase: o que se pensa ter visto, mas não é (a dúvida, portanto, se o poeta é um fingidor); e o segundo ponto de vista, que é a nota da falsidade — a conversa de Aires com Tristão, cheia de maledicência e preparando o terreno, de forma bem disfarçada, para o tema do abandono da pátria (a impossibilidade de se esquecer de onde nasceu, de que Tristão traiu sim a pátria). Marcelo Pen pergunta:

> *Por que Aires quer fazer o leitor desconfiar das palavras de Tristão? Já o consideraria um rival no coração de Fidélia, já capaz de amar? Nesse caso, a intenção do conselheiro de ter voltado ao prumo pode não ter passado de mera intenção, quiçá uma bravata: é tão enganosa quanto os versos do ateu em traje de beato.*
>
> (Parreira, 2012, p. 274)

Outro momento, que depõe a favor do verso enganoso, é o desfecho da primeira cena, quando Aires, em conversa com o casal Faria, intui sobre a situação entre Fidélia e Tristão (na conversa, há a referência de seus olhos estarem cansados, doentes — se não enxerga, ao menos intui e se sente ferido). Na verdade, não estava reconciliado com suas cãs: o próprio desejo de interromper o memorial mostra que se deixara iludir pelo gesto conciliatório de retornar a si mesmo. Se enganara, inclusive, em relação à Fidélia, que, segundo Cesária, se era uma defunta como afirmara anteriormente, agora era uma defunta que anda, que foi ressuscitada. A mudança a que se referia Cesária tinha consonância com o gesto simbólico da jovem viúva de encaixilhar as fotografias do pai, representante da velha oligarquia, e do marido, profissional liberal, representante dos novos ricos. E com isso recalca a contenda e o trauma (quando vivos, havia entre eles um desentendimento contínuo). Colocá-los juntos num caixilho novo é uma forma simbólica de dizer que não há mais briga: a morte os uniu e agora a vida pode seguir em frente.

12.8. A MÚSICA

A segunda parte do *Memorial*, isto é, a sua retomada, após a interrupção, é também a segunda parte da cena analisada por Marcelo Pen. E começa com a lágrima furtiva de Fidélia, numa espécie de melancolia mórbida, e culmina no chá de família da gente Aguiar em 31 de agosto, quando tocam piano Fidélia e Tristão (a presença da música fica marcada nesse momento, se pensarmos que sua ausência foi uma das predileções de Fidélia, marcando-lhe a viuvez). Há renascimentos que marcam esse chá: de Fidélia, do diário e do próprio Tristão, filho morto e redivivo. A música marca essa mudança de andamento. Mas por que teria que escrever um Eclesiastes moderno (sem a função bíblica e, no entanto, impedido pelo cansaço dos olhos) se "nada pode haver de moderno depois daquele livro?" (Ecl., I: 4:II). Neste caso, as coisas a narrar seriam sempre as mesmas, mas a maneira de narrá-las poderia ser nova. Nesta segunda parte, se abriria então a perspectiva do questionamento dos limites artísticos na composição do retrato, cuja correspondência com a realidade estariam a crise, a dúvida e a autoreflexão.

12.9. A REALIDADE POSSÍVEL: A JUSTAPOSIÇÃO E A LEITURA A CONTRAPELO

Essa questão da forma nos leva ao autor implícito, que vai se diferenciar tanto de Aires quanto de Fidélia. É o que Marcelo Pen vai chamar de narrador volúvel, presente desde *Memórias Póstumas*: "... nada no *Memorial* é estanque; as situações, motivos e padrões, mesmo que delimitados, costumam voltar e ser entretecidos com outros, mantendo ou alterando ou evoluindo o significado de modo quase incessante à maneira de um fino fio que surge e afunda no desenho do tapete, sem nunca desaparecer de todo, pois ele afinal é que sustenta a urdidura" (Parreira, 2012, p. 284). Assim, a "realidade possível" se apresentaria sob dois primas (realidade possível que é diferente da realidade total, esta entendida como a que o naturalismo realista pretendia abarcar): sob o prisma da justaposição e sob o prisma da leitura a contrapelo em seu elogio da impostura.

Na justaposição, ao contrário da lógica de eliminação e modificação, valem a digressão, as quebras, as voltas e as constantes justaposições que vão concertando o sentido — "evolução do significado" é o que melhor expressa esse processo. O modelo do diário cai como uma luva: dia 4, Aires escreve algo; no dia seguinte, ele o relê, que é também uma forma de reescrevê-lo (da mesma forma como reescrevo esse estudo de Marcelo Pen); no dia seguinte, Aires relê sua releitura e diz recear ter posto ali uma nota poética: "Dona Carmo roubar o destino de Fidélia de ser esposa e mãe de família". Na operação de adição, a contradição está interditada: Fidélia cultua a memória do marido; Fidélia esqueceu o pai; Fidélia preza a companhia dos Aguiares; Fidélia começa a sentir uma atração subterrânea por Tristão; e Fidélia se crê amada pelos libertos e lhes promete migalhas quando rogam estabilidade — nada é falso, ao contrário da lógica de John Gledson.

Já o elogio da impostura, que também pode ser compreendido como uma leitura a contrapelo expressa no falso anúncio da morte do leiloeiro, que no dia seguinte veio a ocorrer de fato (mentiras que as circunstâncias transformam em coisas genuínas), tem o apelo que no falso pode estar a verdade e de que na aparente verdade pode estar o falso ou a mentira. Em outras palavras, ver através das verdades que parecem falsas sugere uma relação de possibilidade, interditada pela lógica realista da não contradição. Tanto o narrador-personagem Aires quanto a personagem Fidélia se diferenciam do autor implícito, que estabelece essa referida retórica.

Para Aires, nada há de novo sob o sol (a diferença com o Eclesiastes é que o seu Deus é o abismo) e há por parte dele uma profunda desconfiança em relação ao avanço tecnológico e à industrialização — sua lógica é do homem fendido: representante de coisas velhas, interessado nas novas, o que justifica a divisão em dois blocos na cena estudada por Marcelo Pen.

Para Fidélia, funciona a lógica do novo: deixa os velhos (a gente Aguiar) a sua própria sorte como deixou seus escravos, o máximo é recomendá-los ao futuro proprietário.

O autor implícito adiciona ambos.

12.10. A SUCESSÃO DE MÁSCARAS EM JAMES

A terceira parte do estudo *Realidade Possível*, denominada "Chegada", vai identificar o período de 1841 a 1871 como o início da lírica moderna e do romance moderno — período em que estarão inseridos tanto James quanto Machado e que será marcado pelo modo confessional, a representação do si mesmo. Período que se seguiu ao massacre da revolta operária, popular e socialista, ocorrida em junho de 1848 na França e cujo banho de sangue, provocado pela reação a essa revolta, assombrou o imaginário dos tempos modernos. Pois a concentração no mundo interior dos sujeitos isolados põe a descoberto as correspondências entre o universo pessoal e o universo político, ambos reduzidos ao silêncio, sob o império de Napoleão III. No campo das ideias, há uma suspeição com relação ao progresso e às operações de embelezamento estratégico de Haussmann; já no campo estético, a crise do narrador, incapaz de observar a realidade em sua inteireza — surge então uma visão rachada do real, com seu conteúdo manifesto e seu conteúdo implícito. O texto intrincado, próprio da arte pela arte (a fase tardia de James ou a forma cheia de saltos em *Memórias Póstumas* e *Memorial*), indica o artificialismo, os fogos de artifício, o véu do disfarce — fundamentais para a decifração da realidade. O poema "O Cisne", de Baudelaire, expõe esse momento: a procura imaginária de algo que não está mais ali, pois o próprio imaginado não se encontra mais na realidade onde deveria estar e de onde foi excluído: a África dos coqueiros está em dissonância com a lama, onde o cisne se debate.

O que fica nesse processo, que Marcelo Pen indica como o início do romance moderno, é a muralha do nevoeiro, que expressa o Real muito mais do que as palavras de ordem ideológica dos realistas mais sectários (a máscara ou o véu no interior da narrativa convidariam o leitor para a vida por trás das palavras de ordem). Não seria despropósito pensarmos que a análise de Adorno sobre a nova música parte dessa perspectiva. A presença de figuras de linguagem como alegorias, metáforas e metonímias rompe com convenções rígidas sobre o que é a realidade e como pode ela ser melhor reproduzida. Instaura-se uma nova forma de objetividade que vai abater sobre o narrador suspeitas de manipulação — o leitor, desconfiado, contrapõe-se às ilações que as palavras da narrativa querem sugerir e descobre outras coisas. Mas essa descoberta só é possível em função da manipulação do narrador — não tivesse ela um papel ativo, o leitor não seria convidado a desconstruir o conteúdo manifesto. De qualquer maneira, esse é um dos processos dos tempos modernos: existe a coisa real, existe a coisa em si, enquanto substância unívoca, onde quer que ela possa ser encontrada, ser alcançada, se é que possa. Nesse aspecto, é o que podemos pensar sobre a ideia de "*continuum*": Chad representa um *continuum*, ainda que seja o pior dos valores, a ausência de esperança; e Strether toma a taça da experiência (seu discurso a Bilham), ainda que de nada lhe sirva porque está voltado para o passado. A questão é que a máscara pode não estar relacionada à história, o que põe por terra todo o raciocínio das correspondências — o corta-papel de Madame Vionnet tem uma correspondência com as canetas afiadas do telégrafo, que, por sua vez, tem uma correspondência com as antigas execuções públicas (decapitações). Nesse sentido, as coisas podem denotar coisas diversas, dependendo do contexto, estando sempre em relação e perdendo o poder de substância unívoca. Madame Vionnet, por exemplo, expressaria uma sucessão de máscaras, assim como a *Revista dos Dois Mundos*, na sala de visita nos EUA, no salão de leitura de Strether e no *boudoir* de Madame Vionnet, representaria coisas distintas, perdendo o *continuum*.

12.11. AS FORMAS DE APREENSÃO DO REAL EM MACHADO E JAMES

Os modos de apreensão da realidade se diferenciam entre James e Machado, ainda que ambos se anteponham ao método realista de inventário exaustivo dos detalhes do contorno material — esse anseio positivista da realidade completa. Aqui estamos sob a égide da *Revista dos Dois Mundos*, na importância concedida à escolha, por parte do autor, dos elementos que compõem a realidade, em função da impossibilidade de esgotá-la.

O fato é que, a partir do acontecimento político de 1848, essa realidade, vista de viés, por meio de alguns elementos escolhidos, torna-se um processo perverso de ocultamento: é dentro dessa perspectiva que podemos situar tanto o embelezamento de Paris via Barão de Haussmann (os bancos de pedra das Tulherias podem ocultar cadáveres) quanto, no *Memorial*, o caixilho que junta as fotos do marido e do pai de Fidélia, ocultando o conflito entre eles quando vivos. O fato é que o recalcado sempre sobe à superfície por meio das sugestões ou das impressões escolhidas, as quais fazem a realidade possível. Essas impressões provocam o pesadelo maior, uma vez que a neurose, recalcada, dilata a culpa do massacre ao proletário até torná-la insuportável. Apreende-se muito mais o real quando visto de viés, por meio de processos artificiais, do que por meio de seu inventário.

Ainda assim, o método de apreensão da realidade vai se diferenciar, dependendo de James ou Machado: para o primeiro, é por meio do presente que se dá essa apreensão, e o mecanismo instantâneo do telégrafo será de suma importância, por meio do contínuo temporal paradigmático e de uma redução do espaço enquanto mecanismo mental — um método de superposição de imagens, que diz respeito às sucessivas máscaras de Madame Vionnet, no meio das quais pode não haver rosto nenhum; para Machado, ao contrário, a apreensão da realidade se daria por meio da justaposição, o que, inclusive, justificaria as correspondências — cria-se uma rede sintagmática de imagens contíguas, dilatando o espaço ao invés de reduzi-lo (o telégrafo está para James assim como as caleças estão para Machado, basta pensarmos no discurso de Aires contra as viagens de trem, o que nos sugere uma apreensão da realidade pelo passado).

12.12. SOB O SIGNO DA DICOTOMIA

Talvez pudéssemos pensar sobre o peso e a importância da dicotomia, tanto em James quanto em Machado, sob o signo de 1848, ou do pós-1848. A dicotomia aqui tem muito mais peso que a reconciliação. Assim como o interesse de Machado é gerado pelo contraste de dois caracteres, vide *Ressurreição*, o de James é gerado pelo contraste de costumes, resultando em grandes painéis dramáticos. Esse contraste produz tensão na narrativa e um movimento de ficção que vai se diferenciar tanto da ambiguidade do passado quanto do esquecimento por parte do progresso. É nesse sentido que teremos necessidade de diferenciar o autor implícito (James e Machado), seja do narrador-personagem Aires, seja do narrador sob a perspectiva do personagem (narrador + Strether), seja dos personagens propriamente ditos.

O fato é que as alianças estão rompidas com a velha ordem, como produto do que sucedeu à revolução de 1848 na França. Aires cobra do casal Tristão e Fidélia reconciliação com o Brasil, assim como o próprio Aires se diz reconciliado com suas cãs. Reconciliação no sentido do que é exposto no *Fausto*, de Goethe: "Duas almas no meu seio moram". Se em *Esaú e Jacob* a República está presente (Flora é sua representação), como uma junção entre a nova burguesia industrial-financeira e a velha ordem iluminista, no *Memorial* Machado a exclui porque a entende como uma ambiguidade insolúvel. O que preenche o *Memorial* são as dicotomias: Tristão-Fidélia, coniventes com o progresso; Aires, com os velhos tempos. Enquanto personagens, tomam suas posições, mas o autor implícito exime-se do julgamento e busca a tensão: nem arte acomodada dos antigos, nem a conivência dos modernos.

12.13. LUZES E SOMBRAS

Ao invés das configurações neutras do realismo, Machado e James trazem para a escrita a expressão sob duas perspectivas: das máscaras-simulacros; e do próprio rosto com as máscaras da ferida de uma sociedade alienante e brutal em que o "favor" é o seu principal elemento (Chad fica nos bastidores deixando que os outros ajam e se degladiem a seu favor). É aqui que vislumbramos a confluência do século XIX com o XX. Sob a égide da *Revista dos Dois Mundos*, vamos visualizar em ambos os escritores procedimentos antirrealistas, como as figuras da alegoria, da metáfora e da analogia simbólica. Mas esse artificialismo, que de alguma forma vai expressar o Antigo Regime — embora tenha perdido a liderança, Madame de Vionnet ainda resiste em suas múltiplas e equívocas manifestações, num jogo artificioso de máscaras —, ainda assim, esse artificialismo será acompanhado de um outro processo, ligado ao século XX, e que vai estar presente também em Machado e James: com a crise do narrador e o aparecimento do ponto de vista, nos vemos diante de outras figuras, tais como da ironia, da elipse, da fragmentação e da justaposição.

Talvez possamos entender o jogo de luzes e sombras como essa região crepuscular da realidade possível, que vai marcar a literatura de Machado e James: o espetáculo das máscaras e o mundo das sombras; o simulacro e a elipse; a sobreposição e a justaposição; a ilusão e o espaço vazio a ser preenchido. Ao contrário de Hegel, para Machado e James o que a sombra esconde não é nada bom.

13. OS PREFÁCIOS DE JAMES

Constando dos volumes 21 e 22 da edição de Nova York, a qual contém um total de 11 romances e 56 contos e novelas de Henry James, *Os Embaixadores* é precedido pelo prefácio do próprio autor. Tão importantes quanto a ficção serão os prefácios de Henry James, forma intermediária entre a crítica e o estilo consagrado de sua prosa. Mas o que chama atenção nesse prodigioso prefácio será a distinção que o autor estabelece entre "o grão solto de sugestão insinuado na massa como uma partícula independente", o germe, que seria propriamente o assunto, o propósito, o tema da percepção, e, por outro lado, o relato e a marcha da ação residindo em demonstrar esse processo de percepção.

Dessa forma, segundo James, haveria, no segundo capítulo do livro V, o famoso desabafo de Lamber Strether a Little Bilham, cuja base seria essa:

> *Viva o máximo que puder; é um erro não fazê-lo. Não importa tanto o que fizer de específico desde que tenha sua vida. Se não houver tido isso o que haverá? Estou velho demais — velho demais de qualquer modo pelo que vejo. O que perdemos, perdemos; não se engane. Ainda assim, temos a ilusão da liberdade; portanto, não fique como estou hoje, sem a memória dessa ilusão. Eu fui, na ocasião propícia, estúpido ou inteligente demais para tê-la e agora sou um exemplo de reação contra esse erro. Faça o que quiser desde que não o cometa. Pois esse foi um erro. Viva, viva!*
>
> (James, 2010, p. 14)

O que James analisa nessa passagem são o tema e a ação deflagrada num determinado lugar, tempo e cena — o que ele chamaria de "uma implicação ideal e encantadora". Mas a essa história, que é a do herói propriamente dito, subsistiria uma outra, que é própria do contador de história na sua locução indireta: aqui, a lógica não é mais da implicação, mas, ao contrário, dos "altos e baixos excitantes, as idas e vindas do problema da composição, tornando-se de tal forma admiravelmente objetivos, convertendo-se na questão em foco e deixando o autor com o coração na boca" (James, 2010, p. 26).

A consequência desse processo artificioso da composição, nesse sacrifício dispendioso e cheio de dificuldades, é a velha volta da ilusão, o que poderíamos chamar de verossimilhança — há, nesse processo, uma busca, inclusive, pelo não visto e pelo oculto, anunciando toda ordem de possibilidades.

Distinguindo tanto do drama quanto da autobiografia (no primeiro caso, teríamos acesso ao que outros personagens falam entre si sobre o personagem principal, propiciando dessa forma uma certa unidade; no segundo, estaríamos diante de uma terrível fluidez própria da autorrevelação, o que também propiciaria uma aterrorizante unidade), o romance, segundo advoga James, narrado por meio dos centros de consciência, possibilitaria uma variedade, uma efetiva mudança e contrastes expressionais.

Quando pensamos nas "*ficelles*", que são personagens que pertencem menos ao assunto do que ao tratamento empregado (basta pensarmos em Mrs. Gostrey, em seu diálogo com Strether, para fazermos cientes de um passado que não nos será narrado por um narrador onisciente — como ocorre em Balzac, que estabalece uma massa de explicações oferecida *a posteriori*), podemos entender o possível benefício da total expressão econômica, por parte de James, decorrente de seu método de ver, de forma indireta, por meio de um centro de consciência.

13.1. A ESTÓRIA DE UMA ESTÓRIA

Em *A Arte do Romance: Antologia de Prefácios*, organizado, traduzido e com notas de Marcelo Pen, há uma interessante introdução escrita por Marcelo, entitulada: "A estória de uma estória: vida, arte e autobiografia nos prefácios de Henry James". Aqui vamos poder entender, entre outras coisas, a importância concedida à *Revista dos Dois Mundos* no seu livro *Realidade Possível*, assim como vamos nos deparar com o velho Leibniz, que, na sua literatura comparada entre Machado e James, esteve estranhamente ausente: as relações não param em lugar nenhum.

Subdividida em seis partes, "História de uma estória" é a primeira delas. Entre os diversos dados oferecidos sobre a edição de Nova York, dos quais merece destaque o fato de que os prefácios foram escritos entre 1906 e 1908, tendo os dois primeiros volumes, de um total de 24 da edição completa, publicados somente no final de 1906, cabe aqui a observação importante de Stuart Culver, retirada de seu texto "Ozymandias e o Mistério das Ruínas: o designo das edições de Nova York": "O fato de James rejeitar uma edição definitiva coadunaria com o espírito moderno de suas estórias, que terminavam como um episódio da vida: sem final" (Culver, 1995, p. 47). É importante esse início da introdução porque vai ser retomado ao final, como uma espécie de justaposição, redefinindo e ampliando sua ideia. De qualquer maneira, a edição de Nova York, que teve uma participação ativa de James, seja na composição dos prefácios, seja na revisão e mudança de alguns textos, portanto, uma edição seletiva, ao contrário da *Divina Comédia*, foi um fracasso de vendas. Acabou se tornando um monumento, como o de "Ozymandias", não obtendo a mínima justiça crítica inteligente, ou melhor, não recebeu nenhum tipo de atenção crítica. A única exceção fica por conta do artigo de Percy Lubbock, no *Times Literary Supplement*, em julho de 1909, que elege os prefácios de James como o primeiro acontecimento na história do romance. Apenas ao final da década de 1950 esse panorama de desinteresse começa a mudar.

13.2. AS TRÊS MANEIRAS DE APRECIAR OS PREFÁCIOS

Na segunda parte da introdução, "A crítica para uma estória: Lubbock", Marcelo Pen apresenta três maneiras de apreciar os prefácios de James, conforme o estudo de William Goetz (Goetz, 1979): 1) como um trabalho autônomo de teoria literária, dentro da teoria geral do romance — prefácios que fornecem balizas teóricas para a ficção, esta atrelada a parâmetros de forma, projeto e composição, implicando numa estrutura que será estabelecida pelo autor; 2) os prefácios teriam a função de comentário ou reflexão posterior à obra, mas com um foco bastante pessoal; 3) os prefácios seriam um trabalho literário independente, no contexto da produção final de James, sendo também necessário concebê-los, embora não necessariamente, como uma espécie de relato autobiográfico (essa terceira possibilidade seria a assumida por Marcelo Pen).

Em relação à primeira perspectiva, da qual fazem parte as teses formalistas de Richard Blackmur, F. O. Matthiessen, Yvor Winters e F.R. Leavis, cabe uma posição de destaque para Percy Lubbock com seu livro *The Craft of Fiction* (1976), segundo o qual haveria dois instrumentos para analisarmos a ficção de James: pelo método de narração e pelo conceito de "ponto de vista".

13.3. O PICTÓRICO E O DRAMÁTICO

Segundo Lubbock, no tocante ao método narrativo, haveria uma grande divisão: o método pictórico e o de dramatização. O primeiro estaria ligado normalmente à terceira pessoa e tendo como assunto uma cena grandiosa ou um período de tempo muito longo — a grande-angular e o foco extenso seriam características de *Guerra e Paz*, de Tolstói, e da *Divina Comédia*, de Balzac, nos quais predominariam o descritivo. Já no método de dramatização, podem acontecer experiências radicais como *The Awkward Age*, quando James elimina a descrição na narração e o que está em jogo é a pura ação dos personagens, com a narração se desenvolvendo apenas por meio de diálogos dramáticos.

O que é mais comum no mundo do romance, porém, quando se trata de um método de dramatização, é a narrativa em primeira pessoa, com um personagem para contar a história a partir de sua fala particular, com ênfase nos personagens e situações que o rodeiam. Caberia pensarmos aqui em *Os Embaixadores*, cujo assunto é o retrato de um estado de alma, ou seja, não é uma história essencialmente dramática. Mas o tratamento do assunto dramatiza os conflitos internos que são os motores da consciência (não se elimina o retrato do centro da consciência, a partir do qual a narrativa se desenvolveria; mas o que de fato interessa é acompanhar o descortinar dos eventos externos na mente do personagem, perceber como essa mente é afetada, transtornada, à medida que os fatos ocorrem — é a partir dessa transformação que a história, de certa forma, estaria concluída, independentemente do desfecho da trama). Vale lembrar que, ao contrário disso, em *Anna Kariênina*, de Tolstói, privilegia-se o retrato moral, não o retrato de um estado de alma, e o método de dramatização estará a serviço desse propósito. Em outras palavras, o que está mais em jogo no romance é o retrato (pictórico), mas o método a seguir também poderá ser o dramático, dependendo do assunto.

13.4. A PRESENÇA DO AUTOR DRAMATIZANDO O PONTO DE VISTA DO PERSONAGEM

No tocante ao ponto de vista, os romances *Guerra e Paz* e *Divina Comédia*, ambos tendo como método narrativo o pictórico, usando para isso a terceira pessoa, com focos extensos, são típicos casos em que o ponto de vista é do autor, que não o dramatiza. Quanto ao método dramático: temos os casos menos comuns em se tratando de romances, como *The Awkward Age*, em que o ponto de vista é do leitor (o autor simplesmente não aparece); e temos o caso de *Os Embaixadores*, em que o ponto de vista é de determinado personagem, portanto um caso de foco intenso e profundo. Aqui não está eliminado o pictórico — é o retrato feito pelo personagem, é o seu ponto de vista, que, todavia, é também dramatizado:

estamos diante não do espetáculo do real, mas do espetáculo da mente que captura esse real; para isso, é necessária uma terceira instância (para dramatizar o ponto de vista do personagem, requer-se a presença do autor, que, apesar de estar integrado ao centro de consciência do personagem, vez ou outra se afasta). O que justifica a narrativa em terceira pessoa vem justamente daí, como se alguém estivesse atrás do personagem principal olhando acima de seus ombros.

13.5. O GERME E O PRODUTO FINAL

Em "A estória de uma estória", terceira parte do estudo introdutório de Marcelo Pen aos prefácios de James, estes são devidamente diferenciados dos trabalhos de crítica literária, por apresentarem um caráter duplo que a crítica literária não tem. Essa duplicidade advém de um trabalho de memória, daí o aspecto autobiográfico, mas também de pontos de crítica que viriam a reboque da memória. Nesse aspecto, seria complicado entender os prefácios como um tratado autônomo de teoria literária, que, se assim o fosse, seriam comentários sobre determinada ficção. Trata-se antes de comentário sobre o processo de criação das ficções, ou melhor, trata-se da reconstrução de um processo, trata-se da recuperação das imagens livres ou do impulso. Nesse sentido, pensando no prefácio de *Os Embaixadores*, com o qual iniciamos este trabalho, e aplicando o método de justaposição machadiano, os prefácios são histórias, são narrativas, entendidas na perspectiva de um conto emocionante, de uma aventura maravilhosa, como também nos sugere o prefácio de *Roderick Hudson*. E, nessa aventura reversa, essa estória da estória em si, trata-se, sobretudo, das idas e vindas do problema da composição, do processo de criação. A estória da estória, que é a estória pessoal do seu esforço criativo, se materializa em anotações que são organizadas num sistema de observações, no qual o germe, entendido como sugestão, vislumbre, intenção, é sempre confrontado com o produto final, isto é, com o seu posterior desenvolvimento. À ideia original vem se associar os elementos constituintes e a forma, produzindo o tumulto.

Visualizar a diferença entre o germe e o produto final, que é como podemos entender o sistema de observações dos prefácios, de uma certa forma, é como James vai sondar a sua própria imaginação e como vai depreender da memória os seus pontos de crítica. De qualquer maneira, entre sondar as profundezas da consciência dos seres imaginários de ficção e sondar a sua própria imaginação há uma diferença significativa, que nos leva a situar os prefácios num espaço diferente da teoria literária.

13.6. APRESENTAÇÃO DA HISTÓRIA PELO VIÉS DO SEU TRATAMENTO E DO SEU ASSUNTO

Na quarta parte de seu estudo sobre os prefácios de James, denominada "A vida e a arte", Marcelo Pen aborda algumas posições da crítica sobre os prefácios, assim como a *Teoria da Novela*, de Sergio Bellei (Bellei, 1998), que estará focada em James. Se para Richard Blackmur, em sua introdução de *A arte da novela: os prefácios críticos*, de Henry James (Blackmur, 1937), os referidos prefácios servem como um guia para escritores na arte do romance, nos quais são abordados aspectos técnicos da arte da ficção, tais como o uso de uma inteligência central como ponto de vista para a condução da história, o método usado pelo autor para se chegar ao tema, as maneiras como o escritor pode moldar seus leitores, entre outros aspectos, já para Wayne Booth, em seu livro clássico *Retórica da Ficção*, de 1961, os prefácios não trariam uma simples visão normativa da ficção e, fundamentalmente, eles contariam a história se fixando mais no tema. Ao contrapor-se a ambas perspectivas, aspectos tão somente normativos por um lado, e aspectos temáticos por outro, Marcelo Pen sublinha a perspectiva de William Goetz (Goetz, 1979), que será acompanhada de críticos como John Carlos Rowe, John H. Pearson e David McWhirter: os prefácios não apenas contam a história, mas apresentam-na pelo viés do seu tratamento e do seu assunto — com isso, trazem à tona a voz autoral. É essa a intenção pragmática dos referidos prefácios e o projeto de edição de Nova York, no qual os prefácios de James estão inseridos. Trata-se de um guia para os próprios leitores.

13.7. *FICELLES*

A importância que os prefácios concedem ao germe, entendido aqui como o embrião de uma ideia, uma mera sugestão advinda diretamente da vida, um grão mínimo que indica direção, mas contendo em potência todas as relações que poderão ser desenvolvidas posteriormente via imaginação, indica essa intrincada relação entre sugestão e imaginação. O fato é que a intensidade da imaginação, oriunda do centro de consciência, e que multiplica as relações produzindo o monstro, destoante do projeto inicial, pode obedecer a um tratamento rigoroso, definindo a arte, quando se traça uma geometria própria, dentro da qual as relações podem acontecer. Em James, é a cena, o teatro, suas rígidas linhas cênicas sobre as quais haverá a distensão das numerosas relações que se tornarão visíveis. Daí a importância das *ficelles*, esse meio caminho entre o teatro e o narrador onisciente. Se fosse teatro, estaria fora do centro de consciência; se fosse o narrador onisciente e descritivo, também estaria fora desse centro com sua percepção relativa, seu discernimento, seu drama. Quando as *ficelles*, que fazem parte do tratamento, não da essência do assunto, usadas mais para o controle e a excelência da forma, se transformam em promotores do assunto, promovendo o crescimento da fábula, recria-se então o padrão da vida na ficção — o artifício, nesse aspecto, está mais próximo da vida, apresentando um grau maior de verossimilhança do que o naturalismo realista.

13.8. QUESTIONANDO LUBBOCK

"Vida e arte? O velho fingidor e os dilemas da imaginação" é a quinta parte da introdução aos prefácios. E aqui, na interrogação, parece suceder uma abertura, trazendo à cena novo elemento. O prefácio de *O Embaixadores* já o indica, ao contrário do que parece pensar Lubbock em seu *The Craft of Fiction* (Lubbock, 1976), segundo o qual os prefácios estariam imbuídos na defesa da técnica dramática. Ao exame de uma experiência alheia, Lubbock partiria de uma teoria preexistente, por meio de um método dedutivo ou especulativo. Não parece ser essa a estrutura dos prefácios.

Não depreendemos, de sua leitura, que haja um método irredutível para a ficção e que a técnica não possa ser sacrificada. Nos prefácios, a própria experiência de James é revisitada, retrocedendo ao limite subjetivo onde habita o germe, onde nasceu a ideia fundadora, para depois acompanhar os passos e estágios do crescimento de sua história. Ou seja, os prefácios têm um feitio autobiográfico, de o autor revisitar sua própria experiência, para seguir as peripécias de sua imaginação.

A teoria que se depreende dos prefácios não advém de algo preexistente: é espelhada pela prática, assim como esta é espelhada pela teoria. Em outras palavras, os prefácios, como o de *Os Embaixadores*, não são apenas um ensaio em defesa do método cênico, também diz respeito aos encantos e propriedades mais refinadas do não cênico. Não é uma peça dogmática e se dispõe a considerar tanto a consciência de Strether quanto o ponto de vista de Marie.

13.9. A RETÓRICA DA DISSIMULAÇÃO

A consequência dessa perspectiva por parte dos prefácios é que passamos a ver a experiência literária de James revestida de remendos — não é mais um plano idealmente projetado, não é mais um método irredutível para a ficção. E é desses remendos, desses reajustes, dessas gambiarras, e mesmo das surpresas, que adviria a solução.

O prefácio de *The Awkward Age* dá conta de inúmeras situações não planejadas: assuntos curtos que furtivamente tramaram seu desenvolvimento; o triunfo dos planos nunca concebidos; longas histórias cujo propósito era de serem curtas. Diante dessa situação, James propõe um escamoteio: "A forma como as coisas não ocorrem pode ser engenhosamente transformada na forma como elas ocorrem" (prefácio de *The American*). Esses entorpecentes, empregados diante de um desvio do plano original, chega ao ponto de escamotear a própria influência (no caso de *The Awkward Age*, a concepção do romance dialogal da condessa de Martel de Janville fica habilidosamente dissimulada, oculta ao olhar; uma espécie de remendo, uma dissimulação, diante do imprevisto, de maneira que fique uma aparência de consistência da forma).

Em *The Tragic Muse*, em razão de querer preparar o palco da primeira parte para a segunda, produziu-se uma desigualdade entre as duas partes, tendo a primeira parte adquirido uma falsa quantidade. Mascara-se essa falha deslocando o centro orgânico da história e dando à falsa quantidade uma aparência de verdade. Esse deslocamento se fará por meio da costura dessas duas narrativas, uma política e outra teatral, de modo a tornar as duas narrativas uma só. Essa costura, no entanto, será devidamente disfarçada via personagem Mirian Roth. Ao buscar a unidade como elo entre Nick e Peter, James retrata Mirian Roth por meio do olhar que lhe deixa esses dois rapazes.

Em *Os Embaixadores*, há uma estrutura dramática, cuja técnica será escamoteada pelo centro de consciência, que dará unidade artificial ao romance, resultando na intensidade da ilusão, com o retrato imaginado da realidade brilhando mais do que uma mera meia-luz. Essa intensidade é que dá a ilusão da verdade e é necessária, já que qualquer senso de composição ou seleção falsifica a vida. A intensidade é a forma de escamotear o falso, e esse falso, que é a ordenação não natural, é por meio do qual se chega à intensidade. Em outras palavras, o falso produz a intensidade e esta dá a ilusão de verdade. O paradoxo é justamente este: quanto mais o escritor manipula a forma, quanto maior grau de composição empregado, maior a impressão de realidade.

O naturalismo realista sempre quis representar o objeto, mas, ao representá-lo, fugia da essência do real — este só conseguia ser atingido por meio do simulacro, ou da intensidade, ou da ilusão da verdade. É na simulação que estão as propriedades essenciais do que está sendo simulado. Quanto mais o artista enfatiza a forma, mais realista ele se torna, mesmo se a realidade for em grande parte ignorada.

Nesse aspecto, há uma diferença entre a elaboração da vida, em cujo processo fazem parte o germe e a imaginação (a vida modificada pelo olhar do artista), e, por outro lado, a reelaboração da vida pela arte da ilusão, criando a vida, criando o interesse, a intensidade, cuja ilusão da verdade é obtida pela retórica da dissimulação — trata-se, aqui, não mais da vida modificada pelo olhar do artista, mas, sobretudo, do simulacro, recriando a vida mais real do que quando ela própria se mostrava intacta diante de nós.

13.10. A JANELA E O QUARTO SEM JANELA

A ideia de monstro vem justamente do excesso. O monstro em Tolstói é resultante de um excesso de vida; já em James é decorrente de um excesso de arte, de um excesso de acabamento, que têm a função de escamotear o fato de que *Os Embaixadores*, por exemplo, foi construído como uma peça de teatro — as *ficelles* eram agentes da forma, não da matéria; elas expunham dramaticamente o passado de Strether e, nesse sentido, tinham a função de restringir o que descritivamente poderia ser enorme e informe. Ora, escamotear é fazer a *ficelle* passar por agente da matéria, não da forma, sacrificando a forma à intensidade da ilusão. É gerar o interesse como forma de dissimular a filiação dramática à qual está ligada a *ficelle*. E isso vai ser obtido por meio de um excesso de acabamentos, remendos, gambiarras. Essa intensidade tem muita relação com o que Blackmur viria a chamar de "forma clássica subjacente", que é quando as coisas são mantidas unidas de um modo vivo, havendo o sentido de vida por trás. Segundo Blackmur, o uso que James faz da *ficelle* — por exemplo, transformando Maria Gostrey da condição de meio para a condição de substância —, seria um exemplo de forma clássica, obtida por meio de um excesso de toques, realces, remendos, criando assim uma intensidade de ilusão: a arte gerando o excesso.

Poderíamos comparar os prefácios referentes a *Retratos de uma Senhora* e *Os Embaixadores* para entendermos o que seria um voyeurismo ativo e passivo. No primeiro caso, o que James vai chamar de "casa da ficção", subentende uma relação externa entre o fora e o dentro, como no esquema naturalista realista, em que o artista (o dentro) reproduziria a vida (o fora). Para tanto, é necessária a janela (o ponto de vista específico delimitado pela forma da janela), o binóculo dando a ilusão de que abarcamos a realidade em sua totalidade, e a visão ou a consciência armazenando a realidade na imaginação.

Já no prefácio referente a *Os Embaixadores*, a consciência ou a visão não se projetaria para fora — é o quarto sem janela de Leibniz. E ela não se projetaria porque já teria o fora dentro de si. O esquema aqui seria estruturado pela: lanterna mágica, como um misto do real e da ficção (Strether, por exemplo, é um ser ficcional, mas que foi criado a partir do germe, da sugestão originária do real); pela tela branca, que é a mente de Strether, tela suspensa para as figuras da lanterna mágica, pelas sombras projetadas na tela, que são fugidias, mas abertas a uma grande quantidade de articulação.

Podemos entender esse novo esquema que o prefácio de *Os Embaixadores* apresenta não como um esquema triádico, próprio do *Retrato de uma Senhora*, com o observador, o real e a consciência, mas compreendendo quatro elementos: o escritor, o personagem, a mente e a sombra. Nesse aspecto, há uma ilusão, um ser ficcional, por trás de outra ilusão — as sombras projetadas na tela ou na mente de Strether.

13.11. JUSTAPOSIÇÃO E SOBREPOSIÇÃO NOS PREFÁCIOS DE JAMES

Marcelo Pen denomina "A arte como celebração da ruína" a última parte de seu estudo sobre os prefácios de James. E logo nos convida a considerar os prefácios não como um discurso objetivo sobre a técnica narrativa, não como uma litania de como se deve proceder a fim de se produzir uma obra de arte. Contra essa percepção dos defensores da técnica pela técnica, de Lubbock a Booth, se colocam os representantes de crítica atual, que vão entender os prefácios não como um método simples de apresentação do dramático e da percepção do indireto, mas contendo valores particulares, variegados e mesmo contraditórios. Isso já é suficiente para entendermos que a perspectiva de Marcelo Pen é justamente essa a respeito dos prefácios: o modo de dizer, a expressão, prevalece sobre o significado ou sobre as ideias críticas, desafiando, inclusive, a interpretação, com figuras de linguagem e sintaxe dada a inversões. Esse aspecto ensaístico dos prefácios, como um corpo ficcional, pode ser testemunhado de várias formas: uma ideia lançada em determinado trecho, ao ganhar significados e ser paulatinamente deslocada, acaba tendo, em outra passagem, o risco de se tornar uma nova ideia, mais nutrida, nuançada e poderosa — essas variações, próprias da **justaposição**, são analisadas em *Realidade Possível* (Parreira, 2012) no tocante a *Memorial de Aires*, mas haveria, conforme Blackmur (Blackmur, 1937), tanto no modo como se desenvolvem os prefácios quanto nas últimas obras de James, uma dificuldade de serem coordenadas com a experiência do leitor.

Pensando nos prefácios como trabalhos literários independentes, William Goetz (Goetz, 1979, p. 338-40) lembra como o escritor compara as linhas negras do texto, impressas sobre o fundo branco, a janelas com treliças dos serralhos, por meios das quais tanto se pode espiar o passado quanto ser por ele espiado. Flora Süssekind, ao escrever sobre a ficção de Sérgio Sant'Anna, substitui as treliças pelo vidro, aumentando ainda mais a transparência. Mas o fato é que nos prefácios, as janelas, que nas fábulas davam para a vida, geradora da arte, são agora janelas que retornam à ficção, retornam para dentro, abrindo-se a vários níveis de significação **sobrepostos** como uma espécie de palimpsesto.

Os dois processos, justaposição e sobreposição, foram analisados em *Realidade Possível* (Parreira, 2012).

13.12. AUTOBIOGRAFIA E FRACASSO DA MÍMESE

Os prefácios, além de serem vistos como estilos literários, também poderiam ser lidos como uma espécie de resgate do contexto histórico — Stuart Culver estuda a voga das edições de luxo na época de James, analisando a influência que elas tiveram na edição de Nova York e as diversas particularidades que esta última apresentava em relação às primeiras, e do quanto o projeto de James subvertia a ideia de obra definitiva e, numa espécie de performance em seu estilo tardio, procurava alargar os conceitos cristalizados de autor-obra, autor-leitor e leitor-obra. Seus textos, e a edição de Nova York testemunhou isso, como coisa vital, estavam abertos a alterações. E os prefácios, que fazem parte da edição de Nova York, investem contra a relação descosida entre autor-leitor, chamando a atenção do leitor para as inúmeras possibilidades do texto original. Há uma participação ativa do autor, tanto no sentido de criar o desejo para consumirem-no — revisão pederática,conforme analisado por Eve Kosofsky Sedgwick — quanto no sentido de instruir seus leitores a apreciar e discriminar a arte jamesiana. Por outro lado, existem os jogos de inteligência, presentes tanto na fábula quanto nos prefácios, que exigem do leitor a reflexão e a discriminação, ou seja, uma participação ativa.

É um duplo jogo: mostrar e não mostrar. De um lado, criar o desejo, instruir os seus leitores; do outro, obrigá-los a uma participação ativa. Esse é o duplo caráter dos prefácios: recuperação do passado, autobiografia que traz, via testemunho, circunstâncias, fatos acessórios que permaneciam encobertos (autoridade da voz autoral) — embora tome emprestados elementos de ficção para discutir a ficção, James não se sentirá confortável em ver suas considerações discutidas apenas no âmbito do relato ficcional; e, por outro lado, o modo como narra o fracasso da representação ocorrido na fábula, com a sequência de malogros, equívocos, dificuldades, acompanhadas por tentativa de conserto, remendo, prestidigitação, levando a um desvio inevitável do plano inicial de representação — o modo de narrar tudo isso no prefácio assemelha-se a um novo fracasso de estilo, de concepção, de resultado — em vez de formarem uma única história contínua do crescimento do autor, constituem uma série alternada de narrativas fragmentárias e abortivas, além de sentenças discursivas que tentam redimir o fracasso dessas narrativas.

Autobiografia e fracasso da mímese: esse duplo caráter de mostrar e não mostrar, de autor e leitor, de autoridade autoral e narrador em crise, vão estar presentes nos clássicos prefácios de Henry James.

13.13. GLORIOSAS RUÍNAS

A identidade entre os prefácios e a edição de Nova York — os prefácios foram concebidos para a referida edição, aliás — está no equilíbrio entre vida e forma, entre ficção e autobiografia, entre o abismo negro do romance e o relato objetivo. O que Stuart Culver vai chamar de "gloriosa ruína" é justamente o fato de que a edição de Nova York, ao contrário das outras edições em voga, é um monumento dedicado à imperfeição, à ausência de acabamento, à indefinição, como índices artísticos opostos à frágil concepção do primor absoluto. Se as ruínas de Ozymandias — monumento dedicado ao soberano egípcio para louvar eternamente seu poderio — é a fábula de uma ambição frustrada em razão da ação implacável do tempo, como nos expressa um famoso soneto de Shelley, já as ruínas das edições de Nova York, ao invés de representarem uma frustração, ratificam sua concepção. Daí porque são denominadas de "gloriosas ruínas".

A indefinição se conecta com o romantismo alemão e com Leibniz, principalmente na ideia deste último de que as relações não param em lugar nenhum, muito mais por uma imagem de imperícia que levaria o artista a proceder por gambiarras, remendos. O sentido positivo das gambiarras viria justamente daí: a deficiência técnica, sugerindo um mundo de improvisações, inclusive de interferências de terceiros, no caso, o leitor. O autor não tem condições de abarcar tudo, como talvez fosse o desejo ingênuo do naturalismo realista, e ele bem sabe dessa impossibilidade. Mas, dando a correta sugestão, fornece ao leitor a impressão de que a totalidade está bem próxima dali, ao alcance de seus dedos. Essa impressão da totalidade, uma espécie de simulacro produzido pela técnica, nos conecta ao romantismo alemão e nos remonta ao pensamento de Maurice Blanchot (Blanchot, 2010, p. 101-112).

14. LUIZA LARANGEIRA E SEU MODELO TRIÁDICO

O trabalho de Luiza Larangeira da Silva Mello, "Depois da Queda: A Representação da Cultura Nacional Norte-Americana na Obra Tardia de Henry James (1904-1907)", vai obedecer a uma divisão em três partes (mito, cena, cidades), que, de uma certa forma, perpassa a estrutura do estudo.

Já na primeira parte, vamos nos deparar com a seguinte divisão triádica: o ethos da democracia americana; o ethos europeu; e a moderna reconfiguração dos dois modelos anteriores (tipos ideais), correspondendo por um lado às exigências de uma sociedade democrática e horizontalizada, mas conservando, enquanto sociedade de imigrantes, nichos em que vigora um tipo de sociabilidade aristocrática.

The Golden Bowl (James, 1909) e *The American Scene* (James, 1946) serão o foco do trabalho de Luiza Larangeira: ficção e relato autobiográfico, ambos escritos em 1904, período fértil do autor e de convergência de questões fundamentais, tanto em termos de estilo literário quanto no que se refere às temáticas que o estilo informa.

A autora da tese comenta *The Golden Bowl* como uma versão romanceada do mito do "Adão Americano" — versão que subentende uma variação, esta compreendida como uma relação salutar entre indivíduo e sociedade no contexto do desmantelamento das formas de sociabilidade aristocrática. Versão porque à representação mítica do Adão antes da queda (tipo ideal americano) James apresenta tanto uma reconfiguração dessa identidade quanto uma alegorização do mito (se os traços do relato mítico estão no campo do simbólico, isto é, na passagem do concreto para o universal, já na alegoria o caminho é o inverso: não se quer simbolizar a humanidade, mas representar o contingente empírico, efetuando a passagem do universal para o empírico específico).

O "Ethos Democrático", que terá em Emerson e Whitman o grande esteio de sua fundamentação, privilegia o eu particular: é a cultura do *self-made man*, em que o indivíduo se define por suas qualidades intrínsecas, quebrando, dessa forma, com as tradições e desenvolvendo um agudo senso moral. É o que Hegel chamará de consciência desintegrada, formatando um modelo sociopolítico que informa a democracia americana, com origem no século XVII, mas se consolidando no início do século XIX: forte sentimento nacional, que aponta antes para a ideia de uma radical autonomia do indivíduo em relação aos *a priori* sócio-históricos do que para um nacionalismo com conteúdo histórico específico.

14.1. O PROCESSO CIVILIZADOR EM JAMES

Luiza Larangeira, ao trazer o estudo de Mona Ozouf sobre James, "A musa democrática: Henry James e os poderes do romance" (Ozouf, 1998), chama atenção para os resultados históricos de culturas nacionais específicas. Fugindo dos tipos ideais, a consideração ao processo histórico põe em relevo uma identidade em aberto, constantemente em relação. Conforme Jonathan Freedman, em *The Cambridge Companion to Henry James*, e devidamente sublinhado por Luiza Larangeira, "o tema internacional, que perpassa toda obra ficcional de James, poderia ser tomado antes como tema nacional (...) O que está todo tempo em questão é a relacionalidade do sentimento nacional no momento da integração internacional. É apenas quando viajam que os americanos de James podem definir sua própria identidade nacional" (Freedman, 1998, p. 8).

Os valores iluministas, que giram em torno da relacionalidade e da própria transferência cultural, estariam na base do processo civilizador que atravessa Maggie Verver em *The Golden Bowl*, indicando que o seu senso moral, sociabilizado e matizado pela sensibilidade estética e pela moralidade, está longe de ser o senso moral americano enquanto tipo ideal, que é aplicado a qualquer um, mesmo que não seja americano. Para Yvor Winters, em seu livro *Em Defesa da Razão* (Winters, 2007), a escolha ética seria livre de aspectos circunstanciais, e o fato de ter um papel central nas obras de James seria decorrente de sua falta de familiaridade com os hábitos, os costumes e códigos sociais americanos. Mas *The Golden Bowl* sugere extamente o contrário: as concessões diante das contingências, por parte de Maggie Verver, é que vão marcar a sua escolha ética, que deixa de ser orientada única e exclusivamente pela moralidade. O processo é civilizador porque, ao invés de destacar a autonomia do indivíduo ou de uma determinada nação em relação à sociedade ou a um outro país, põe em relevo as trocas e as contingências.

14.2. A TRADIÇÃO DA "QUEDA AFORTUNADA"

James, Melville e Hawthorne fazem parte de uma tradição da qual o próprio Henry James não só é parte como, nos anos 20 do século XIX, constituiu o que ficou conhecido como "grupo da ironia": juntando à tragicidade da inocência a percepção do mal e do sofrimento no mundo como caráter humanizador e positivo, a tradição da "Queda Afortunada" entende a condição humana não como algo infantilizado, pré-moral, cujo saber inato fosse da dimensão divina; para essa tradição, a condição humana é construída histórica e socialmente. Sob esse aspecto, não faz tábula rasa, seja à tradição, seja à experiência, inclusive à corrupção dos valores cristãos encarnados pelos pioneiros. Admitir os erros do passado, o pecado original como causa de uma queda afortunada, possibilitadora da redenção, é admitir a condição da criatura: a redenção secularizada seria a sociedade, entendida como uma forma redimida do homem, como afirma Henry

James. A submissão à sociedade e suas tradições representaria, em certa medida, a submissão do homem a Deus, lembrando-o de sua condição de criatura — portanto, uma forma adulterada do "Adão Americano", o qual é ligado ao ateísmo e ao homem criador e criado por si mesmo (interessante observarmos que é o mito adâmico da inocência e do vasto potencial que alimenta o ateísmo do "Adão Americano" — assim como o homem é uma criação de Deus, ele também é criado a partir do nada, do que não é Deus: esse segundo aspecto alimenta o mito do "Adão Americano").

14.3. RESQUÍCIOS DA ÉTICA CONFUCIANA EM MAGGIE VERVER

À pergunta se o amor poderia ser sustentado por um cálice de ouro, sugerindo na questão uma tensão agonística entre o homem inocente que estetiza os valores morais (o personagem Adam Verver) e o mundo real por meio do qual conhecemos o mal, James responde que não. Pelo menos *The Golden Bowl* parece indicar um outro caminho, qual seja, de um rearranjo entre estética e ética: compreender nas atitudes de Maggie Verver escolhas éticas e juízos estéticos. Ao mesmo tempo que há, por parte dela, a consciência do mal, isto é, a consciência da relação adúltera entre seu marido e Charlotte, carregando sozinha o peso desse conhecimento, por outro lado, Maggie se esforça para conservar o amor conjugal, manter seu casamento ou recuperar o amor de Amerigo, em outras palavras, preservar a sua inocência e o equilíbrio de seu mundo edênico.

Essa ambiguidade espetacular é expressa no último diálogo do livro, como mostra Mona Ozouf em "A Musa Democrática", recuperado por Luiza Larangeira: "À cegueira do amor de Amerigo, ao dizer que ele é capaz de enxergar somente Maggie e a mais ninguém, a heroína adâmica de James reage com a cegueira do amor, enterrando seus olhos no peito do marido. Não se trata, contudo, da cegueira inerente à amoralidade ou pré-moralidade da condição edênica, mas à suspensão da faculdade moral como resultado de uma escolha ética fundamentada em um senso moral capaz de improvisar ante às contingências" (Larangeira, 2010, pág. 71).

Naturalmente, nessa ambiguidade, a tensão é sublimada, ao contrário da ascese puritana, originária do Adão Americano, que agudiza a tensão entre indivíduo e mundo (a Guerra Fria é um capítulo dessa tensão). Luiza Larangeira vai chamar de "ascese monástica medieval" o modus operandi em James que, ao invés de impor ao mundo uma dominação racional, opta pela fuga. Na ética confuciana, segundo Luiza, não haveria nem imposição nem fuga, mas negociação com o mundo. Podemos vislumbrar em Maggie Verver resquícios dessa ética confuciana, muito embora os personagens de James estejam voltados para o mundo interior.

14.4. O CULTIVO E O ENCLAVE ARISTOCRÁTICO

Luiza Larangeira traz à tona o pensamento de Georg Simmel (Simmel, 1971), mais especificamente a noção de cultivo, e apresenta depois, como uma espécie de contraste, a problemática diferenciação, baseada em tipos ideais, que Lionel Trilling (Trilling, 1972) estabelece entre a sociedade inglesa e a americana, no que diz respeito à sinceridade e à autenticidade, respectivamente. Se a noção de cultivo expressa uma possibilidade de síntese entre o indivíduo e a sociedade, específica do "Adão Depois da Queda" (o sujeito só é cultivado subjetivamente ao interagir com a cultura objetiva), Lionel Trilling investe numa separação entre, por um lado, o princípio inglês da sinceridade, fundado na esfera do social, isto é, no sistema de classes da estrutura social inglesa, cujo plano hierárquico é baseado na identidade histórica, e, por outro lado, a sinceridade americana, que quer dizer "autenticidade" — sinceridade consigo próprio, possível de ser corrompida pela sociedade, conforme nos informa os moralistas franceses do século XVII.

O curioso desses tipos ideais é que, claramente, há uma predominância ou do indivíduo ou do social, ainda que, no caso inglês, não seja meramente uma oposição: a sinceridade é condição de possibilidade para a autenticidade. De qualquer maneira, não dá para se pensar numa síntese, ao contrário da noção de cultivo de Simmel, segundo a qual o indivíduo é uma soma de fatores de ordem social e de ordem pessoal. O que Luiza Langeira sugere, a partir da leitura de *The American Scene*, não é nem síntese, nem antítese, nem condição de possibilidade, mas a criação de espaços sociais concretos, dentro da sociedade americana, como uma espécie de enclave, em que é reproduzida a impermeabilidade da sociedade inglesa via imigrantes (a impermeabilidade da sociedade inglesa, constituída por um conjunto fixo de valores que compõem sua herança social, é, todavia, plástica, podendo modelar-se de acordo com novas circunstâncias).

14.5. HENRY JAMES VS. WHITMAN

Em relação à cena americana (*The American Scene*), a presença de James *in loco*, observando diretamente as formas sociais, as quais se apresentam como se prescindissem da tradição, como formas efêmeras que parecem fundamentar o individualismo, cujo modelo seria o "Adão Edênico" — herói mítico da democracia americana —, Luiza Larangeira tenta demonstrar que, para James, a singularidade de cada indivíduo se expressa por meio da herança histórico-tradicional, que constitui um dos componentes da sua individualidade. Nesse sentido, o próprio ethos democrático americano seria compreendido no contexto de um conjunto específico de tradições, das quais o espírito puritano prevalece. As formas sociais (a massificação, a mediocrização), observáveis na cena americana, seriam, para James, originadas de tradições sociais secularizadas, o que nos leva a pensar sua narrativa, seja na cena, seja na sua literatura canônica tardia, contraposta à narrativa mítica da formação da sociedade democrática americana, implementada por Whitman, Thoreau e Emerson.

Em *A Taça de Ouro*, o que vislumbramos é fundamentalmente o amadurecimento da heroína adâmica e, no contexto da cena americana (*The American Scene*), muito embora a massificação seja a paisagem, nichos são observáveis, em que traços da sociabilidade aristocrática são encontrados, adaptados à cultura democrática — a moralidade jamesiana, inclusive, estaria ancorada numa tradição social historicamente determinada pela sociedade inglesa, cujas relações estão fundadas na categoria da sinceridade, modelo que constitui a relação ideal entre indivíduo e sociedade.

14.6. A DIFERENÇA ENTRE BOSTON E NOVA YORK

Entende-se, conforme o relato de James, a diferença entre Boston e Nova York: o senso moral americano é intensificado na Nova Inglaterra em razão do calvinismo dos primeiros colonizadores. Em sua biografia crítica sobre Hawthorne, escrita em 1879 (James, 2004), James reclama da falta de profundidade e da falta de complexidade dos seus personagens, decorrentes não da carência de gênio de seu autor, mas da pobreza, do vazio do cenário histórico cultural dos EUA (a tradição literária americana, no entanto, via no vazio um grande panorama; o futuro em aberto, irrestrito e sem os limites ou os enquadramentos de uma tradição, de uma história).

Para James, as tradições religiosas e culturais são que informam esse ethos democrático, com um tipo de subjetividade e sociabilidade que serão expressas em imagens, constituindo a consistência democrática americana. Em Nova York, no entanto, em função de um anglicanismo secularizado, o senso moral é mais moderado, o que nos faz compreender que, no século XIX, a ética protestante, entre a literatura puritana e os romances vitorianos, apresenta nuances que devam ser consideradas.

14.7. A SECULARIZAÇÃO DO VOLUNTARISMO E SUAS PERSONAS IDIOSSINCRÁTICAS

Luiza Larangeira estuda o processo de secularização da tradição voluntarista, compreendida como uma característica da doutrina calvinista presente nos pioneiros da colonização norte-americana. Essa tradição voluntarista está baseada no arbítrio divino, assim como na arbitrariedade e na instabilidade da vontade divina, o que, por si só, exclui qualquer sentido racional (as boas obras eram frutos da fé e esta era o dom arbitrário divino, o qual poucos receberiam; em outras palavras, as boas obras o são não por seu valor intrínseco, mas porque Deus havia determinado que assim seriam). Ora, essa predestinação das almas, assim como a falta de uma orientação racional para a moralidade, acabou levando as doutrinas voluntaristas a se fundamentarem no hábito ou na tradição. Ao se fundamentarem no hábito, vem uma segunda etapa: a secularização propriamente dita desse voluntarismo, quando o senso moral já se apresenta desvinculado das origens puritanas e vem acompanhado da inocência. Aí se gera o individualismo, próprio do ethos democrático, dando margem, em função do isolamento social e do comportamento obscuro, a personas idiossincráticas, ao contrário do senso comum e da sinceridade na acepção inglesa — quando o comportamento só é singular ou louvável se adequado ao lugar social que se ocupa, de acordo, portanto, com uma ordem tradicional.

14.8. O ENTRELUGAR DE HENRY JAMES

Diferentemente dessa tradição puritana, a transposição da igreja anglicana para os EUA, no século XIX, tendo como centro Nova York, viria a moderar a moralidade calvinista, gerando um tipo de sociabilidade em torno de famílias abastadas, ligadas ao comércio e às finanças. Aqui, as práticas religiosas são uma espécie de hábitos externos e a moralidade é sedimentada em práticas sociais. Por outro lado, ao contrário da Inglaterra, não há profundidade histórica nem amplitude social. A ética protestante nos EUA, no século XIX, é perpassada por essas duas tradições: o calvinismo, gerando a literatura puritana de Emerson, Thoreau e Hawthorne na parte oeste; e o anglicanismo secularizado dos romances vitorianos, como do nova-iorquino Melville. Resta pensarmos James num entrelugar: por um lado, se o senso moral de sua ficção estabelece vínculos com o puritanismo, por outro, Maggie Verver faz parte de uma galeria de personagens que acenam com uma moralidade mais moderada.

14.9. A DUPLA FACE DO ANGLICANISMO NOS EUA: DEMOCRACIA E ELITE CULTURAL

O anglicanismo dos séculos XVIII e XIX, que vai caracterizar a sociedade ou a era vitoriana, vai fazer grandes concessões ao ócio aristocrático, no que tange à ética do trabalho, o que seria inadmissível para o ascetismo calvinista. Entretanto, vai conceder importância à ocupação profissional, à retidão moral e ao senso comum — a moralidade vitoriana traz esse traço de probidade e consciência de classe, um traço distintivo da sociedade inglesa. Já no ethos puritano, os limites do comportamento probo não serão dados pela posição social que o indivíduo ocupa, mas pelo lugar que ocupa em relação a Deus — há uma aristocracia dos eleitos por Deus.

O fato é que o dever religioso, no anglicanismo, se transforma em dever social. Essa secularização, além da perda da fé, ao ser transposto para os EUA, em relação à ética do trabalho, vai acabar fundindo-se com as acepções puritanas e gerando uma ética profissional burguesa. Já a democracia americana, fundamentada que é no puritanismo da Nova Inglaterra, torna mais borradas as fronteiras de distinção social entre as classes altas e as classes médias, estas últimas ligadas ao comércio e às profissões liberais, que na sociedade vitoriana não eram distinguidas com vocações gentis.

O anglicanismo nos EUA vai ter, portanto, essas duas faces: democracia e senso de hierarquia (elite cultural) — esse senso estará presente em meio à cultura puritana e ao princípio igualitário que horizontaliza os homens diante de Deus. No que tange à literatura, E. Wharton (Wharton, 1990) e Henry James seriam essa dupla face do anglicanismo americano: democracia e senso de hierarquia, respectivamente.

Em relação ao conceito calvinista de vocação, nesse misto entre chamamento divino e atividade profissional, nos vemos também diante de uma dupla face: um *self* que se amolda à vontade do criador, numa espécie de submissão e obediência à vontade divina — o dogma da predestinação, estabelecendo um *self* fixo, incapaz de formar e reformar a si mesmo ao longo da existência; e uma ascese intramundana, comprometida com o mundo social e voltada a sua dominação racional.

14.10. A INVERSÃO DE SINAIS

O *self* puritano, se analisarmos ao longo de um certo tempo, sofreu o que Luiza Larangeira chamará de "apagamento e afirmação". No século XVII, sob o influxo religioso, mais especificamente sob o dogma da predestinação, a salvação independe das transformações que o indivíduo possa se submeter, o que leva a um exercício ascético de apagamento do *self*, a fim de que a superfície limpa seja capaz de refletir a graça divina. Nesse momento do século XVII temos um eu separado, mas fundido em um todo, gerando um autoapagamento. O fato é que as invectivas contra o *self*, na literatura puritana, acabaram por lhe garantir uma posição de centralidade na linguagem e na visão de mundo calvinistas: o Adão Americano ou o *ethos* democrático do século XIX, que se trata de uma autoafirmação do *self*, entendido como um abstrato homem moderno. O *self* aqui já é dotado de uma identificação que o distingue e o separa do todo, identidade essa dada fisiologicamente pela espécie. Ao se separar dos outros indivíduos, tornando-se livre em relação aos vínculos externos arbitrários, revela-se a face social do conceito calvinista de vocação, com os vínculos se tornando sociais, igualitários e impessoais — é o sentido de democracia. Em consequência dessa inversão de sinais, o pecado herdado se torna inocência ou herança abolida, e a predestinação, livre-arbítrio.

14.11. O CAMPO DE IMANÊNCIA AO *SELF* FLEXÍVEL

A experiência do *self* fixo, inflexível, se manifesta tanto no dogma da hereditariedade do pecado original (puritanos da Nova Inglaterra no século XVII) quanto na tendência da neutralidade ética ser apresentada como predisposição para o bem, manifestada na inocência do Adão Americano no século XIX — nesse sentido, o livre-arbítrio é valorizado assim como as boas obras.

Apesar dessa inversão de sinais, o que se mantém é o unitarismo do *self* fixo inflexível: o dogma da predestinação e graça não é abalado em essência com a decisão do indivíduo de unir-se à comunidade de fiéis — formada por sujeitos que abandonaram as sociedades e religiões corrompidas da Europa, para afirmar a vitória da religião e glorificar Deus pela conquista do Oeste americano e nele construir a nova Jerusalém terrestre (esses serão os eleitos), sendo esse o embrião da ruptura que os esperançosos do século XIX promovem. Não é à toa que a alegorização da realidade tenha influenciado tanto a literatura americana: o mundo pode ser lido por meio de seus signos e sinais, cujo referencial é sempre um outro significado que não aquele posto de maneira evidente pelos próprios eventos. A inversão de sinais expressa esse significado transcendente dos unitaristas.

A experiência europeia — assim como a positividade do pecado, que tinha em Henry James e Hawthorne seus grandes porta-vozes — levaram o primeiro a se vincular à experiência de um *self* flexível. Na experiência europeia, ao invés do livre-arbítrio estar ligado à neutralidade ética, a improvisação diante de situações da existência faz parte de uma grande herança humanista: a tradição serve como base de apoio para que o livre-arbítrio possa ser exercido. Aqui, não há uma inversão de sinais: a tradição e a improvisação estão ligadas, ao contrário da troca de sinais entre predestinação e livre-arbítrio. Há um campo de imanência circunscrito ao *self* flexível.

14.12. OS IRÔNICOS E OS RENASCENTISTAS

No estudo de Luiza Larangeira, podemos perceber em seus quadros conceituais um desejo contínuo de subdivisão. Se a literatura americana do século XIX vai ser perpassada pelos irônicos e pelos entusiastas, o grupo dos irônicos vai ser subdividido entre os que consideram o pecado como princípio de salvação e regeneração do indivíduo e os que criticam o processo de alienação e conquista (apagamento e afirmação do *self*) da cultura americana — na qual, no entanto, estão imersos.

Em relação à concepção de pessoa flexível, haveria dois tipos de individualismo: o referente aos grupos irônicos, em que o pecado e a redenção tornam-se centrais, constituindo o paradoxo da queda afortunada; e o referente ao humanismo renascentista, que vai modelar a subjetividade de James em sua relação com a cena americana e que passa pela educação, pelas metamorfoses do indivíduo conforme seu próprio arbítrio e, principalmente, talvez um dos seus elementos mais importantes, a improvisação, que é a habilidade de lidar com o imprevisível, submetendo-o a determinados propósitos e transformando os dados reais em uma narrativa que sirva a tais propósitos (se há uma plasticidade nesse processo, pode também haver a manipulação do outro por parte desse sujeito generoso e empático).

A improvisação diante do inesperado ou da alteridade depende do estabelecimento de uma relação empática com o outro, conferindo uma elevada capacidade de adaptação, que é se colocar no lugar do outro, transcendendo as idiossincrasias próprias e alheias do *ethos* democrático, e estabelecendo um grau de identificação e familiaridade em relação à narrativa do outro para que possa improvisar com ele (James vai buscar modos de flexibilização nos interstícios, nas margens da sociedade democrática americana, já que a concepção de pessoa nessa sociedade é caracterizada pela rigidez). É interessante observarmos que, se na concepção medieval a pessoa está presa ao *habitus*, ou seja, a uma subjetivação dirigida para outras coisas adquiridas, já na religiosidade puritana, que vai acabar constituindo o *ethos* democrático, a pessoa está presa ao pecado original (uma subjetividade dirigida para si mesma, momento da formação da moderna noção de indivíduo). A variante, e vem aí uma nova subdivisão, é quando a subjetividade está dirigida para si mesma, mas sujeita a metamorfoses em seu contato com o outro.

14.13. BOSTON, NOVA YORK E AS MARGENS DE NOVA YORK

A vontade de crescer da sociedade americana estaria fundada num mecanismo social, preenchendo um vazio, seja do presente, seja do passado, em direção a um futuro indeterminado. A vontade de crescer seria um dos elementos da democracia americana, apresentado em *The American Scene* em pleno século XX, democracia essa cujas raízes estariam atadas na ideia calvinista de conquista do mundo, mas sob o mito do Adão Americano, que implica a secularização do aspecto mundano ou social do protestantismo (a conquista do mundo para a glória divina é agora submissão de um novo futuro sob suas regras).

O que se vê em *The American Scene* é um EUA esvaziado do espírito protestante, sob a cultura de massa, em consequência de uma supremacia do presente sobre o passado ou por uma recorrente destruição do passado pelo presente em nome do futuro — essa vontade deixa de ser um aspecto meramente referido à subjetividade dos indivíduos para se tornar um aspecto do mecanismo social: ela é transferida das pessoas para as coisas, da cultura subjetiva para a objetiva, reificando o voluntarismo egótico do clássico Adão Americano, que não tem passado nem futuro.

Essa seria mais uma subdivisão no quadro de análise de Luiza Laranjeira: a democracia, vista por James no século XIX em Boston, e a nova democracia, sob o século XX, em Nova York. É que em Boston, no século XIX, o espírito puritano da democracia, que constitui o mito do Adão Americano, não permite que a cidade escape de seu passado colonial. Já a vontade de crescer de Nova York informa uma radical provisoriedade, cujo presente jamais será passado e jamais será futuro — portanto, um presente não digno de se tornar tradição.

James se situa numa perspectiva alternativa, seja em relação à eterna inocência do Adão Americano, seja em relação à eterna imaturidade de uma cidade sem formas do ponto de vista estético (nem Boston, nem Nova York). Sua perspectiva, sob o prisma da sensibilidade estética e do sentimento histórico, é da arte como supressão de si mesmo, isto é, da subordinação (não eliminação) do si mesmo a uma ideia como condição de possibilidade para a forma.

14.14. A PERSPECTIVA ARISTOCRÁTICA

Essa subordinação do si mesmo a uma ideia, ou a uma instância que o transcende (uma espécie própria de subjetivismo), é o que podemos entender como a situação e a perspectiva aristocrática, fundamentos da sensibilidade estética ou a condição de possibilidade para a apreciação estética ou para o desenvolvimento dessa sensibilidade, fugindo da dialética do apagamento e da afirmação do *self* (Nova York e Boston; a solidariedade do tipo impessoal e a profunda solidão do ethos puritano).

A perspectiva aristocrática, **que é uma categoria e não uma prerrogativa da aristocracia**, inclui a diferença entre a vida e a arte, sugerindo uma situação de perspectiva do artista em relação à vida, como vai ser uma constante em James de 1865 a 1907, ou seja, sua fase tardia, substituindo termos corriqueiros, cotidianos, prosaicos, por outros propriamente literários.

Há que se tomar cuidado para não confundirmos a perspectiva aristocrática com o idealismo estético e, por extensão, com o que Mathiessen (Mathiessen, 1961) vai tratar como racismo por parte de James: a arte como forma de evasão da difusa vulgaridade pela qual se caracteriza a modernidade; e o horror ante a vulgarização que a cultura norte-americana, anglo-saxã clássica, sofreria a partir da introdução de hordas de imigrantes das classes populares européias. O que fundamenta a perspectiva aristocrática em James não é a antipatia pelo pluralismo cultural em razão da vulgarização. É antes a sua condição de *outsider* e a ambivalência dessa condição: ausência de muitos anos, longe de sua terra, e compreensão profunda dada pelo sentimento de pertencimento; distanciamento, mas que não leva a mesma sensação de isolamento de um estrangeiro. A perspectiva aristocrática conjuga ao invés de opor. E conjugar aqui se diferencia tanto da evasão que estaria implícita no idealismo estético quanto da adesão ao multiculturalismo, como Ross Posnock (Posnock, 1991) sublinha em sua releitura da viagem de James aos EUA, concedendo importância à experiência e à contingência no texto de James.

A perspectiva aristocrática é, sobretudo, a aventura da observação, que requer não estar muito perto nem muito longe: tanto fundamenta a sensibilidade estética (cenas que apresentam dois níveis e, consequentemente, um diferencial — "você os vê, mas eles não o veem") quanto a escolha ética, cujas implicações você tem consciência, existindo aí uma negociação interna, com perdas e ganhos, cujo cálculo você está consciente — não é uma mera imposição de sua moralidade, entrando aí um processo de automodelação.

Se a perspectiva aristocrática de James em *The American Scene* é proveniente da ambivalência de sua condição de *outsider*, já na sociedade americana contemporânea ela é decorrente, de forma paradoxal, da grande pressão equalizadora: quanto maior a intensidade do crescimento, maior a margem residual de heterogeneidade não assimilada pela máquina de conversão ao caráter americano (não se trata de dialética). É nessa brecha que a herança puritana de um *self* fixo, produto da dialética do autoapagamento e autoafirmação, pode ser moderada pela herança humanista de automodelação da individualidade com base na flexibilidade e na improvisação. E o que fundamenta essa nova prática é a situação aristocrática. Por isso que um *self* flexível ou mais moderado só poderia ocorrer num espaço fronteiriço, cuja ambiguidade também se expressa na figura do *outsider*. A situação aristocrática é antidialética, daí as reconfigurações plásticas do *self*.

14.15. O ADÃO AMERICANO E SEUS TRÊS TIPOS

Na última parte de seu trabalho, "As grandes cidades e a vida do espírito", Luiza Larangeira indica uma nova figura: "O Adão das Metrópoles". De qualquer maneira, ainda que o Adão Americano, o Adão Depois da Queda e o Adão das Metrópoles expressem tipos de individualidades diferentes, todos eles são, enquanto marca do Adão Americano e da própria literatura americana, movimento de dessingularização e movimento de singularização.

No caso do Adão Americano, o indivíduo só se manifesta a partir de um apagamento de vínculos convencionais ou históricos (a sua singularidade se estabelece por meio da relação entre qualidades intrínsecas e valores universais); no caso do Adão Depois da Queda, o indivíduo só poderá expressar sua singularidade a partir do lugar social que ocupa e na relação com uma tradição. Mas, em ambas perspectivas, há uma relação agonística entre social e indivíduo, que informa essa dialética: no primeiro caso, o social se dá pelos vínculos igualitários; já no Adão Depois da Queda, o social se dá por meio de tradições específicas (o indivíduo vai se relacionar com essas culturas objetivas ou fazer sua irrupção através desse caldo).

No caso do Adão das Metrópoles, há um nivelamento em um mecanismo social: os vínculos também se tornam igualitários, mas o que rege aqui é a banalidade (ao contrário do Adão Americano, cuja relação das qualidades intrínsecas eram com os valores universais, aqui o propósito pecuniário estabelece a vontade de crescer reificada). É nesse mero mecanismo técnico-social, sem vínculos com valores universais ou históricos, que a irrupção do indivíduo se dará por meio do isolamento do imigrante, que é uma espécie de resistência ao nivelamento, ainda que, paradoxalmente, seja o resultado dialético do processo de assimilação. O Adão das Metrópoles é o homem isolado, sozinho na multidão.

Fugindo a esses três tipos de individualidade que informam o Adão Americano, em sua lógica dialética de autoapagamento e autoafirmação, teríamos a figura do intelectual ou do *outsider*: em sua representação de Nova York, James assume uma atitude contemplativa — a qual, contudo, não dispensa a experiência. Ao se colocar dentro e fora, próximo e distante em relação à vida na grande cidade, ao cultivar sua condição ambivalente de nativo-*outsider*, ele experimenta e contempla a moderna Nova York sem ser consumido por seu mecanismo técnico-social.

14.16. O COSMOS KAFKIANO E JAMESIANO COMO ALTERNATIVAS À ESTRUTURA DIALÉTICA

Para a construção de seu tipo ideal de homem das multidões, também chamado Adão das Metrópoles, foi importante que James — como ele fez em *The American Scene* — descrevesse o processo de assimilação do imigrante. A sutil transição entre as descrições do objeto, apresentado empiricamente, nos dá conta de três etapas: 1) a do isolamento propriamente dito, na qual se destaca a resistência e, ao mesmo tempo, a assimilação à cultura americana; 2) perda das marcas culturais adventícias; 3) a homogeneização ou completa assimilação, que é quando se atinge ao máximo de individualização, apesar dos contornos dessa individualidade permanecerem borrados.

Na verdade, essas três etapas dão conta: do homem das multidões, com a sua solidão em meio à massa; do homem excêntrico na multidão, que tem um caráter de exceção justamente pela inconstância, cujos passos nas ruas, conforme a descrição jamesiana, expressam ora excitação, ora depressão-angústia, numa espécie de embriaguês, ainda que acompanhado de um caráter banal, ordinário; a homogeneização completa, que diz mais respeito ao cosmos kafkiano.

No caso do homem das multidões, que é o homem ordinário, comum, há a sua identificação com um cosmos caótico, mas ele também possui uma ordem secreta que em algum momento será revelada; no caso do homem excêntrico (Bartleby), nunca será revelada a razão pela qual ele toma determinada atitude, permanecendo uma incompreensão que também poderá ser entendida como um elemento de transição, marca da literatura americana do século XIX, como em Melville e Hawthorne; já no cosmos kafkiano, não há ordem nem razão — não é nem mais uma questão de incompreensão, de ausência de revelação; aqui, a revelação jamais se dá porque não há nada a ser revelado, é a homogeneização completa. Compreende-se, então, por que a literatura americana é marcada por essa dialética de autoapagamento e de autoafirmação: tanto em Kafka quanto em James, por métodos diferentes, chega-se ao fim essa dialética que terá sido a maior marca da literatura americana no século XIX.

Esse segundo momento, definido como perda das marcas culturais adventícias, que é a própria alegoria dos seres lisos, achatados, sem particularidades, assume um aspecto passivo e reativo que vai na contramão do Adão Americano — ainda que o Adão das Metrópoles (ou seja, o homem das multidões) faça parte da estrutura dialética do Adão Americano, ele é o seu limite, levando a ultrapassá-lo. Essa passividade é que o leva a vagar imóvel, passeando sem se deslocar, numa espécie de imobilidade teimosa e passiva, tão contrário ao Império Americano. Não é só contaminada pelo mundo, como também contamina aos que lhe estão próximos, como

Bartleby, daí porque passivo e reativo. É nesse aspecto, pela excentricidade, que há uma irrupção do indivíduo a partir da banalidade, ou seja, conforme a estrutura dialética do Adão Americano. Mas a radicalização dessa individualidade passiva acaba por sair das instâncias do Adão Americano, gerando o cosmos kafkiano, assim como a condição de exceção, quando não acompanhada pela banalidade e sim pela genialidade, é a outra alternativa à dialética do social e do indivíduo, gerando o cosmos jamesiano — é a importante diferença entre o louco e o *outsider*.

14.17. O EFEITO CONTRÁRIO

A excentricidade é uma curiosa forma de resistência, que faz parte de um tipo específico de individualidade, conhecido como Adão das Metrópoles. Com o objetivo de preservar a singularidade diante do banal, próprio das grandes cidades modernas (singularidade compreendida, aqui, como as camadas mais profundas da subjetividade, nas quais assentam a sensibilidade e os sentimentos), acaba-se por solapar essa singularidade, ao aliená-la do mundo social e dos vínculos que poderiam preservá-la. Conforme Simmel, o cultivo da subjetividade, constituindo a singularização, se faz por meio das experiências, do contato com o mundo exterior. O isolamento do imigrante tinha o propósito de se preservar da banalidade do entorno, como se a subjetividade pudesse ser preservada por meio de uma hipertrofia interior. E acabou gerando uma atrofia — um *self* atrofiado e isolado em relação ao mundo —, isto é, produziu-se um efeito contrário: o apagamento da singularidade individual. Esquisito e medíocre seriam as marcas antitéticas do excêntrico: esquisito porque isolado do mundo; medíocre porque banal, sem nenhuma singularidade.

14.18. O *OUTSIDER* HENRY JAMES

A horizontalidade — própria da Babel, com sua tendência homogeneizante — impediria o perspectivismo, isto é, diferentes níveis de visão e percepção. Em outras palavras, a Babel impede o processo de contemplação, que requer diferenciação de níveis: ela estimula a ação. Nova York, nesse aspecto, seria uma constante adaptação às mudanças de estímulos, mudanças aceleradas que aniquilam o tempo necessário para que se faça história. Não há história nessa cidade perpetuamente atual e em ação. Ao contrário de Londres, que, no século XIX, graças ao seu processo civilizador e universalizante no mundo ocidental, estabelecia autonomia individual a partir da vida social — uma pessoa é alguém a partir de um lugar socialmente determinado, estabelecendo-se assim um pronto prévio, mecânico.

James, quando relata a experiência de Nova York, constrói uma situação aristocrática, sem que esta seja um dado prévio. Quanto a Boston, quando o autor volta a esse local, James vive a singularidade da experiência individual em função de uma sensação de reconhecimento, que está vedada aos imigrantes (Boston, além de fazer parte de sua história pessoal, também faz parte de uma herança sócio-histórica).

14.19. NOVA YORK E LONDRES NO SÉCULO XIX

A diferença de um imigrante em Nova York e Londres adviria do fato de que, enquanto império, no século XIX, Londres e suas tradições teriam um caráter universal que propiciaria unificar as particularidades e diferenças em uma totalidade, sem que a singularidade respectiva fosse apagada — essa relação entre o universal e o particular, característica de impérios, como Londres no século XIX, não aconteceria, no mesmo período, numa grande cidade de aspecto caótico e mecanizado como Nova York. Se em Londres, então capital do mundo, permitia-se que os aspectos de um eu singular — inclusive aqueles que expressassem sua origem nacional — pudessem se expandir e se manifestar livremente, pudessem se universalizar, em Nova York os diversos idiomas, que se ouviam por toda parte, formariam, paradoxalmente, um todo de fragmentos homogêneos (assimilação que apagaria as singularidades, sem que houvesse entre elas comunicação): há uma equivalência entre os locais sociais, sem que seus ocupantes possam se comunicar (isolamento que culmina em banalidade e excentricidade).

14.20. A ESTRUTURA DAS IMPRESSÕES

A famosa frase de Iago em *Otelo* ("Eu não sou o que eu sou"), uma espécie de paradoxo que está na ideia de se universalizar sem perder a singularidade, numa perspectiva civilizatória, foge do jogo das oposições tão ao gosto da tradição puritana, tal como a dialética da autoafirmação e do autoapagamento.

James, em *The American Scene*, forja um ponto de vista a um só tempo interior e exterior à sociedade e à cultura que vai analisar. Para tanto se requer familiaridade com o objeto (sua condição de nativo o leva a compreender o objeto a partir do contexto sociocultural, impossível para um turista ou para um imigrante) e se requer uma situação aristocrática, própria do distanciamento de um *outsider*, que nem naturaliza nem interioriza traços culturais específicos. E para essa modelagem da subjetividade, estruturada numa relação empática entre o eu e o outro, e não numa afirmação dialética de afirmação e apagamento do eu, se requer um *self* — não com a estrutura de motivos e intenções, mas com a estrutura de narrativa, por meio da qual possa se abstrair e se colocar no lugar do outro (a filosofia da linguagem de Richard Rorty advoga essa consideração).

Quando se coloca em termos de narrativa, tanto o eu quanto o outro, tanto a identidade pessoal quanto uma determinada realidade, propiciando o processo de empatia (uma característica da situação aristocrática subjetiva em *The American Scene*), evitando assim os vínculos concretos entre sujeito e realidade, vamos nos deparar sempre com a estrutura das impressões, que tanto fogem de uma relação puramente afetiva quanto de uma pretensão à extrema objetividade.

14.21. A IDENTIDADE PRESERVADA EM HENRY JAMES

Nesse jogo entre olhar afetivo e olhar *outsider*, que faz parte das impressões de Nova York em *The American Scene*, James diferencia-se tanto da personalidade blasé do excêntrico quanto do *ennui* enquanto representante dos estados de ânimo de agudo apetite: não é nem Bartleby nem William James, para quem o irmão se fazia dotado de uma certa passividade. Cabe-nos entender a posição de William, que parece trazer um vínculo com a modernidade em sua imersão subjetiva na cultura americana, sem nenhuma espécie de distanciamento ou de contemplação: para conhecer, o homem tem que agir e será necessário o reconhecimento dos resultados práticos do fazer científico. Dentro desse novo paradigma, o escritor, como qualquer outra profissão, é uma especialização técnica e tem uma funcão social dentro da divisão social do trabalho, não escondendo o seu propósito pecuniário.

Já a vocação sugere o atendimento ao chamado da arte e, enquanto tal, tem um conceito puritano aí envolvido dos escolhidos, a quem Deus dispensa a graça: é inútil o esforço do fazer, o que imediatamente traz a ideia do ócio e da contemplação. O olhar da contemplação não é o olhar de um anatomista que fixa, circunscreve e vai guardar sempre informações objetivas. São mais impressões como de um flâneur distraído que não invade o objeto e mantém sobre ele uma suficiente distância, preservando-o em sua alteridade, ao contrário do Adão Americano, cuja moral calvinista o leva à invasão e à conquista, seguindo suas ideias universais e abstratas, sem lastro social. Ao invés de subsumir o objeto ou consumi-lo, mimetiza-o, abrindo-se aí para a heterogeneidade do real.

Essa abertura, no entanto, não está limitada a um horizonte de expectativas, como acontecia à escola realista. Em outras palavras, o realismo *sui generis* de James não está restrito ao empiricismo, constituído por sua experiência pessoal e informado pelo horizonte de expectativa de determinada coletividade — uma espécie de normatização que define, *a priori*, as marcas do realismo literário, assim como os conteúdos da experiência. O subjetivismo acrescenta-se aí como distância crítica em relação ao próprio horizonte de expectativa, informando uma situação aristocrática que preserva sua identidade.

Nesse aspecto, Luiza Larangeira cita e diverge do pensamento de Ross Posnock (Posnock, 1991), para quem "James é, sobretudo na fase tardia de sua obra, um adepto da política da não identidade, na qual uma identidade de cunho aristocrática, fixada *a priori*, dá lugar a uma identidade improvisada, movida pelas forças fundamentais, aderindo às contingências, em contínuo devir", conforme citação de Luiza Larangeira (Mello, 2010, p. 204). Posnock elimina um subjetivismo que será fundamental para a preservação da identidade em James, mesmo sujeita a uma plasticidade que a faz flexível e automodeladora.

14.22. UMA BIBLIOTECA NUM INFERNINHO DE COPACABANA

Ao definir essas três possibilidades de mímesis como *imitatio*, representação-efeito e subjetivismo, esta última será incarnada pelo nativo-*outsider*, que preserva sua singularidade tal como o imigrante não plenamente assimilado e ao mesmo tempo não isolado em sua condição estrangeira. E esta sua singularidade, de uma certa forma, vai estar dependente de seus vínculos sociais — será necessário que essa pessoa circule em meio a um ambiente vulgar, caminhando nos interstícios da banalidade, ou que precise passar pela Queda, experimentar o mundo para ser resgatado de sua vulgar banalidade.

O excêntrico é o tipo inversamente proporcional ao nativo-*outsider* porque, em função do seu isolamento, constituiu um *self* atrofiado, com suas marcas singulares apagadas e, portanto, mergulhado na banalidade: o excêntrico é o esquisito e medíocre; é aquele que tem necessidade de singularizar-se, o que o leva a exagerar seus comportamentos para que a particularização se torne audível inclusive para si mesmo, mas que terá efeito contrário — excentricidade que tem como consequência o apagamento de suas marcas.

Dois espaços rivalizam pela presença, em cada um deles, desses respectivos tipos: a biblioteca pública e o clube noturno. No clube noturno, adornado e protegido, o personagem excêntrico, devidamente uniformizado e sem marcas individuais, vai dar o ar de sua graça. Mas na biblioteca pública, onde vigora a quietude contemplativa, as pessoas estarão próximas e distantes: enquanto espaço social, constitui-se ali um grupo de pessoas com os mesmos propósitos, a mesma atividade, os mesmos interesses, fazendo-as frequentarem o mesmo recinto. Entretanto, há uma impenetrável distância entre os leitores, cada um respeitando o seu espaço: proximidade e distância, perto e longe. Essa mesma lógica é estabelecida entre o leitor e o livro: na leitura, o leitor se autorepresenta como uma identidade plástica, empática, flexível, que, ao improvisar diante das situações, ao adaptar-se sem esfacelar-se ante os rápidos e diferentes estímulos, pode construir para si uma perspectiva privilegiada, uma situação aristocrática.

Ao contrário desses espaços configurados para seus respectivos frequentadores, o grande desafio é construir em lugares impróprios uma brecha para que se viva, contra todos os indícios, uma situação aristocrática. Cavar uma brecha com suas próprias garras, como se você construísse uma biblioteca num inferninho de Copacabana.

15. A OUTRA VOLTA DO PARAFUSO (THE TURN OF THE SCREW)

The Turn of the Screw — traduzido, em português, como *A Outra Volta do Parafuso* — será uma das contribuições que o narrador-personagem do preâmbulo vai dar à história sem título, lida por Douglas num dia de natal, numa casa velha. Dar um nome não é pouca coisa. Que o diga a própria história: sossega, transforma a potência em ato. O fim da tenebrosa história só se dará quando Miles é provocado a nomear o demônio, não sem a ajuda providencial da governanta. O livro *The Turn of the Screw* não é a história sem nome lida por Douglas, assim como esta também não será o manuscrito escrito pela governanta. Essa divergência, entre a história lida numa noite de natal e o manuscrito, será incrementada pelo preâmbulo, quando Douglas, como se fosse o prefaciador, deixa à vista, antes da leitura propriamente dita da história, o que lhe parece ser importante. Sob esse prisma, ele também nomeia, discrimina. Se vale a pena acompanharmos esse processo de mudanças, desvios, vamos verificar que na própria narrativa da governanta esses desvios estarão à mostra: o que é visto não será rigorosamente o mesmo que contado, no caso, para a sra. Grose. Aliás, as aparições se dão em absoluto silêncio: a série das visões é diferente da série dos diálogos. Cumpre então estarmos atentos às diferenças que vão estar presentes em todo momento: nos dois demônios, nas duas crianças, no tio e em Jessel, na sra. Grose e na governanta, na governanta e na ex-governanta. Até mesmo na torre (nem os espaços, nem os objetos físicos, estarão imunes a essa duplicidade eivada de diferenças):

> *Essa torre fazia parte de um par — estruturas quadradas, incongruentes, providas de ameias —, sendo que as pessoas distinguiam uma da outra por algum motivo, embora eu não visse muita diferença entre elas, como a nova e a velha. Ficavam de lados opostos da casa e eram provavelmente extravagâncias arquitetônicas, até certo ponto redimidas por não serem totalmente desconectadas e tampouco de uma altura pretensiosa demais, remontando, em sua antiguidade postiça, a um primado de volta do romantismo que já era ele próprio um passado respeitável.*
>
> (James, 2011, pág 32)

15.1. O OUTRO

Quando o narrador-personagem do preâmbulo, que poderíamos identificar com o editor a quem Douglas entrega o manuscrito antes de morrer, diz textualmente que já tem um título, e este se materializa mais tarde em *The Turn of the Screw*, percebemos aqui já um cisco de mudança, inclusive ao que ele próprio vai descrever como "transcrição exata que fiz muito depois" (James, 2011, p. 12).

A primeira menção à volta do parafuso é dada por Douglas ao fazer o anúncio da história, cabendo a ele a função de chamar a atenção de seu seleto auditório: "Se uma criança dá ao fenômeno (a aparição de fantasmas) outra volta do parafuso, o que me diriam de duas crianças?" (James, 2011, pág. 8). Na verdade, Douglas faz menção a uma história anterior sobre aparição, das mais terríveis, testemunhada por um menininho. Esse é o fragmento completo:

Concordo perfeitamente — com relação ao fantasma de Grifin, ou seja lá o que for, que o fato de ter ele aparecido em primeiro lugar para o menininho, de tão tenra idade, lhe dá um toque especial.

Mas, pelo que sei, não se trata da primeira ocorrência de uma espécie encantadora a envolver uma criança. Se uma criança dá ao fenômeno outra volta do parafuso, o que me diriam de duas crianças? (James, 2011, p. 8)

A tradução em português optou por *A Outra Volta do Parafuso* como título do livro, e não *A Volta do Parafuso*, escolhido pelo autor. Mas não será esse o único momento de menção a "outra volta do parafuso" e nem devemos ser levados por esse anúncio. Afinal, no manuscrito, não consta, a não ser por uma hipótese levantada pela governanta, que, de fato, haja aparição de fantasmas para as crianças. Constatamos sim a aparição somente para a governanta. E isso nos chama a atenção porque já é um desvio que Douglas comete em relação ao manuscrito. Na narração da governanta, "a outra volta do parafuso", como aparece no capítulo 22, parece estar ligado não à aparição de fantasmas a uma criança, e sim ao parafuso da virtude humana comum. Dar mais uma volta significa ser fundamental "para manter uma fachada serena" (James, 2011, pág. 145). Vejamos o fragmento inteiro:

> *Eu só podia seguir em frente tomando a natureza como minha confidente e levando-a em conta, tratando minha monstruosa provação como um esforço numa direção estranha, é claro, e desagradável, mas algo que exigia, afinal, para manter uma fachada serena, apenas outra volta do parafuso da virtude humana comum.*
>
> (James, 2011, pág. 145)

Essa "outra volta do parafuso da virtude" seria obtida por meio do enfrentamento do mal ou da antinatureza, por meio da "inteligência absoluta" (James, 2011, p. 145). Em outras palavras, a questão não estaria em fechar os olhos para o mal.

Por meio dessa perspectiva da governanta — e que, de uma certa forma, vai estar muito presente também na personagem central de *A Taça de Ouro* —, a questão está em preservar a inocência, nem que para isso se exigisse uma outra atitude, sendo essa a marca de um *self* mais flexível. *The*

Turn of the Screw, no entanto, pensando o sentido potencial do título, abre uma perspectiva infinita, que acena a uma constante e contínua negociação com o mal, amplificando assim a perspectiva de "uma outra volta" e colocando em questão o próprio *self*.

Com isso, podemos já vislumbrar três visões diferentes em relação à "volta do parafuso": em Douglas, estaria ligada a aparições, as quais, tendo como objeto a criança, remeteriam a outra volta; em relação à governanta, "a outra volta do parafuso da virtude humana comum" sugere uma atitude de enfrentamento em vez de fuga, com o objetivo de preservar a natureza, a inocência; no autor, a extinção de "outra" abre uma perspectiva de constante mudança e abertura, muito mais ligada à diferença do que à identidade. Ainda que o narrador-personagem do preâmbulo informe-nos de sua transcrição exata, ela não estará livre de variações — seja em relação a Douglas, seja em relação à narrativa da governanta.

15.2. O NARRADOR-PERSONAGEM DO PREÂMBULO, DOUGLAS E A NARRADORA-PERSONAGEM

Outras incongruências chamam a atenção em relação à apresentação de Douglas, antes de ler o manuscrito, comparada com a narrativa propriamente dita da governanta. E essas incongruências nos provocam uma desconfiança generalizada. Vejamos como será apresentada a ex-governanta: "Essa jovem fora muito boa para as crianças — era uma pessoa extremamente respeitável" (James, 2011, p. 14). O que leva o narrador-personagem, ironicamente, a introduzir a fala de um dos personagens que compunham a seleta platéia: "E de que morreu a antiga governanta? De excesso de respeitabilidade?" (James, 2011, p. 14). Na narrativa da governanta, vamos depreender uma outra faceta de sua predecessora, inversamente proporcional à descrição de Douglas. Outra diferença que chama atenção, entre a apresentação da história e a sua narração pela governanta, vai se referir ao tio das crianças, descrito assim, de forma benevolente, por Douglas: 0

A coisa resumia-se a uma grande preocupação e, da parte dele (do tio), a uma série de equívocos, mas ele tinha muita pena das pobrezinhas e por elas fizera tudo de que fora capaz; assim, as enviara para a outra casa, pois o lugar apropriado para elas era o campo, e lá as mantinha, desde o início, sendo cuidadas pelas melhores pessoas que pôde encontrar, abrindo mão até mesmo de seus criados para que as servissem, e indo vê-las sempre que podia, para saber se estavam bem.

(James, 2011, p. 13)

A única condição imposta para o emprego é que a governanta não deveria nunca incomodá-lo. Já na narrativa da governanta nos damos conta de que a descrição inicial de Douglas não bate: "as melhores pessoas que pôde encontrar" eram verdadeiros demônios, e o tio das crianças será assim descrito pela governanta em seu diálogo com a sra. Grose:

— *A culpa é do tio. Se ele deixou aqui aquele tipo de gente...!*

(James, 2011, p. 112)

Essas diferenças de perspectivas entre Douglas e a governanta não deixa de ser mais uma contribuição do autor ou do narrador-personagem do preâmbulo, a quem coube a função livro.

15.3. O ESTRANHAMENTO

É curioso observarmos a constituição da primeira aparição. Há um momento inicial, em que a governanta fantasia:

Alguém apareceria na curva de uma alameda e pôr-se-ia diante de mim, sorriria e demonstraria sua aprovação. Não pedia eu mais do que isso — pedia apenas que esse alguém soubesse; e a única maneira de eu ter certeza de que ele sabia seria vê-lo. Ele estava presente pra mim com exatidão... quando... parei de súbito ao emergir de um dos arvoredos e surgiu diante de mim a casa. O que me fez deter-me no lugar... foi a

> *consciência de que minha imaginação, de repente, se tornara realidade. E ele estava mesmo lá.*
>
> (James, 2011, p. 31-32)

Em vez do rés do chão, como tantas vezes ela invocara o tio, ele estaria no alto da torre. Mas há uma segunda mudança, como uma outra volta do parafuso: "O homem que me olhava nos olhos não era a pessoa que eu supusera" (James, 2011, p. 32). Há, portanto, dois choques, que devem ser relacionados ao último capítulo, e que vão constituir três imagens: o tio, que aparece na curva de uma alameda; o tio em cima da torre; um desconhecido em cima da torre. Processo de mudanças e choques, sem nenhuma sonoplastia e fora da duração do tempo. O que para governanta indica a mudança da imaginação para a realidade é sobretudo constituído por choques.

Esse desconhecido será construído gradativamente através da fala e da nomeação. Mas há esse primeiro momento sem som, pura imagem. E que será descrito como angustiante e de extrema perplexidade. Depois sim, é o processo de construção do sentido.

15.4. OS TRÊS SALTOS DA FERA

No último capítulo, vamos nos defrontar também com uma sucessão de choques, sendo o primeiro surgido a partir do aparecimento do rosto branco da danação, o fantasma de Peter Quint. Mas nesse primeiro choque, representado por uma queda, podemos visualizar o metafórico salto de uma fera, que abraça sua presa: "Um golpe que de início, quando me levantei de um salto, obrigou-me a realizar o gesto puramente cego de segurá-lo, puxá-lo para junto de mim e, enquanto eu procurava apoio no móvel mais próximo, instintivamente mantê-lo de costas para a janela" (James, 2011, p.153). Concomitante a essa realidade paralela, havia o real, expresso pela pergunta feita a Miles, se teria ele pego a carta que a governanta havia escrito para o seu tio.

A importância desse último capítulo é justamente a simultaneidade dessas duas realidades, entre as quais a governanta se encontra dividida (todo o seu processo será criar uma teia, ligando ambas). O sucesso desse primeiro momento ou desse primeiro salto culmina na confissão de Miles. Mas essa confissão não é absoluta. O rosto da danação já desaparecera da janela: "Graças ao meu sucesso, os sentidos de Miles haviam se fechado e sua comunicação — com o demônio — cessara" (James, 2011, p. 154). Até que há um segundo momento, *a outra volta do parafuso*, que culmina com o reaparecimento do fantasma em paralelo à não resposta de Miles sobre o que exatamente teria ele dito para os colegas (sabemos que são coisas horríveis, mas não sabemos que coisas horríveis foram essas). Um novo salto é dado então: "Esse gesto esquivo de Miles fez com que eu, num movimento único e com um grito irreprimível, saltasse direto sobre ele. Pois lá, atrás das vidraças... o rosto branco da danação" (James, 2011, p. 158). O que sucede a esse segundo salto é o aparecimento da verdade (antes, havia apenas as hipóteses da governanta em sua conversa confidencial com a sra. Grose):

> *Vi Miles, no meio do meu ato, reagir adivinhando... "Acabou, acabou, acabou", gritei.*
> *— Ela está aqui?*
> *— Ela?*
> *— Senhorita Jessel.*
> *— Não é senhorita Jessel! Mas está na janela, bem a nossa frente. Está ali — aquele horror covarde pela última vez.*
> *— É ele?*
> *— O que você quer dizer com ele?*
> *— Peter Quint — seu demônio! Onde?*
> *— Que importância tem ele agora, meu querido? Que importância ele jamais terá? Você agora é meu, mas ele perdeu você para sempre. Ali! Ali!*
> (James, 2011, p. 158-159)

Pela primeira vez, ao contrário de sua irmã, uma vez que esta não adere à realidade paralela, Miles toma consciência, participa da narrativa, nomeia e, tal como a sra. Grose, é seduzido pela narradora. Afinal, como no preâmbulo sugere o narrador-personagem, é uma história de sedução. Muito embora fiquemos sem saber o que exatamente foi dito por Miles, que tenha gerado sua expulsão do colégio, a história nos sugere uma situação de contaminação, perversão, sedução, influência, a que vão estar sujeitas as crianças e contra a qual a governanta vai se insurgir. A sua vitória final é expressa pelo terceiro salto, pegando no ar a presa em queda livre, finalmente desgarrada de Peter Quint. Mas, assim como falamos das incongruências entre os duplos, o real e seu universo paralelo estarão marcados pelo desencontro.

15.5. O FRACASSO DA REPRESENTAÇÃO

É na introdução de *The Turn of the Screw* que nos damos conta do antes e do depois da aventura da governanta, descritos por Douglas, por meio do narrador-personagem. A rigor, existem dois narradores: a governanta e o narrador-personagem do preâmbulo, o qual dá voz a Douglas em alguns momentos, especialmente quando informa o encontro entre o tio das crianças e a governanta, numa entrevista de emprego: "Ela prometeu que o faria (assumiria toda a situação e o deixaria em paz), e a mim contou que quando, por um momento, aliviado, deliciado, ele segurou sua mão, agradecendo-lhe o sacrifício, ela já se sentiu recompensada" (James, 2011, p.15).

Douglas é uma testemunha parcial porque ouviu da governanta, muito tempo depois, o que havia acontecido — inclusive, ouviu o que não está na narrativa da governanta. Por outro lado, Douglas também nos dá conta de seu relacionamento com a própria, o que não deixa de ser uma outra volta do parafuso, se pensarmos que ele, assim como o tio das crianças, são cavalheiros, ou seja, dentro da estrutura da sociedade vitoriana eles compõem um estrato social, do qual não fazem parte nem a governanta, nem o narrador-editor. Se na narrativa da governanta o tio é uma presença-ausente, assim como em *Os Embaixadores* mrs. Newsome também o será, na introdução de *The Turn of the Screw* corrige-se aquele primeiro encontro — dessa vez, o seduzido é Douglas:

> *Era uma criatura encantadora, porém dez anos mais velha do que eu. Era a governanta da minha irmã. Foi a mulher mais agradável de sua condição social que já conheci, e seria merecedora de qualquer outra (condição)... Eu estava no Trinity College e encontrei-a em casa quando voltei para as férias no segundo verão; e, quando ela estava de folga, tivemos algumas conversas caminhando no jardim — conversas em que ela me pareceu inteligente e simpática. Isso mesmo; não me venham com sorrisos irônicos; gostei muitíssimo dela e até hoje agrada-me pensar que ela também gostou de mim. Senão, não teria me contado. Nunca havia contado a ninguém. Ela não só me disse isso, como eu estava certo de que ela não contara de fato. Eu tenho certeza; estava claro para mim.*
>
> (James, 2011, p. 9-10).

As quatro últimas orações apresentam uma ambiguidade: o que foi que ela não contou a ninguém, senão a ele? Após algumas frases é que nos damos conta da paixão por parte da governanta em relação ao tio das crianças. Mas podia ser também em relação ao próprio Douglas. O que chama atenção é a sequência das frases: "... agrada-me pensar que ela também gostou de mim. Senão, não teria me contado". Contar que gostou de Douglas era contar que gostou de outro. Mas Douglas relembra o encontro: "Lembro a hora e o lugar — o canto do gramado, a sombra das grandes faias e a tarde longa e quente de verão. Não era um cenário que desse arrepios; no entanto... ah!".

É como se o tio das crianças voltasse encarnado em Douglas: se a dobra do parafuso era a aventura dos demônios — não é à toa que a primeira aparição se dará em cima da torre, e não ao rés do chão (ao rés do chão é como ela fantasiava o encontro em Bly e como havia sido a entrevista de emprego); a outra dobra, isto é, o encontro com Douglas, se dará novamente no chão, sem obstáculos e sem desníveis espaciais, tais como a torre, a janela, as margens opostas ao lago e a escada. O desnível social persiste, mas não impede que se gostem — o contato entre ambos não estará mais restrito a uma relação de poder, como foi na entrevista de emprego, nem a uma relação imaginária composta de duplos monstruosos — cópia, propriamente dita, de uma situação originária. No terceiro momento, cópia da cópia, a relação retorna ao rés do chão, ainda que subsistindo uma diferença social, que, numa sociedade vitoriana como a deles, obriga Douglas a guardar a sete chaves seu segredo. A volta do parafuso é também a volta da chave que faz transparecer o que se mantinha guardado:

Sra. Griffin falou: "Bem, se eu não sei por quem ela estava apaixonada, sei por quem ele estava".

> *"Ela era dez anos mais velha", disse seu marido.*
> *"Raison de plus — naquela idade. Mas é admirável, da parte dele, tantos anos de silêncio."*
> *"Quarenta anos!", Griffin acrescentou.*
> *"E por fim esta explosão."*
> *"Esta explosão", retruquei, "vai nos valer um serão memorável na quinta-feira."*
> (James, 2011, p. 11)

Por toda a extensão de *The Turn of the Screw* há metáforas, tais como "navio afundando", "o salto da fera", "explosão", "golpe", "queda", "pressionar", "quebrar o gelo", "estrépito", ruído", indicando uma violência muito presente no subtexto. E a literatura, até por sua extensão, abrangendo uma grande quantidade de leitores na sua forma livro, vai ser o elemento que traz à tona o que antes se mantinha devidamente guardado, expondo a uma plateia infinitamente maior do que a de uma casa velha no interior da Inglaterra, no século XIX, os horrores do passado: "É como vejo a sra. Grose ainda... uma imagem grande e limpa do conceito de arrumação — de gavetas fechadas e trancadas e descanso sem remédio" (James, 2011, p. 109). Essa descrição da sra. Grose, feita pela narradora-governanta, expõe o fracasso desta última: a sua luta por manter a fachada serena, como uma cláusula de contrato, tem um final trágico. Ainda assim, esse seu fracasso será também a sua vitória porque encena a crise de representação do mundo moderno, crise que é a chave de sua compreensão.

15.6. A CONSTRUÇÃO DO SENTIDO A PARTIR DOS DADOS INICIAIS

O processo de construção do sentido que explicasse a expulsão de Miles do colégio, e que será a narrativa da governanta, não estará apartado do real. É importante reconhecer o papel da sra. Grose nesse processo de construção do sentido. Não é um delírio da narradora. O diálogo de ambas vai construindo o fio da narrativa. O próprio diálogo inicial com o patrão, que será descrito pelo narrador do preâmbulo, conforme a fala de Douglas, fornece os dados iniciais, a partir dos quais vai se fundar a história de terror:

> *De início, as crianças foram cuidadas por uma jovem que por infelicidade elas haviam perdido. Essa jovem fora muito boa para elas — era uma pessoa extremamente respeitável —, porém morrera, e fora esse o grande transtorno que não deixara outra alternativa senão o colégio para o pequeno Miles. A Sra. Grose, desde então, fazia o que podia por Flora.*
>
> (James, 2011, p. 14)

Essa é a primeira célula, contida no preâmbulo, que a narrativa da governanta vai perverter. Em seguida, o primeiro diálogo entre a sra. Grose e a nova governanta, sobre a expulsão de Miles, sempre sob o signo do interrogatório:

> *Alcancei-a, lembro-me, na escada; descemos juntas e depois detive-a, segurando-a pelo braço: "Pelo que entendi... nunca o viu fazer nada de mau". "Não, eu não diria isso." Mas no dia seguinte... ataquei-a por um outro ângulo: "Quem era a pessoa que estava aqui antes?". "A última governanta? Ela também era moça e bonita — quase tão moça e bonita quanto a senhora."*
>
> (James, 2011, p. 26)

A narrativa da governanta é construída depois de todas as suas aventuras em Bly, portanto, em alguns momentos, a narradora introduz um aspecto que ela não seria capaz de perceber naquele instante da história — ela só o faz porque retorna ao momento, mas já de posse de todos os acontecimentos subsequentes. Mesmo que o leitor não tenha ainda esse conhecimento, a narradora o tem, o que nos leva a desconfiar que a narração cometa alguns desvios em relação aos momentos sucessivos da história:

> *"Ele era assim com todo mundo." Tão logo Sra. Grose falou, corrigiu-se. "Quer dizer, ele é mesmo assim — o patrão."*
> *Aquilo me intrigou. "Mas a quem a senhora estava se referindo?"*
> *Sua expressão era de perplexidade, porém ela corou. "Ora, a ele"*
> *— Ao patrão?*
> *— E quem mais poderia ser?*
> *Era tão óbvio que só poderia ser o patrão, que, no instante seguinte, extinguiu-se a impressão de que ela, sem querer, dissera mais do que pretendera dizer.*
>
> (James, 2011, p. 26-27)

Após mais uma pressão no interrogatório, nos damos conta, por meio da sra. Grose, que a ex-governanta era cuidadosa apenas em relação a algumas coisas na educação das crianças e que morreu de causa desconhecida em suas férias.

Na segunda conversa entre a governanta e a sra. Grose, após a primeira visita do "estranho" — primeiro na torre, depois no terraço atrás da janela —, a governanta descreve minuciosamente o visitante para a sra. Grose e conclui que ele dá a impressão de ser ator, além de não usar chapéu — "não, de modo algum!, um cavalheiro" (James, 2011, p. 46). E se veste com roupas de outra pessoa. A identidade do visitante é então afirmada pela sra. Grose: "É Peter Quint e ele morreu (de causa desconhecida)". É fundada nesses dados, fornecidos pela sra. Grose, que a história vai sendo costurada, sempre com o objetivo de explicar a expulsão de Miles.

15.7. O GENÉRICO

Mas, na construção do sentido por parte da governanta, não há um conhecimento exato, factual, do motivo pelo qual Miles foi expulso (sabemos que Miles falou certas coisas para os colegas, mas não sabemos exatamente o que foi), assim como não sabemos como a ex-governanta (srta. Jessel) e Peter Quint foram prejudiciais na educação das crianças. As informações são genéricas.

15.8. O MÉTODO DEDUTIVO

No processo de conversa entre a governanta e a sra. Grose, muitas afirmações da primeira são feitas aparentemente às cegas, mas já obedecendo à lógica de construção do sentido: " 'Ele estava procurando outra pessoa, a senhora disse — alguém que não a senhora?'; 'Ele estava procurando o pequeno Miles'. Uma clareza extraordinária se apossou de mim naquele instante" (James, 2011, p. 49). Perguntas da interrogadora também eram feitas em meio às declarações da sra. Grose, indicando uma direção pré-determinada:

> *"O Quint era muito confiado." Esse comentário causou em mim... uma súbita pontada de repulsa. "Muito confiado com o meu menino?" "Muito confiado com todo mundo" (...) "Então a senhora me garante que ele era definitivamente mau?" (...) 'Eu sabia mas o patrão não... O Quint era muito esperto — era muito manhoso." Absorvi essas observações mais ainda provavelmente do que o demonstrei. "A senhora não tinha medo da influência dele sobre as crianças?" (...) eu já deduzira, inquieta, com base nos fatos que havia diante de nós, quase todos os significados que eles viriam a adquirir a partir das ocorrências subsequentes, mais cruéis ainda.*
>
> (James, 2011, p. 51-52)

Há, portanto, um trabalho de dedução nesse processo da governanta-inquisidora. É como se diante de alguns fatos, ela já deduzisse o todo, antes mesmo dos fatos futuros virem a acenar para o sentido, já previamente estabelecido. Naturalmente, não podemos deixar de lado o fato de que a narrativa é escrita após todos os acontecimentos. A memória da narradora pode interferir na ordem cronológica da história, que não coincidiria com a ordem cronológica do discurso. De qualquer maneira, ainda que possamos desconfiar da narradora, o processo dedutivo é narrado com muita clareza.

15.9. A APARIÇÃO

É no capítulo 6, abordando a "aparição" no outro lado do lago, que surge pela primeira vez a possibilidade das crianças terem acesso às aparições. Até então a governanta tinha o papel de proteger a inocência: "Eu era um anteparo — eu me colocaria à frente delas. Quanto mais eu visse, menos elas veriam. Passei a vigiá-las... numa sofreguidão que poderia... ser transformada em loucura.., (mas) não perdurou como suspense — ele foi substituído por provas horrendas. Provas sim, a partir do momento em que me comprometi de verdade" (James, 2011, p. 54).

Vale a pena verificarmos a natureza do processo dessa aparição no lago: "... comecei a sentir com certeza, e no entanto sem visão direta, a presença, à distância, de uma terceira pessoa" (p. 55) e "meu coração parou por um instante, de espanto e terror, diante da questão se ela (Flora) também veria" (p. 56). E o capítulo termina justo quando a governanta finalmente levanta a vista e encara o que é preciso encarar. A sequência é o capítulo seguinte, quando, em conversa com a sra. Grose, a governanta relata o sucedido.

15.10. A INFÂMIA

É na conversa que vai se estabelecer o sentido, cuja investigação é o fio que tece a história. Chega-se ao sentido por meio das imagens e das falas — o processo de construção das histórias, sobre o qual os prefácios se debruçam, vai contemplar essa *via crucis* que *A Outra Volta do Parafuso* traz à tona.

O pequeno intervalo de duas horas decorrido entre a aparição sinistra e o encontro da governanta com a sra. Grose,terá sido suficiente para transformar a pequena dúvida numa certeza:

— Elas (as crianças) sabem tudo que nós sabemos...
— Eu estava lá — vi com meus próprios olhos: vi que ela tinha perfeita consciência.
— Consciência dele?
— Não — dela. Outra pessoa — desta vez; mas uma figura inquestinavelmente horrenda e malévola tanto quanto a outra...
— Era alguém que a senhora nunca viu?
— Era. Mas alguém que a senhora já viu. Então, para mostrar como eu já havia pensado bem em tudo: "Minha predecessora, a que morreu".

(James, 2011, p. 58)

Agora o medo é não ver mais a aparição, enquanto a menina continuaria a vê-la disfarçadamente. Mas o que o livro dá a perceber é a diferença entre a aparição e o que depois viria a ser relatado sobre essa aparição — em outras palavras, é como se a governanta mentisse para a sra. Grose sobre o acontecimento. Esse desvio é a história propriamente dita em relação ao real, o duplo do real. E novamente se repete o processo de construção da história, uma dando a deixa pra outra:

— A pessoa estava de preto, a senhora disse? (Em momento algum a governanta dissera isso.)
— De luto — malvestida, quase maltrapilha. Mas sim, de uma beleza extraordinária. (Vale pensarmos essa dubiedade que será própria do não autêntico — o conto "A coisa autêntica" remete a essa dubiedade.)
— Ah, bonita, sim... e muito. (A sra. Grose havia lhe dado essa informação anteriormente — tanto a predecessora quanto a atual governanta eram jovens e bonitas.)
— Belíssima, porém infame. (Essa declaração da governanta, como se jogasse verde para colher maduro, leva a interlocutora a se posicionar e

mencionar mais informações.)

— A senhoria Jessel... era mesmo infame. Os dois eram infames.

(James, 2011,pág 60)

Vale mencionarmos, na restauração desse passado que a narrativa da governanta investe, dados que serão importantes conhecer para compreendermos os acontecimentos subsequentes, constituídos pelas aparições dos demônios. Esses dados consistem na mistura de elementos sociais, mistura essa que vai na contramão do funcionamento da sociedade vitoriana: um criado (Quint) não poderia gozar de amizade com as crianças, nem com uma dama como a predecessora. É sobre essa mistura, inadmissível na sociedade vitoriana, que funciona por meio de lugares compartimentados, por meio de uma hierarquia social, que vai constituir a infâmia:

— Ele (Quint) fazia o que queria.
— Com ela (srta. Jessel)?
— Com todo mundo.
— Pelo visto, era o que ela queria.
— Coitada, ela pagou caro.

(James, 2011, pág. 61)

A sensação de derrota expressa pela governanta, único momento da história em que soluça de desespero e chora no colo da sra. Grose, vem da sua própria condição social, que impede uma aproximação efetiva, seja com o tio das crianças, seja, mais tarde, com Douglas, que guardará a sete chaves tanto a narrativa da perversão em Bly quanto o seu amor secreto.

15.11. A PERVERSÃO

Não poderemos deixar de notar essa relação inversamente proporcional entre a narradora-governanta e a srta. Jessel. Só que a ambiguidade do plano da governanta se expressa de forma notável: não incomodar o tio das crianças, conforme havia sido combinado, respeitando o trato, não tanto por um dever, mas para agradar a quem amava secretamente e, dessa forma, investigando de forma implacável o motivo da expulsão de Miles, sem recorrer ao auxílio de ninguém, a não ser ao da sra. Grose — nem que para isso mantivesse Miles preso às suas vistas (esse processo investigativo se dá de forma discreta, sem afetar a ordem e a serenidade de Bly); mas essa situação, por outro lado, se torna insustentável por reação do próprio Miles, que reconhece inadequada, socialmente, a relação entre uma senhora e um rapaz — tão inadequada que ele paga com a própria vida. Na sua luta para recompor algo que teria sido pervertido, a governanta cometeria a mesma perversão.

15.12. A INTERDIÇÃO NA SOCIEDADE VITORIANA

No capítulo 8, por meio de uma contínua pressão da interrogadora, nos damos conta do núcleo da questão: "O que ela (sra. Grose) dissera a ele (Miles), como eu insistisse, foi que ela gostava de ver que um pequeno cavalheiro tinha consciência de sua posição social" (James, 2011, p. 66). E continua:

> — *A senhora lhe fez ver que Quint era um reles serviçal?*
> — *(...) ele (Miles) negou certas ocasiões.*
> — *Que ocasiões?*
> — *Quando os dois ficavam juntos como se o Quint fosse o professor dele... quando ele saía com aquele sujeito e passava horas com ele.*
> — *Ele mentia.*
> — *Mas é que, afinal de contas, a srta. Jessel não se incomodava. Ela não proibia.*
> — *Ele usou esse fato como justificativa?*
> — *Não, nunca falou isso.*
> — *Não falou na srta. Jessel em relação ao Quint?*
> — *(...) ele não demonstrava. Ele negava.*
> — *Meu Deus, como a pressionei então (...)*

(Essa pressão era justificada porque esse era o núcleo da questão — a relação entre sua predecessora e o criado, uma relação injustificável na sociedade vitoriana e que concretizava uma relação tida como proibida, assim como seria proibida a relação entre o tio das crianças e ela própria.)

> — *De modo que a senhora percebeu que Miles sabia o que se passava entre os dois desgraçados?*

(Ao mesmo tempo que a governanta está ali para manter em funcionamento a estrutura social, essa estrutura proíbe o seu desejo.)

> — *Eu não sei...*
> — *A senhora sabe sim... ainda hei de lhe arrancar essa confissão! — Havia algo no menino que a fazia pensar que ele cobria e ocultava esse relacionamento.*
> — *Ele não podia impedir.*
> — *Que a senhora descobrisse a verdade? Sem dúvida... se o Quint, tal como a senhora repreendeu Miles naquela oportunidade, era um reles serviçal, uma das coisas que o Miles lhe disse, imagino eu, foi que a senhora também o era.*
> *Mais uma vez sua concordância foi tal que prossegui:*
> — *E a senhora lhe perdoou isso?*
> — *Mas claro.*
> *(...) Ela (sra. Grose) perdoara de modo muito mais categórico do que o episódio por ela relatado me levaria, movido por minha ternura, a fazer.*
> (James, 2011, p. 66-69)

A posição de governanta, assim como a posição de artista, dentro da sociedade vitoriana, não faziam parte da aristocracia. A resposta de Miles, imaginada pela narradora-governanta, colocava em pratos limpos a diferença social, como relembrando à narradora a proibição que lhe interditava o desejo. Por outro lado, sua predecessora e Miles driblavam essa interdição. A questão da contaminação rondava o imaginário. E a suspeita que torturava a governanta é que, disfarçadamente, a relação entre as crianças e os mortos era mantida.

15.13. A TERCEIRA INSTÂNCIA DO SENTIDO

The Turn of Screw é uma história de contaminações, das quais as crianças são alvos. No capítulo 9 é mostrada a inocência na qual estavam mergulhadas (há uma diferença entre o cavalheiro e a inocência):

> *Vivíamos uma nuvem de música, amor, sucesso, encenações teatrais. A musicalidade de ambas as crianças era intensa, mas o menino em particular tinha um dom maravilhoso de aprender e repetir. O piano da sala de estudos dissipava todas as fantasias sinistras; e quando ele falhava, havia confabulações nos cantos, que terminavam com umas das crianças saindo da sala na maior animação, para voltar encarnando um novo personagem.*
>
> (James, 2011, p. 72-73)

Mas o terceiro encontro com Quint vai se dar na escada, ele num nível inferior ao da governanta, invertendo o primeiro encontro, quando ele se encontrava na torre. Mas se o primeiro e segundo encontro, este último no terraço, atrás da janela, foram sob o signo do terror, o terceiro viria a ser sob o signo da angústia: neste, o visitante tinha um aspecto humano, dando ao encontro um caráter real, mas havia também nele um aspecto antinatural, característica do primeiro e segundo encontros, expresso no silêncio sepulcral. Essas variações espaciais dão bem a medida de um caleidoscópio, sob o olhar fixo de um observador neutro. Assim, podemos testemunhar essas variações em vários momentos, não apenas em relação a Quint: quando Flora sai de sua cama e vai até à janela (a primeira vez, ela é encontrada olhando para a governanta; na segunda vez, está de costas para a governanta); quando a governanta e a sra. Grose reencenam o momento em que Quint aparece atrás da janela; quando a governanta se senta ao pé da escada, exatamente na posição em que avistara antes a srta. Jessel; quando a srta. Jessel é revista no lado contrário em que apareceu pela primeira vez às margens do lago.

O que essas variações dão a entender é que estamos sob o signo das imagens. Se pensarmos que toda a narrativa em Bly é uma imagem do encontro entre o tio das crianças e a nova governanta na entrevista de trabalho (imagem com sua respectiva variação), o encontro entre Douglas e a governanta será também uma nova imagem, contendo sua variação. Imagem compreendida aqui como repetição. Mas vai ser no décimo capítulo que estaremos diante de um cenário, talvez o mais complexo da história: a governanta consegue ter acesso às costas de Flora, que observa da janela algo exterior; e consegue ter acesso ao objeto de visão de Flora, que é Miles, através de um outro quarto. A observadora (Flora) e o observado (Miles) serão objetos de observação da governanta, entendidos esses como variações de sua observação ao variar seu ponto de visão. Mas o que Miles observa em direção à torre, num nível acima do segundo ponto de observação da governanta, será inacessível a esta. Em *Alice no País das Maravilhas* esse inacessível é o sentido, sempre num andar acima do que abarca a visão. É essa terceira instância, nunca explícita no texto, que move a construção da história, entendida como um processo de construção do sentido.

15.14. O REVERSO DA TAPEÇARIA

Ao mundo das imagens, o reverso da tapeçaria. Mas é pela primeira vez, no capítulo 12, que as duas, a governanta e a sra. Grose, vão abordar a possibilidade de apelarem ao tio das crianças — o que será terminantemente proibido pela governanta:

> *Olhando pra mim, ela (sra. Grose) claramente não era capaz (de chamá-lo para visitarem-nas). Em vez disso, até mesmo ela — como uma mulher que compreende outra mulher — conseguia ver o que eu própria*

estava vendo: o deboche, o riso, o desprezo que ele manifestaria por eu não suportar ser deixada a sós, e pelo delicado mecanismo que eu pusera em movimento a fim de atrair sua atenção para meus encantos desprezados.

(James, 2011, p. 91)

Ao invés dessa revelação, a governanta responderia justamente com o silêncio, a melhor forma de expressar seu orgulho por trabalhar com ele, cumprindo o combinado. Essa revelação, no entanto, vem à tona pela primeira vez em sua narrativa, colocando em questão todo o edifício construído e o fenômeno das aparições — como se tudo isso fosse uma forma artificial de chamar atenção em torno de si.

15.15. A CAMINHO DA IGREJA

A passagem que marca a mudança de uma situação, caracterizada pela interpretação ou investigação — e, portanto, por uma inércia — vai estar assinalada em toda a *mise-en-scène* do caminho à igreja (capítulo 14). Aliás, esse momento guarda uma correspondência com a cena final: há movimentos bruscos, saltos, quedas, como se estivéssemos diante de um duelo. Vejamos algumas dessas imagens: "... dir-se-ia que eu estava me precavendo contra o perigo de uma rebelião. Eu era como um carcereiro atento a possíveis surpresas e escapadelas" (James, 2011, p. 100); "quando Miles falou, subiu a cortina do último ato do meu terrível drama e a catástrofe se precipitou" (James, 2011, p. 101); "estaquei como se uma das árvores do parque tivesse caído no meio da estrada" (James, 2011, p. 101); "parecia-me estar literalmente disputando uma corrida com uma situação de confusão a que Miles estivesse preste a me reduzir" (James, 2011, p. 103); "o comentário me fez literalmente dar um salto para frente" (James, 2011, p. 103); "(Miles) repetiu, como se recuando para dar um salto" (James, 2011, p. 104); "uma outra parada à qual ele me impôs apertando meu braço" (James, 2011, p. 104); "... em seguida disse-me algo que me fez cair sentada na pedra" (James, 2011. p. 104).

Antes mesmo desse simbólico duelo, há a descrição da vestimenta de

Miles, nessa ida à igreja, preparando o terreno para o embate: "Endomingado com roupas feitas pelo alfaiate do tio, o qual tivera carta branca, esmerara-se nos coletes e acentuara o porte altivo do menino, Miles exibia de tal modo seu direito à independência, os privilégios de seu sexo e de sua condição social que, se de repente tivesse corrido para a liberdade, eu não teria nada a dizer" (James, 2011, p. 100).

Da carta comunicando a expulsão de Miles até aquele momento a governanta não apelara ao tio e nem comunicara ao menino sua expulsão — mantivera apenas a sra. Grose ciente da situação e, sob sua guarda, mantivera as crianças sob estrita observação. A cena, portanto, entre Miles e a governanta, transcrevendo o percurso deles até à igreja, será maracada por uma mudança de situação, que, para a governanta, será entendida como um alívio ao seu torturante silêncio:

> *"Mas quem vai fazê-lo vir aqui?"*
> *"Eu!", exclamou o menino.*
>
> (James, 2011, p. 104)

15.16. UMA CARTA PARA O NAMORADO

A terceira aparição da srta. Jessel, na sala de estudos, assim como a segunda, ao pé da escada, funcionam como uma espécie de antecipação às ações da governanta: assim como esta sentará ao pé da escada, da mesma forma que a segunda aparição da srta. Jessel, esta será vista agora na sala de estudos empreendendo "o esforço considerável de escrever uma carta para o namorado". O que vai marcar, no entanto, a terceira aparição da srta. Jessel, é o fato da governanta dirigir-se diretamente a ela: "Sua mulher terrível, infeliz!" (James, 2011, p. 108).

15.17. AS TRÊS INSTÂNCIAS

O diálogo entre a governanta e a sra. Grose, a respeito do sucedido na casa vazia, enquanto todos os seus habitantes permaneciam na igreja, sugere uma sucessão de desvios. O desejo de fuga da governanta, que a teria feito retornar à casa para fazer as malas e partir, seria substituído por um motivo reles: "... eu tinha que voltar para me encontrar com uma amiga". Depois: "Não importa. Estou decidida. Voltei pra casa para ter uma conversa com a Srta. Jessel". E continua:

— Quer dizer que ela falou? (...) E o que foi que ela disse?
— Que ela sofre os tormentos... ?
— ... dos perdidos?
— Dos perdidos. Dos danados. E é por isso, para compartilhá-los.
— Compartilhá-los?
— Ela quer a Flora. Como lhe disse, porém, isso não importa.
— Por que a senhora está decidida? Mas fazer o quê?
— Tudo.
— E o que a senhora chama de tudo?
— Ora, chamar o tio deles..., vou dizer ao tio deles aqui mesmo (e diante de Miles se necessário), que se me criticam por não ter feito nada a respeito da escola...
— Sim, sim,
— Pois bem, e ainda há aquele motivo terrível...
— Mas... qual?
— ora, a carta da antiga escola.
— A senhora vai mostrá-la ao patrão?
— Eu devia ter feito isso na hora.
— Ah, não — disse a Sra. Grose, decidida.
— Vou deixar bem claro para ele que não posso resolver essa questão para uma criança que foi expulsa.
— Por uma motivo que a gente nem imagina qual seja.
— Por maldade. Que outra história poderia ser? Se é tão inteligente,

bonito e perfeito? Será que é obtuso? Sujo? Doente? Malcriado? Ele é extraordinário — então só pode ser isso; e daí toda a história vem à tona. Afinal de contas, a culpa é do tio. Se ele deixou aquele tipo de gente...

— Então o que eu digo pra ele? (Pergunta a governanta.)

— A senhora não precisa dizer nada. Eu falo com ele... eu falo com o meirinho. Ele escreve.

— E a senhora gostaria que ele escrevesse a nossa história...

— Ah, escreve a senhora.

— Sim, esta noite.

(James, 2011, p. 110-112)

O que chama atenção nesse diálogo é a mudança dos sentidos (amiga, srta. Jessel, o patrão), as deixas dadas pela sra. Grose ("dos perdidos?"), a ambiguidade de "tudo" e a pergunta final sobre o que a carta deveria conter. O diálogo deixaria à mostra o processo mesmo de construção da ficção, os desvios, as correções, os caminhos tomados e abandonados. A experiência das aparições se dá sob o pano de fundo do silêncio, enquanto os diálogos, da governanta com Miles ou com a sra. Grose, vão estar impregnados de ruídos, entonações, pressão física, quedas... como se tratassem de dois mundos diferentes. Neste segundo mundo também nos é indicado o mundo físico, real, dos acontecimentos (a expulsão de Miles, as crianças), e aquele da produção de sentido, que será constituído por meio dos diálogos, principalmente entre a governanta e a sra. Grose. Portanto, são três instâncias, diferentes entre si, mas que, apesar da divergência, não deixarão de se reverberar uma sobre a outra, sob o fundo da verossimilhança.

15.18. UMA NOVA PERSPECTIVA

Mas foi a partir do capítulo 14, quando Miles expressa seu desejo de partir, que há uma clara mudança na postura da governanta — até então na retaguarda, no seu posto de observação, coleta de dados, referente ao passado e à interpretação. Seu encontro com o fantasma da srta. Jessel, em seguida, já indica essa mudança, quando pela primeira vez se dirige ao fantasma. Não será diferente a sua postura em relação a Miles, com quem, até então, fizera sempre questão de não interrogá-lo (o interrogatório, até um determinado momento, era dirigido exclusivamente à sra. Grose). No capítulo 17, a mudança vem à tona com mais clareza ainda:

> — *É claro que você vai voltar para a escola... Mas não para a sua escola antiga — precisamos encontrar outra, uma melhor. Como eu podia saber que isso o preocupa, essa questão, se você nunca me disse nada, nunca tocou no assunto?*
>
> (James, 2011, p. 114)

Concomitante a essa mudança, está o fato de sua decisão de escrever ao tio das crianças. A procrastinação tinha chegado ao fim:

> — *Sabe que você nunca me disse nem uma palavra sobre a sua escola — quer dizer, a antiga; nunca a mencionou em nenhum momento... Você não me deu a mais remota ideia do que pode ter acontecido lá... Até você se abrir, daquele jeito, hoje de manhã (a caminho da igreja), desde a primeira vez que o vi, você não fez a menor referência a nada de sua vida anterior. Você parecia aceitar o presente com perfeição.*
>
> (James, 2011, p. 115)

Há, portanto, uma ruptura, a partir dessa ida à igreja, que faz dividirmos a história em dois ciclos. Também somos obrigados a remetermo-nos ao clássico texto de Deleuze e Guattari, *Três Novelas*, aqui já abordado, em que se investiga o gênero novela e a pergunta essencial que lhe seria intrínseca: o que aconteceu? Num passado recente algo teria acontecido. Investiga-se, portanto, qual seria esse acontecimento:

> — *Comecei a escrever uma carta pro seu tio.*
> — *Então acabe de escrever.*
> — *O que aconteceu antes?*

— Antes do quê?
— Antes de você voltar. E antes de você ir embora.
— O que aconteceu?
— Eu só queria que você me ajudasse a salvá-lo.

(James, 2011, p. 117-118)

Um pouco antes, quando Miles lhe informa que só deseja que o deixem em paz, a governanta comenta que "dar-lhe as costas seria abandoná-lo ou mais exatamente perdê-lo" (James, 2011, p. 117). Há aí, claramente, indícios de conquista. Não estamos mais diante de uma posição de espreita ou de ronda, e a metáfora da fera vai estar sempre presente. A luta agora é direta. O salto é o que melhor representa essa nova perspectiva.

15.19. A RESISTÊNCIA DO LEITOR METAFORIZADA

O capítulo 18 dá uma amostra das tramas engenhosas que Miles será capaz. Nesse aspecto, a música é vista pela narradora como uma espécie de "canto da sereia": distrair, enganar os sentidos, afrouxar a atenção do vigia para escapar-lhe. Mas ao final da busca por Flora, "o lampejo de um punhal desembainhado" é a metáfora que chama atenção pela violência dessa nova etapa da história. "Onde, meu amorzinho, está a srta. Jessel?" (James, 2011, p. 128), pergunta que encerra o capítulo referido, chamando atenção para o fato de que a narradora não está mais em posição de espera, nomeando pela primeira vez a aparição, e dando à história o seu novo contexto: o fenômeno da aparição não se dará mais quando a governanta estiver sozinha sob um silêncio sepulcral, ainda que só ela continue a ter acesso exclusivo a essas imagens. Mas nesse novo contexto, em que a aparição se manifesta na presença de outras pessoas, estaremos diante de dois momentos: o primeiro, com Flora; e o segundo, com Miles. No primeiro momento, vejamos o resultado por meio do que é dito pela governanta à Flora:

Se por um momento eu tivesse duvidado, todas as minhas dúvidas teriam desaparecido agora. Tenho vivido com a verdade terrível, e agora ela me encurralou. É claro que eu perdi você (Flora): eu interferi e você encontrou, ditado por ela (o fantasma da srta. Jessel), a maneira mais fácil e perfeita de reagir. Fiz o melhor que pude, mas perdi você. Adeus.

(James, 2011, p. 133)

Esse contato da ficção com o real pode ser uma metáfora da (não) recepção da literatura de James por parte do grande público: a sua sensação de derrota, a cegueira do leitor que resiste a ver o que está devidamente recalcado na estrutura social, que é a contaminação do que lhe é diferente.

15.20. A ALIANÇA ENTRE A NARRADORA E A SRA. GROSE

No capítulo 21, temos uma demonstração impressionante da aliança entre a sra. Grose e a governanta:

— *O problema está neste lugar. Ela (Flora) precisa sair daqui. A sua ideia é mesmo a melhor. A senhora sabe, eu mesma...*
— *Sim?*
— *Não posso ficar.*
— *Quer dizer que, de ontem pra cá, a senhora viu... ?*
— *Ouvi!*
—*... Então, apesar de ontem, a senhora acredita...?*
— *Nessas coisas? (...)*
— *Acredito.*

(James, 2011, p. 140)

Mas o desafio continua sendo Miles:

— *Segura só estou quanto à senhora. Mas desde a noite de ontem tenho uma nova esperança. Acho que (Miles) me quer dar uma oportunidade.*

Eu realmente acredito que ele quer falar. Ontem à noite, à luz da clareira e em silêncio, ele passou duas horas sentado comigo como se a coisa estivesse prestes a acontecer.

— E aconteceu?

— Não, por mais que eu esperasse e esperasse, *confesso que não aconteceu e foi, sem interromper o silêncio e sem a mais leve alusão ao estado e à ausência de irmã, que, por fim, nos despedimos com um beijo.*

(James, 2011, p. 138)

O acontecimento passa aqui a conotar a lembrança, a fala, o reviver do acontecimento original. E desta vez sem a interferência da narradora — interferência esta que, na sua entrevista anterior com Miles, já não surtira efeito, assim como tivera um efeito nefasto com Flora. "Salvar Miles" teria uma estreita conexão com a lembrança de uma experiência anterior, que o tornaria liberto de uma influência. Mas esta lembrança ou sua confissão era também a possibilidade de confirmar as hipóteses da narradora, dando credibilidade à narrativa.

15.21. O VIDRO TRANSPARENTE DA JANELA

Mas o que havia sido demonstrado, como um ponto de ruptura, desde a histórica caminhada à igreja, era o amadurecimento de Miles: "... fora-me necessário apelar a Miles para que continuasse a exigir de mim o esforço necessário para igualar-me a ele nos termos de sua verdadeira capacidade. O menino, de qualquer maneira, tinha agora sua liberdade; eu jamais voltaria a impugná-la" (James, 2011, p. 144-145). O capítulo 22 vai fazer referência à oposição entre natureza e inteligência, e do quanto esta última será necessária para a outra volta do parafuso, ainda que tudo fosse feito em prol da natureza:

> *Eu só poderia seguir em frente tomando a natureza como minha confidente e levando-a em conta, tratando minha monstruosa provação como um esforço numa direção estranha, é claro, e desagradável, mas algo que exigia, afinal, para manter uma fachada serena, apenas outra volta do parafuso da virtude humana comum.*
>
> (James, 2011, p. 145)

Seu drama assemelha-se muito ao da protagonista de *A Taça de Ouro*: para preservar a natureza ou a inocência, se requeria o conhecimento do mal.

A partir do capítulo 23, inicia-se a conversa final entre Miles e a governanta, na sala de jantar, dianta da janela, aquela mesma que receberia a segunda visita do fantasma de Quint. A janela e o lago serão dois espaços privilegiados da história: na janela, Quint aparece duas vezes; no lago, duas vezes aparecerá o fantasma da srta. Jessel: "As molduras e os quadrados da janela grande eram como uma imagem, para ele (Miles), de uma espécie de fracasso. Senti que o via, ao menos, impedido de sair ou de entrar" (James, 2011, p. 149).

A ideia de janela tem um sentido intermediário, que vale a pena retomarmos (diferente do lago, que faz parte do exterior). O vidro aumenta essa ambiguidade: o exterior está e não está presente. A tragédia da governanta passa justamente por essa duplicidade: o fora e o dentro; o mal e a inocência; a inteligência e a natureza. Ver o que está interditado às crianças e à sra. Grose; enfrentar o mal (o interior) para manter a fachada serena (o exterior) — ainda que essa serenidade seja uma mera aparência: "Eu estava ocupada com o meu trabalho (tricô) e fui tão natural" (James, 2011, p. 153).

Na verdade, o interior, por mais camuflado que fosse, fazia transparecer a revolução por que passava: "Ele (Miles) estava ansioso e, como exibindo à mesa suas excelentes maneiras de menino como sempre, tivera de recorrer a todo seu estranho gênio para manter as aparências" (James, 2011, p. 149).

É justamente essa percepção da narradora, a visão sob a perspectiva de uma janela, ou da transparência de um vidro, que a faz voltar-se ao passado e perguntar-se: "Fazer o que eu fazia do modo que fosse seria um ato de violência, pois, afinal, o que era aquilo senão a imposição de uma ideia de vulgaridade e culpa numa pequena criatura indefesa? (...) Não seria uma vileza criar para um ser tão delicado um constrangimento que lhe era simplesmente alheio? Creio que percebo agora nossa situação com uma clareza que ela não poderia ter naquele momento..." (James, 2011, p. 151).

De qualquer maneira, vamos testemunhar na narrativa, nessa reta final, diversos momentos em que Miles procura evadir à pressão:

> — *Vou lhe contar tudo que a senhora quiser... Mas não agora.*
> — *Por que não agora?*
> — *Preciso falar com o Luke.*
> — *Bem, nesse caso, vá procurar o Luke, e eu fico esperando o que você prometeu. Só peço em troca, antes de você sair, que me atenda um pedido muito menor.*
> — *Muito menor...?*
> —... *Diga-me se ontem à tarde, na mesa do vestíbulo, você pegou, você sabe, a minha carta.*
>
> (James, 2011, p. 152)

15.22. A CENA FINAL

O primeiro ato da governanta diante da aparição do fantasma na janela, no último capítulo do livro, será deixar o menino insconsciente do que ocorria.

Ao mesmo tempo, a feroz divisão da atenção, por parte da governanta, implica num cenário cujas diferentes séries não se imiscuem uma na outra, daí a feroz divisão. Algum tempo depois, o sucesso de uma série, isto é, o desvendar de alguns acontecimentos, põe fim à divisão: o fantasma desaparece.

O continuar do interrogatório, após a confissão de Miles sobre o roubo da carta, esbarraria sobre o misterioso motivo da expulsão do colégio:

— *Foi por isso (roubar cartas) que você não podia voltar (para o colégio)?*

— *Não, eu não roubei.*

(James, 2011, p. 155)

A violência corporal está presente como uma espécie de tortura física, acompanhando o interrogatório: "... minhas mãos — mas era pura ternura — o sacudiam como se para lhe perguntar por quê, se tudo aquilo era por nada, ele (Miles) me condenara a meses de tormento" (James, 2011, p. 155-156).

Miles credita a expulsão ao fato de ter dito certas coisas, ainda que não conseguisse se lembrar para quem teria dito ou os seus nomes, ainda que reconhecesse que as disse para aqueles de quem mais gostava.

Duas coisas se destacam nesse primeiro momento: o júbilo de uma vitória (a confissão do depoente, ou, pelo menos, sua confissão parcial) que leva a interrogadora querer mais: "... eu devia ter deixado a coisa por aí. Mas eu estava passional — cega pela vitória, embora, mesmo naquele momento, o efeito exato que deveria tê-lo aproximado tanto já era uma separação mais acentuada" (James, 2011, p. 156); e novamente a dúvida: "Um minuto depois brotou de minha compaixão a horrenda possibilidade de que ele fosse inocente. Por um momento, aquilo me deixou confusa, sem chão, pois se ele fosse mesmo inocente, então o que seria eu?" (James, 2011, p. 156-157).

O interrogatório não avança porque esbarra na questão: "Que coisas foram essas que você disse afinal?", já que eram ruins demais para serem escritas numa carta, conforme as palavras do próprio Miles. Esquivar-se a essa pergunta final tem como resultado o salto da interrogadora. Vale a pena recorrermos novamente ao texto porque esse salto, tal como o primeiro, abarca as duas séries: tem como objetivo fazê-lo falar, impedindo que se esquive; mas tem a função também de impedir-lhe a visão do fantasma: "(minha severidade) teve o efeito de levá-lo a esquivar-se outra vez e esse gesto fez com que eu, num movimento único e com um grito irreprimível, saltasse direto sobre ele. Pois lá, outra vez, atrás da vidraça, como se para estragar aquela confissão e impedir que Miles respondesse, estava... o rosto branco da danação" (James, 2011, p. 158).

A questão é que o segundo salto, conforme a narrativa da governanta, acabaria, desta vez, levando Miles a desconfiar da presença, ainda que não tendo dela nenhuma visão. Quando a governanta grita três vezes, "acabou, acabou, acabou", também existe uma ambiguidade, tal como o salto, de estar se referindo tanto ao interrogatório quanto à imagem da danação atrás da janela.

Esse é o momento em que Miles se dá conta, pela primeira vez, da presença:

> — *Ela está aqui? (Pergunta Miles.)*
> — *Ela*
> — *Srta. Jessel, srta. Jessel*
> — *Não é a srta. Jessel. Mas está na janela, bem a nossa frente. Está ali.*
> — *É ele?*
> — *O que você quer dizer com "ele"? (Pergunta a governanta.)*
> — *Peter Quint — seu demônio. Onde?*
> — *(...) você agora é meu. Ali, ali.*
>
> (James, 2011, p. 158-159)

15.23. UMA NOVA POSSE

Esse diálogo expressa bem a diferença em relação ao diálogo da governanta com Flora às margens do lago. Porque desta vez quem nomeia é Miles, com a ajuda de sua interrogadora. A construção do sentido nunca é feita solitariamente. Se antes tinha uma participação ativa da sra. Grose na reconstituição do passado, agora terá a adivinhação de Miles em sua pergunta inicial: "Ela está aqui?". A nomeação põe fim à história ou ratifica o sentido construído pela governanta. O que em outras palavras significa dizer que liberta Miles de quem se mantinha refém, ainda que ao preço de sua vida. O final arrebatador, que encena um terceiro salto, indica uma nova posse. A liberdade de Miles é cerceada pela governanta, tanto quanto seria por Quint. É uma história de assassinato, de vingança, de cerceamento. E uma resposta enviezada a uma determinada estrutura social. A morte de Miles responde, simbolicamente, pela morte de Quint e da srta. Jessel.

15.24. O ESTRANHO NARRADOR-PERSONAGEM DO PREÂMBULO

"A Coisa Autêntica", conto publicado originalmente em 1892 e republicado um ano depois em *The Real Thing and Others Tales* — portanto, seis anos antes de *The Turn of the Screw* —, dialoga com a novela porque ilumina a divisão social que está impregnada nesta. Faz também ver a posição hierárquica do artista, no caso, o desenhista, em relação aos seus modelos e às figuras autênticas, estas representadas pelos Monarq. Esta história promove uma inversão que não deixa de estar presente em *The Turn of the Screw*: "Se meus criados eram modelos, então talvez meus modelos pudessem ser meus criados. Inverteriam os papéis — que os outros pousassem de cavalheiros e damas, enquanto eles (os Monarq) trabalhariam" (James, 1993, p. 91).

Não seria essa inversão que está na base da relação entre Miles e a governanta em *The Turn of the Screw*? Inversão em relação não só à distância social, como também em relação às misteriosas mortes de Quint e da srta. Jessel. Se fizermos uma analogia entre "A Coisa Autêntica" e *The Turn of the Screw*, poderemos imaginar a narrativa da governanta, lida por Douglas, como um quadro, cujo autor — no caso, a narradora da história — tivesse escolhido como modelos Quint e srta. Jessel, por um lado, e o casal de crianças (Miles e Flora), por outro. Entre os dois lados, o artista (a governanta) e seu público (sra. Grose).

O que chama atenção na narrativa lida por Douglas é que o fora e o dentro estarão representados — pensando o dentro como o processo de construção do sentido da história. Por outro lado, como uma grande-angular em que nos afastássemos da casa velha, onde a história é lida por Douglas diante de uma plateia atenta, da qual faz parte o narrador, o dentro estará sob a marca da invisibilidade: afinal, por que o narrador-personagem, que ouve a história com atenção, tem o privilégio de ter o manuscrito repassado às suas mãos antes de Douglas morrer? E por que ele resolve publicar como se fosse um editor? Ainda que na narrativa da governanta existam pontos que permanecem encobertos, não esclarecidos (o que teria dito Miles, causando sua expulsão? Quais as razões da morte de Quint e da srta. Jessel? Como era o relacionamento entre Quint e Miles?), o que se desconhece bastante é a história entre Douglas e a governanta, assim como a do narrador do preâmbulo, que tem a misteriosa função de publicar, como se fosse ele um editor: "Aproveito para deixar claro logo de uma vez que esta narrativa, a partir de uma transcrição exata que fiz muito depois, é o que apresentarei mais adiante. O pobre Douglas antes de morrer... confiou-me o manuscrito" (James, 2011, pág 11-12).

Aqui, o processo de construção da história é uma mera transcrição, própria de um editor. A imagem da carta do tio das crianças, dentro da qual havia uma outra que caberá à governanta abrir, cujo conteúdo apresentará lacunas que deverão ser preenchidas num processo de construção de sentido, funciona como um mistério: por que o tio não quer se envolver com as crianças ou com a carta que está no interior da sua, remetida à governanta? E por que o personagem-narrador do preâmbulo resolve transcrever a narrativa, transformando o manuscrito em livro? Obrigados ao mesmo mergulho da governanta, na sua obsessão de esclarecer o caso, somos induzidos a jogar luz ao que permanecia fora e sem sentido na relação entre Douglas, a governanta e o personagem-narrador do preâmbulo.1

15.25. A EXPLOSÃO DA CASA-GRANDE E DA SENZALA

Em "A Coisa Autêntica" nos é sugerida uma importante distinção entre o autêntico e o ator: "Além disso, havia (da minha parte) uma outra perversão: o gosto pelo sujeito representado em detrimento do real; o defeito do real tendia a ser a falta de representação. Agradavam-me as coisas que pareciam ser" (James, 1993). O que move a história de *The Turn of the Screw* são os demônios, os mortos que retornam — são esses que dão vida ao relato e serão eles os escolhidos pela narradora-governanta. O tio das crianças é uma ausência presente, mas os personagens principais, sem os quais não tem história, são os ex-criados. Mais ainda: em "A Coisa Autêntica", quem melhor representa a aristocracia, cuja história é mostrada nos livros a serem ilustrados, são pessoas do povo. O processo de representação do real se daria então por meio de elementos que não são o real, isto é, que são o seu simulacro. Sob essa perspectiva, é o duplo, o simulacro, que melhor expressaria o real.

Em *The Turn of the Screw* são os fantasmas que dão realidade à história. Se pensarmos que esses fantasmas não usam chapéu, poderíamos então concluir que são originários de classes populares, pondo em funcionamento o mecanismo da representação. O elemento de intermediação entre o realismo e o impressionismo, já abordado por Marcelo Pen, ilustra bem esse caso: o indivíduo das classes populares estará representado na narrativa de James, mas o caráter de assombração, que assume em *The Turn of the Screw*, afirma a sua visão de que o irreal é quem melhor representa o real. Não é suficiente o realismo. *A Outra Volta do Parafuso* encena essa incongruência: são os fantasmas que expressam o real. Daí porque, em James, o lado de dentro — ou seja, o processo de construção da história — é encenado, processo esse que faz parte da própria história — vide as conversas entre a governanta e a sra. Grose.

Essa incongruência entre o dentro e o fora, entre o processo de construção e a história propriamente dita, será assumida com muita clareza por James, ao ponto dele mesmo encenar essa incongruência. Daí a importância do preâmbulo em *The Turn of the Screw*. Esse preâmbulo, incluindo aí a casa velha, as histórias narradas e uma plateia ávida e atenta, além de Douglas e do narrador-personagem, sugere mais o fora, isto é, muito mais a leitura e a transcrição do que proprimente um processo de interpretação. Se pensarmos no livro e no manuscrito, a parte de dentro de cada uma dessas mídias estará a uma certa distância do real livro ou do real manuscrito: no livro, ainda maior será essa distância; mas nos sugerindo, ao menos, que o processo de construção, a parte de dentro do livro, trará consigo algum fragmento da parte de dentro do manuscrito — qual seja, a denúncia do que se mantém devidamente recalcado no real ou na sociedade vitoriana: o desejo pelo outro, o contato, a contaminação. O que transcrito para a sociedade brasileira nos dias de hoje seria o abandono dos espaços demarcados, a explosão da casa-grande e da senzala.

16. O PRIMEIRO PARÁGRAFO DO PREÂMBULO E DA NARRATIVA DE *A OUTRA VOLTA DO PARAFUSO*

Como um eco da análise de Ian Watt sobre o primeiro parágrafo de *Os Embaixadores*, vamos fechar esse estudo analisando o primeiro parágrafo das duas narrativas que compõem *A Outra Volta do Parafuso*. Nesta análise, vamos constatar o quanto essas duas narrativas se estruturam de forma semelhante: ambos os parágrafos serão constituídos por três fragmentos, que passaremos a analisar em seguida.

16.1. O PRIMEIRO PARÁGRAFO DO PREÂMBULO

Vejamos inicialmente o primeiro fragmento do primeiro parágrafo do preâmbulo:

> *The story had held us, round the fire, suffiently breathless, but except the obvius remark that it was gruesome, as, on Christmas Eve in an old house, a strange tale should essentially be, I remember no comment uttered till somebody happened to say that it was the only case he had met in which a visitation had fallen on a child. A história nos deixara, ao redor do fogo, um tanto eletrizados, mas, salvo a observação óbvia de que era horrenda, como, na noite de Natal, numa casa velha, é de se esperar que seja uma narrativa estranha, não me lembro de ter ouvido nenhum comentário até que alguém notou que era o único caso de seu conhecimento em que tal aflição ocorrera a uma criança.*
>
> (James, 2011, p. 7)

Há um deslocamento temporal do discurso, uma retrospecção que focaliza o espaço analéptico de uma casa velha. O narrador-personagem relembra um acontecimento do qual fez parte, do qual foi testemunha. Há nesse primeiro fragmento uma quantidade maior de verbos no *past perfect*, próprio de quem evoca um acontecimento passado (em literatura, o espaço do presente costuma vir com a marca linguística do pretérito, isto é, do *simple past*; não é o caso deste fragmento em que predomina a retrospecção).

O narrador vai indicar a observação de alguém entre os ouvintes, o que dá ao fragmento a característica de um discurso indireto livre do narrador-personagem, misturado a fala de outro personagem. Esse primeiro fragmento, portanto, cujo sujeito é a história ("A história nos deixara..."), informa o comentário de uma pessoa, sem nome, segundo a qual era a primeira vez que vinha a saber de "*a visitation had fallen on a child*".

O segundo fragmento, deste primeiro parágrafo detalha mais a referida história:

> *The case, I may mention, was that of na apparition in just such na old house as had gattered us for the occasion — an appearance, of a dreadful kind, to a little boy sleeping in the room with his mother and walking her up in the terror of it; walking her not to dissipate his*

dream and soothe him to sleep again, but to encounter also, herself, before she had succeded in doing so, the same sight that had shaken him. O caso, devo dizer, era o de uma aparição surgida numa casa velha semelhante àquela em que estávamos reunidos no momento — uma aparição das mais terríveis, testemunhada por um menininho que dormia no quarto com a mãe e que a acordou apavorado; acordou-a não para que ela dissipasse seu medo e o tranquilizasse, e ele então voltasse a dormir, mas para que ela própria defrontasse, antes de conseguir fazê-lo, com a mesma visão que o abalara.

(James, 2011, p. 7)

Neste segundo fragmento, cuja presença do gerúndio e do infinitivo chama a atenção (quatro ocorrências cada um, contra três do *past perfect* e uma do *past simple* e do *simple present*), o que está em jogo é a descrição da referida história feita pelo narrador-personagem. E é neste segundo fragmento que nos aparece duas referências de espaço: "*old house*" (presente também no primeiro fragmento) e "*room*". Ao mesmo tempo, o pronome "as", já presente no primeiro fragmento, volta a incidir.

No primeiro fragmento: "*it was gruesome, as, on Christmas Eve in an old house, a strange tale should essentialy be*".

No segundo fragmento: "*an apparition in just such an old house as had gattered us for occasion*".

A descrição vai usar o gerúndio para dar movimento à história e a referência espacial aqui funciona como espaço secundário, cenário da história contada, e que terá relações com o espaço da recordação onde a história é lida. Ainda assim, essa relação de semelhança é relativa: a história é contada na sala e o cenário da história é o quarto de dormir, ainda que ambos estejam contidos numa casa velha.

No terceiro fragmento deste primeiro parágrafo, lemos:

It was this observation that drew from Douglas — not imediately, but later in the evening — a reply that had the interesting consequence to which I call attention. Someone else told a story not particular effective,

which I saw he was not following. This I took for a sign that he had simself something to produce and that we should only have to wait. We waited in fact till two nights latter; but that same evening, before we scattered, he brought out what was in his mind:
"I quite agrer — in regard to Griffin's ghost, or whatever it was — that its appearing first to little boy, at so tender age, adds a particular touch. But it's not the first occurrence of its charming kind that I know to involved a child. If the child gives the effect another turn of the screw, what do you say to two children?"
"We say, of course", somebody exclaimed, "that they give two turns! Also that we want to hear about them".

Foi essa observação que provocou em Douglas — não de imediato, porém mais tarde naquela mesma noite — *uma reação que teve a interessante consequ*ência que vou relatar. Uma outra pessoa contou uma história não muito interessante, e percebi que ele não lhe dava atenção. Tomei isso como sinal de que ele próprio tinha uma narrativa a fazer e de que a nós cabia esperar. Esperamos, na verdade, duas noites; mas ainda naquela primeira ocasião antes de nos dispersarmos, Douglas comunicou-nos o que tinha em mente:

> — *Concordo perfeitamente — com relação ao fantasma de Griffin, ou seja lá o que for — que o fato de ter ele aparecido em primeiro lugar para o menininho, de tão tenra idade, lhe dá um toque especial. Mas, pelo que sei, não se trata da primeira ocorrência de uma espécie encantadora a envolver uma criança. Se uma criança dá ao fenômeno outra volta do parafuso, o que me diria de duas crianças... ?*
> — *"Diríamos, é claro", exclamou alguém, que "elas dão duas voltas!* E *também queremos ouvir essa história".*
>
> (James, 2011, p. 7-8)

Neste terceiro e último fragmento do primeiro parágrafo, estamos diante de uma nova paisagem verbal. Aqui, uma grande quantidade de *past simple* dá o tom. Constatamos 14 ocorrências ao todo, das quais a maioria se dá por meio do personagem-narrador. Já nos diálogos diretos — seja de Douglas, seja de um personagem não nomeado — sobrassai o *simple present.*

Este terceiro fragmento dá continuidade ao primeiro, interrompido pela descrição da história no segundo fragmento. O final do primeiro fragmento já indica uma mudança, que sofrerá uma pausa no discurso em função do segundo fragmento. Mas no final do primeiro fragmento, a expressão "*till somebody happened to say that*" será retomada pelo terceiro fragmento. Neste, intervém um novo personagem, Douglas, que reage à observação de uma pessoa não nomeada, segundo a qual aquela era a primeira história que tinha conhecimento sobre a aparição de um fantasma a uma criança. O espaço analéptico principal retorna, mas o que nos chama a atenção é o tempo transcorrido: a intromissão do segundo fragmento propicia a interrupção ao discurso, expressando o tempo transcorrido.

Quando o terceiro fragmento inicia — "*It was this observation*" — produz um mal-estar porque a observação tinha sido feita no final do primeiro fragmento. Mas também ficamos sabendo que a reação de Douglas à observação do personagem não foi imediata, apenas se deu no final da noite — o que podemos entender pela configuração do discurso dentro de uma perspectiva narratológica. Por outro lado, um pronome que dá bem a dimensão de tempo transcorrido é "*till*", ocorrendo tanto no primeiro fragmento quanto no terceiro:

> "*I remember no comment uttered* ***till*** *somebody happened to say that...*"
>
> (Primeiro fragmento)

> "*we waited in fact* ***till*** *two nights latter*"
>
> (Terceiro fragmento)

O tempo transcorrido (afinal serão três noites à espera da narrativa, assim como a própria narrativa lida por Douglas, que não será concluída numa só noite) e a semelhança espacial (casa velha), representados respectivamente pelos pronomes "*till*" e "as", dão bem os efeitos da combinação do espaço e do tempo pelo viés estilístico.

Nesse primeiro parágrafo de *The Turn of the Screw*, e a própria paisagem verbal nos dá conta disso, nos vemos diante de três fragmentos: no primeiro, o *past perfect* predomina; no segundo, o gerúndio; e no terceiro, o *past simple* (narrador) e o *simple present* (o diálogo dos personagens). É justamente no terceiro fragmento, e sob a forma de diálogo, que se atinge o sentido:

> — *If the child gives the effect another turn of the screw, what do you say to two children?*
> —*... they give two turns.*

16.2. O PRIMEIRO PARÁGRAFO DA NARRATIVA DA GOVERNANTA

No primeiro parágrafo do primeiro capítulo, agora tendo um outro narrador (também personagem, a governanta), as primeiras palavras são: "*I remember the whole beginning...*". O sujeito da oração, aqui, deixa de ser a história, como era o início do preâmbulo ("*The story held us... breathless*") e passa a ser o próprio personagem. Essa mudança terá suas consequências. Porque o personagem-narrador, no preâmbulo, é quase invisível — dele temos acesso a apenas alguns dados, ao contrário da narradora-personagem-governanta, que estará exposta aos nossos olhares.

Mas também aqui, no primeiro parágrafo do primeiro capítulo, fizemos uma divisão em três partes, como fomos levados a fazer no primeiro parágrafo do preâmbulo. No primeiro fragmento sobrevém uma visão de conjunto:

> *I remember the wholw beginning as a sucession of flights and drops, a little seesaw of the rights throbs and the wrong.*

É a primeira oração desse primeiro fragmento, que continua na oração seguinte, explicitando a altura e o abismo: "*after rising... to meet his appeal, I had... a couple oh very bad days...*". Vejamos então todo o primeiro fragmento:

I remember the whole beginning as a succesion of flights and drops, a litle seasaw of the rights throbs and the wrong. After rising, in town, to meet his appeal, I had at all events a couple of very bad days — found myself doubtful again, felt indeed sure I had made a mistake.
Lembro-me de todo o início como uma sucessão de voos e quedas, uma pequena gangorra de palpitações boas e más. Tendo me elevado, na cidade, à altura do apelo dele, vivi, é certo, alguns dias péssimos — dei por mim cheia de dúvidas outra vez, tive certa de que cometera um erro.

(James, 2011, p. 17)

Aqui temos, pelo menos, uma visão de conjunto, que o próprio vocábulo "*again*" dá conta: eu estava no abismo da dúvida, depois me elevei ao seu apelo concordando com as condições do emprego, e novamente mergulhei no abismo da dúvida. O quadro integral está exposto neste primeiro fragmento.

Mas o segundo fragmento dá continuação a esse quadro, revertendo o pessimismo do primeiro fragmento, numa ascendente que nos ajuda a enquadrar melhor esta história de terror. Não podemos esquecer que neste segundo fragmento há uma parada, o que nos indica um espaço de reversão, isto é, as mudanças não são tão súbitas como aparentemente pode sugerir o primeiro fragmento. Há um transcurso nesse processo de mudança, ao invés de uma sucessão de voos e quedas. É como se o narrador diminuísse a sua distância em relação ao objeto e percebesse gradações. Vejamos todo esse segundo fragmento:

In the state of mind I spent long hours of bumping, swinging coach that carried me to the stopping place at which I was to be met by vehicle from the house. This convenience, I was told, had been ordered, and I found, toward the close of the june afternoon, a commodious fly in waiting for me. Driving at that hour, on a lovely day a country to which the summer sweetness seemed to ofter me a friendly welcome, my fortitude mounted afresh and, as we turned into the avenue, encountered a reprieve probably but a proof of the point to which it had sunk.

Nesse estado de espírito, passei muitas horas numa diligência, a sacolejar e balancer, indo em direção à parada onde iria a meu encontro um veículo enviado da casa. Tal comodidade, fui informada, havia sido providenciada, e encontrei ao cair da tarde de junho, um cabriolé confortável a minha espera. Viajando àquela hora, num dia tão bonito, num campo onde a doçura do verão parecia me oferecer as boas vindas, minha coragem voltou a ganhar força e, quando entramos na alameda, encontrou um alívio temporário que provavelmente vinha apenas provar o quanto ela havia decaído.

(James, 2011, p. 17)

Este fragmento é diametralmente oposto ao anterior — desta vez, o vocábulo "*afresh*" (de novo) refere-se à coragem, não à dúvida, sugerindo que, subsequente a essa coragem, teria havido uma baixa — que, depois, novamente viria a ser revertida.

A novidade deste segundo fragmento, além do seu desenho ser oposto ao primeiro fragmento (+-+), está na pausa da parada. Este segundo fragmento não estará mais impregnado da oposição que caracterizava o primeiro ("*flights and drops*"; "*seasaw of the rights throbs and the wrong*"). A dimensão vertical do primeiro fragmento é transfigurado à dimensão linear, horizontal, do segundo fragmento, cujo veículo vai ser apresentado por meio de três nomes, ainda que tenham sido apenas dois veículos diferentes: "*coach*", "*vehicle*", "*fly*". O percurso também pode ser dividido em três partes: anterior à parada ("*long hours of bumping, swinging coach*"); após a parada ("*the summer sweetness seemed to ofter me a friendly welcome*"), quando a coragem cresce; e finalmente, quando o veículo entra na avenida, um terceiro momento em que a coragem encontra seu alívio (uma suspensão temporária do inferno da dúvida, o que dá a ideia de um fim provisório).

A mudança de espaço é contígua à mudança do estado de espírito, o que sugere também uma perspectiva interna e o transcurso dessa mudança no tempo (antes, no primeiro fragmento, tão somente constatava-se o conjunto dessas mudanças, sob um olhar distanciado). O *perfect infinitive* terá a sua primeira presença, justo neste segundo fragmento, sublinhando o transcurso do tempo, isto é, o futuro, ainda que sob o prisma da memória (prolepse analéptica), indicando uma elaboração fluida por parte do narrador:

I spent long hours of bumping, swinging coach that carried me to the stopping place at which ***I was to be met*** *by vehicle from the house.*

Aqui, o *perfect infinitive* informa o objeto que estará sob o efeito do verbo. De qualquer maneira, essa elaboração fluida é também uma diferença em relação ao primeiro fragmento.

Por fim, o terceiro fragmento apresenta um objeto exterior sobre o qual o narrador não terá nenhum domínio, e será sentido por parte do narrador-personagem como uma novidade, uma surpresa, uma singularidade:

I suppose I had expected, or had dreaded something so melacholy that greeted me was a good surprise. I remember a most pleasant impression the broad, clear front, its open windows and fresh curtains and the pair of maids looking outs; I remember the lawn and the bright flowers and the crunch of my wheels on the gravel and clustered treetops whith the rooks circled and cawed in the golden sky. The scene had a greatness that made it different affair from my own scant home, and there immediately appeared at the door, with a little girls in her hand a civil person who dropped me as decent as curtsy as I had been the mistress or a distinguished visitor. I had received in Harley Street a narrower notion of a place, and that, as I recalled it, made me think the proprietor still more of a gentleman, suggested what I was to enjoy might be something beyond his promise.

Creio que eu previra, ou temera, me ver diante de algo de tal modo melancólico que o que de fato encontrei proporcionou-me uma grande surpresa. Lembro que me causaram uma impressão muito agradável a fachada larga e límpida, as janelas abertas com cortinas novas e as duas empregadas olhando para fora; lembro-me dos gramados e das flores de cores vivas e dos ruídos das rodas do meu cabriolé sobre os cascalhos e do aglomerado de copas de árvores sobre as quais gralhas voavam em círculo e grasnavam no céu dourado. Havia uma grandeza que a tornava algo bem diferente do meu próprio lar e imadiatamente surgiu à porta, de mãos dadas com uma menininha, uma pessoa cortez que me fez uma mesura tão reverente como se eu fosse a dona da casa ou uma visitante de distinção. Na Harley Street a casa me fora descrita em termos mais modestos e esse fato, quando o relembrei, fez-me ter o proprietário em mais alta conta do que antes, lembrando-me a pensar que eu viria a desfrutar algo mais do que o prometido.

(James, 2011, p. 17-18)

Neste terceiro fragmento, estamos no exterior diante das coisas, após entrarmos no boulevard, com a coragem restabelecida. Tanto nega a dualidade do voo e da queda interior quanto é subsequente a um estado de ânimo favorecido. Esse espaço de recordação, espaço analéptico, introduz uma analepse externa, que é do lar de origem da governanta, cujo objetivo é comparar, pela justaposição, a diferença social: "*The scene had a greatnes that made it different affair from my own scant home*". Ao mesmo tempo, a narradora-personagem se depara com os habitantes dessa bela casa: "*the pair of maids*" e "*a civil person with a little girls in her hand*". E estranha a mesura que lhe dirige essa "*civil person*", como se "*I had been the mistress or a distinguished visitor*".

De uma certa forma, nos é apresentada uma divisão social tributária de um passado histórico: as duas criadas, que remetem à condição social de escravos; "*a civil person*" que é cidadã, sujeita de direitos, numa escala social acima das criadas (o sentido de "cortez", que está implícito em "civil", nos remete ao estado de direito, e tanto a sra. Grose, que detém a menininha em suas mãos, quanto a narradora-personagem coparticipam dessa mesma condição social, ainda que esta última venha impregnada de uma autoridade como governanta, que a outra não tem ou pelo menos deixa de ter com a sua chegada). É como se fosse "*the mistress*", o que nos remete a uma função em comum, seja considetrando o conto "A Coisa Autêntica" ou o romance *Os Embaixadores*: a função de representação. Daí a importância do pronome "as" — "*dropped me as decent as curtsy as I had been the mistress or a dintinguished visitor*".

Essa função de representação é colocada em risco quando a ex-governanta, srta. Jessel, mantém uma relação imprópria com um criado, dentro da sociedade vitoriana onde os papéis sociais estão rigidamente ligados à posição social. E, de uma certa forma, essa relação imprópria é mantida entre Miles e Quint, cabendo à nova governanta interceder.

É sob a nova perspectiva do terceiro fragmento que aparece o *perfect infinitive*: "*as I recalled it (a narrowe notion of a place received in Harley Street), suggest what* ***I was to enjoy be*** *someting beyond his promise*". Apesar de inominado, "*to enjoy something*" terá um sentido interdito, ligado tanto a uma relação proibida, quanto ao crime e à vingança.

Não há, portanto, como eliminar a série do real que explode aos seus olhos no terceiro fragmento, sob o signo da visão e do som, após os dois fragmentos anteriores fazerem referência ao seu estado subjetivo. O parágrafo termina, de forma imprevisível, com uma impressão agradável do real. Há uma espécie de encantamento diante da imponência do que a espera, principalmente se comparado ao seu humilde lar. E, como no primeiro fragmento, a visão de conjunto é que dá o tom, com a diferença que, desta vez, essa visão é positiva: "*I remember the lawn and the bright flowe and the crunch of my wheels on the gravel and clustered treetops with tha rooks circled and cawed in the golden sky*" — nesse período, com um simples verbo, "*remember*", temos praticamente um quadro, onde tudo permanece integrado harmoniosamente, de alto a baixo. Assim como o primeiro fragmento, com a sucessão de voos e quedas, lembrada como uma característica de todo o início, não deixa também de ter a unidade de um quadro (as linhas expressam um conjunto de rupturas, a unidade passando a constituir esse conjunto).

Entre esses dois conjuntos unitários, um harmonioso e outro conflitante, um cheio de coragem e o outro de ceticismo, intervém um segundo fragmento, que apresenta o transcurso no tempo, sem uma visão de conjunto e com muitos verbos no gerúndio (sob esse aspecto, é importante observar que o último fragmento, o mais longo, vai apresentar apenas um verbo no gerúndio — "*the pair of maids looking out*").

16.3. CONCLUSÃO

Talvez possamos concluir que esse primeiro parágrafo tenha muitas relações de semelhança com o primeiro parágrafo do preâmbulo. Em ambos, o segundo fragmento tem a função de abrir uma diferença, esta representada pela história de Douglas no preâmbulo, ou por Bly no primeiro parágrafo do primeiro capítulo. Mas esse segundo fragmento tem o sentido do tempo transcorrido, por meio do qual se constrói a diferença. Esse tempo será constituído pelos interrogatórios e pela consulta ao passado, que serão uma marca do diálogo entre a personagem-narradora e a sra. Grose, assim como também pelas noites insones em seu quarto. O sentido da história será construído entre o espaço primário de Bly e as visões dos fantasmas que a assaltam. Daí porque a importância da verossimilhança — essa costura entre o real e o imaginário, costura essa que é diferente do delírio.

A produção de sentido se dá no tempo por meio de um esforço imenso e está longe de esgotar o sentido pleno, porque virá revestido sempre de lacunas intransponíveis. E ainda que tenha relações com o real, nunca será o real. Uma das imagens, das mais fortes, que expressa o sentido está no incidente em que Flora olha pela janela algo que a narradora-personagem quer ter acesso, dirigindo-se então a um outro quarto. Mas, ao olhar, se defronta com a imagem de Miles, que, por sua vez, olha algo localizado na torre, exatamente acima de onde estava a personagem-narradora. Esse incidente remete também a *Alice no País das Maravilhas*, em que o coelho está sempre acima do lugar focalizado por seus olhos.

O sentido que será construído pela personagem-narradora será o da relação interditada na sociedade vitoriana; e, ao interceder contra essa relação, na função de representação a que se vê imbuída, acaba por repetí-la. Há um fracasso da representação, que não deixa de ser uma afirmação do sentido construído. Essa é a tragédia de *A Outra Volta do Parafuso*. Nesse fracasso está embutida uma sabotagem de classe, que nos leva, inclusive, a pensar em termos de vingança. Não é outra a perspectiva da história "A Coisa Autêntica": "Se meus criados eram modelos, então meus modelos poderiam ser meus criados. Inverteriam os papéis — que os outros pousassem de cavalheiros e damas, enquanto eles, o casal Monarq, trabalhariam como criados (James, 1993, p. 91).

A morte da srta. Jessel e de Quint seria respondida pela morte de Miles. Mas essa inversão, na verdade, não deixa de representar o fracasso da representação — num atelier, são até possíveis essas inversões provisórias, porém, no campo do real, a inversão denuncia o fracasso. Será justamente isso que vem a suceder com o desenhista de "A Coisa Autêntica": ao usar como modelos figuras autênticas, acaba por perder o seu traço como desenhista e nunca mais o recupera. A representação, em James, é o que nos leva a testemunhar a diferença entre o que é visto e o que é dito pela personagem-narradora à sra. Grose, implicando no grande legado do escritor. Ainda que não seja delírio, o sentido terá sempre um aspecto ficcional, porém, dentro do campo do possível.

O preâmbulo e a história propriamente dita vão funcionar como uma carta dentro da outra, como a que foi recebida pela governanta, remetida pelo tio das crianças. Há que se abrir as duas e uma serve de invólucro à outra. Mas só compreenderemos o invólucro se abrirmos a segunda carta em seu interior. O tio das crianças não queria ver nem saber o que o diretor tinha a lhe dizer, assim como Douglas deixou congelado numa gaveta, por tantos anos, uma narrativa que talvez dissesse muito de si mesmo. Esconder para não ver. A leitura, após tantos anos, denuncia a interdição social que ele mesmo, Douglas, operou em relação à narradora-personagem. Mas uma interdição que dissimula justamente o processo de contaminação.

REFERÊNCIA BIBLIOGRÁFICA

Sobre Henry James

JAMES, Henry. A Taça de Ouro. Tradução de Alves Calado. Rio de Janeiro: Record, 2002

___________. As Asas da Pomba. Tradução de Marcos Santarrita. Rio de Janeiro: Ediouro, 1998

___________. Os Embaixadores. Tradução de Marcelo Pen. São Paulo: Cosac Naify, 2010

___________ The Ambassadors. New York: Charles Scribner's Sons,1909. 2v

___________.The Ambassadores. Revised Collected Edition, Macmillan: Londres, 1923

___________.The Golden Bowl. Now York: Charles Scribner's Sons,1909. 2v

___________.The Wings of the Dove. Now York: Charles Scriner's Sons, 1909. 2v

___________. A Fera na Selva. Tradução de José Geraldo Couto. São Paulo: Cosac Naify, 2007

___________. Hawthorne. London: Macmillan and Co., 1879. Disponível em https://ebooks.adelaide.edu.au/l/literature/english-men-of-letters/hawthorne/index.html. Acesso em: 11 nov 2019

___________. Hawthorne. In: AUCHARD, J. (ed). The Portable Henry James. New York. Peguin Books, 2004

___________.The American Scene. New York: Charles Scribner's Sons, 1946

___________. Prefácio de "Os Embaixadores". In: Os Embaixadores. Tradução de Marcelo Pen Parreira. São Paulo: Cosac Naift, 2010

___________. Retrato de uma Senhora. Tradução de Gilda Stuard. São Paulo: Companhia das Letras, 1995

___________. A Coisa Autêntica. In: A Morte do Leão: histótia de artistas e escritores". Tradução de José Paulo Paes. São Paulo: Companhia das Letras, 1993 a

___________. O Desenho no Tapete. In: "A Morte do Leão — história de artistas e escritores". Tradução de Paulo Henriques Britto. São Paulo: Companhia das Letras, 1993 b

___________. A Arte do Romance: Antologia de Prefácios (Organização, tradução e notas de Marcelo Pen Parreira). São Paulo: Editora Globo, 2003

___________. A Outra Volta do Parafuso. Tradução de Paulo Henriques Britto. São Paulo: Penguin Classics Companhia das Letras, 2011

___________. O Altar dos Mortos. In: Contos de Amor do Século XIX, org Alberto Manguel. Tradução de José Rubens Siqueira. São Paulo: Companhia das

Letras, 2007
___________. A Bela Esquina. In: Até o Último Fantasma. Tradução de José Paulo Paes, São Paulo, 1994, p. 131-170.
___________. Brooksmith. In: Caminhos Cruzados, Mar de Histórias, v.6. Tradução de Aurélio Buarque de Holanda - Paulo Ronai. Rio de Janeiro: Nova Fronteira, 1982
___________. Na Gaiola. In: Quatro Novelas e um Conto: as ficções do platô 8. Tradução e oraganização de Tomaz Tadeu. Belo Horizonte: Autêntica Editora, 2014, p. 133 a 251.
___________. The Birthplace. Kessinger Publishing, 2010
___________. A Outra Volta do Parafuso (bilíngue)
___________. Criticism. In: Shapira, Morris (Ed). Henry James: selected literary criticism. Cambridge University Press, 1981. (p. 133-137)

GERAL

ANDERSON, Charles. Person, place and thing em Henry James' novels. Durham: Duke University Press, 1977
ANDRADE, Mário de. O Empalhador de Passarinho. São Paulo: Editora Martins Fontes, 1972
BAKHTIN, Mikhail. Questões de Literatura e de Estética: a teoria do romance. São Paulo. UNESP, 1988
BAPTISTA, Abel Barros. A Emenda de Sêneca — Machado de Assis e a forma do conto. Teresa revista de Literatura Brasileira [6-7]. São Paulo, 2006, p.207-231. Disponível em http://www.revistas.usp.br/teresa/article/view/116621. Acesso em 11 Nov 2019.
___________________. Autobibliografias: a solicitação do livro na ficção de Machado de Assis. Campinas, SP: Editora da Unicamp, 2003
BELLEI, Serge. Theory of the Novel: Henry James. Florianópolis: Ares, 1998
BLACKMUR, Richard P. Introduction. In: JAMES, H. The Art oh the Novel: Critical Prefaces. New York-London: Charles Scribner's Sons, 1937
BLANCHOT, Maurice. O Livro por Vir. Tradução de Leyla Perrone-Moisés. São Paulo: Martins Fontes, 2005
_________________. L'entretien infini: Paris: Gallimard, 1969
_________________. A Conversa Infinita — 1-A palavra plural (Palavra de escrita). Tradução de Aurelio Guerra Neto. São Paulo: Escrita, 2001
BLUMEMBERG, Hans — Die Lebarkeit der Welt. Frankfourt: Suhrkamp, 1981. Ed. Ut: La Leggibilitá del Mondo, Bologna, Mulino, 1984
BOOTH, Wayne C. The Retoric of Fiction. Chicago: University of Chicago Press, 1961
BROWN, Bill. A sense of things: the object matter oh American

Literature. Chicago: University of Chicago Press, 2003
CALDWELL, Helen. O Otelo Brasileiro de Machado de Assis. São Paulo: Ateliê Editorial, 2002
CECHINEL, André. Duplo encontro: o alter em "The Jolly Corner" de Henry James e "O Espelho" de Machado de Assis. Palimpsesto n.8, p. 1-14, 2009. Disponível em https://www.e-publicacoes.uerj.br/index.php/palimpsesto/article/view/35682Acesso em 11 Nov 2019
CHATMAN, Seymour. The Late Style of Henry James. Oxford: Basil Blackwell, 1971
COSTA, Natasha Vicente da Silveira. A linguagem do espaço em Henry James: a fase madura. 2016, 125 f. Tese (Doutorado em Estudos Literários) — Faculdade de Ciências e Letras (Campos Araraquara), Universidade Estadual Paulista Júlio de Mesquita Filho. Disponível em https://repositorio.unesp.br/handle/11449/138860 Acesso em 11 Nov 2019
COUTURIER, Maurice. Textual Comunication: a print-based theory of the novel. Londres: Routledge, 1991
CULVER, Stuart. Ozymandias and the mastery of ruins: the design of the Now York Edition: In: McWHIRTER, 1995: 46
DELEUZE, Gilles. Acerca do Ritornelo. Mil Platôs-capitalismo e esquizofrenia, v. 4. Gilles Deleuze; Felix Guattari; tradução de Suely Rolnik. São Paulo: Ed. 34, 1997 — p. 115 a 170
______________. 1874-Três Novelas ou "o que se passou". Mil Platôs-capitalismo e esquizofrenia, v.3. Gilles Deleuz; Felix Guattari; tradução de Aurélio Guerra Neto et alii. Rio de Janeiro: Ed. 34, 1996 —p. 63-81
______________. A Dobra: Leibniz e o barroco; tradução de Luiz B.L.Orlandi. Campinas, SP: Papirus, 1991
______________. Proust e os Signos. Tradução de Antonio Carlos Piquet, Roberto Machado. Rio de Janeiro: Forense-Universitária, 1987
DIMOCK, Wai Chee. Subjunctive Time: Henry Jame's Possible Wars. **Narrative**. Ohio State University Press, v.17. n.3. p. 242-254, 2009
DURAS, Margareth. Le Square. Paris: Gallimard, 1955
FITZGERALD, F Scott. Querido Scott, querida Zelda — As Cartas de Amor de Scott e Zelda Fitzgerald. São Paulo: Companhia das Letras, 2005
__________________. The Crack Up. Quatro Novelas e um Conto: as ficções de platô 8 de Mil Platôs. Deleuze, Giles; Guattari, Felix. Tradução de Tomaz Tadeu. Autêntica Editora, 2014, p. 19-38
FLAUBERT, Gustave. Préface à la vie d'écrivain ou extraits de La correspondance, seleção e apresentação de Geneviève Bollème. Paris: Seuil, 1963
FLEAUTIAUX, Pierre. História do Abismo e da Luneta. Quatro Novela e um Conto: as ficções de platô 8 de Mil Platôs. Deleuze, Giles. Guattari, Felix, Tradução de Tomaz Tadeu. Autêntica Editora, 2014, p. 93-132

FOUCAULT, Michel. Le Mots e Le Choses. Paris: Galimard, 1966

FREEDMAN, J (org). The Cambridge Companion to Henry James. New York: Cambridge University Press, 1998

FRIEDMAN, Susan Stanford. Spetial Poetics and Arundathi "Roy's the good of small things". In: PHELAN, James; RABINOWITZ, Peter J. (Ed). A companion to narrative theory. Malden, MA: Blackwell, 2005, p. 192-205

GENETTE, Gerald. Discurso da Narrativa. Tradução de Fernando Cabral Martins. Lisboa: Vega, 1995

GLEDSON, John. Machado de Assis: Ficção e História. São Paulo: Paz e Terra, 1986

GOETZ, William R. Criticism and autobiography in Jame's prefaces. American Literature, v. 51, n. 3. November 1979

IZZO, Carlo. Henry James, Scrittore Sintattico. Studi Americani, II, p. 127-142, 1956

JUNKES, Lauro. Romancistas e a Teoria do Romance. Revista Anuário de Literatura. Florianópolis, n.5, p. 131-158, 1997. Disponível emhttps://periodicos.ufsc.br/index.php/literatura/article/download/5413/4837 abced

LACOUE-LABARTHE, Philippe. L'absolu litteraire. Théorie litteraire du romantisme allemand. Paris: Seuil, 1978

LAPOUJADE, David. Scepticisme et literature: le cas Henry james. In: COHEN-HALIMI, Michèle; L'Heuillet, Helène (ed). Comment peut-on être sceptique¿ Hommage à Didier Deleule. Paris: Honoré Champion, 2010, p. 205-214 disponível em: https://www.academia.edu/5067193/Scepticisme_et_litt%C3%A9rature_le_cas_Henry_James

________________. Henry James: perspective e geométrie. Études anglaises, 2006-3 (v.59), p.319-328. Disponível em https://www.cairn.info/revue-etudes-anglaises-2006-3-page-319.htm#

LEIBNIZ, Gottfried Wilhelm. Novos Ensaios sobre o Entendimento Humano. São Paulo: Nova Cultural, 1999

LUBBOCK, Percy. The Craft of Fiction. New York: The Viking Press, 1976

MACHADO DE ASSIS, Joaquim Maria. Obra Completa (3 volumes). Rio de Janeiro: Nova Aguillar, 1997

________________________________. O Memorial de Aires. Rio de Janeiro: Jackson Editores, 1947

MATHIESSEN, F. O. The James Family. A Group Biography. New York: Knopf, 1961

McWHIRTER, David. Henry James's New York Edition: The Constrution of Autorship. Califórnia: Stanford University Press, 1995

MELLO, Luiza Larangeira da Silva. Depois da queda: a representação da cultura nacional norte-americana na obra tardia de Henry James (1904-1907). Tese de Douturado — PUC Rio de Janeiro, Departamento de História, 2010

OEHLER, Dolf. O Velho Mundo desce aos Infernos. São Paulo: Companhia das Letras, 1988

___________. Terrenos Vulcânicos. São Paulo: Cosac & Naify, 2004

ONG, Walter J. Orality and Literacy. The Technologizing of the World. Londres: Routledge, 1982

OZOUF, M. La muse démocratique. Henry James ou les pouvoirs du Roman. Paris: Calmann-Lévy, 1998

PARREIRA, Marcelo Pen. Realidade Possível: dilemas da ficção em Henry James e Machado de Assis. Cotia: Ateliê Editorial, 2012

______________________. Estratégias do Falso: realidade possível em Henry James e Machado de Assis. 264 f. Tese (Doutorado). Faculdade de Filosofia, Letras e Ciências Humanas, Universidade de São Paulo, 2007

POSNOCK, R. The Trial of Curiosity. Henry James, William James and the Challenge of Modernity. New York, Oxford: Oxford University Press, 1991

POULET, Georges. Les Métamorphoses du Cercle. Paris: Plon, 1961

POUND, Ezra. A brief note. In: EDEL, Leon (ed). Henry James: a collection of a critical essays. Englewood Clifs, N.J.: Prentice-Hall, Inc, 1963, p. 27-30

QUONDAM, Amedeo. La letteratura in tipografia. In: Alberto A. Rosa (dir), Letteratura italiana e Produzione e Consumo. Turin: Einaudi, 1983

ROBERT, Marthe. L'Ancien e le nouveau. Paris: Grasset, 1963

RORTY, Richard. Heidegger, Kundera, Dickens. Essays on Heidegger and others: Philophical Papers, v.2. Cambridge: Cambridge University Press, 1992

SARRAUTE, Nathalie. Conversation et sous-conversation. L'ère Du Soupçon. Paris: Gallimard, 1956

SCHWARZ, Roberto. Um Mestre na Periferia do Capitalismo. São Paulo: Duas Cidades-Editora 34, 2000

SERRES, Michel. Le Système de Leibniz et sés modèls matémathiques. Paris: PUF, 1968

SIMMEL, G. On Individuality and Social Forms. Chicago: The University of Chicago Pree, 1971

TITNER, Adeline R. The museum world of Henry James. Studies in Modern Literature, n.56. Ann Arbor, Mich.: UMI Research Press, 1986

________________. The Twentieth-century world oh Henry James: changes in his work after 1900. Baton Rouge: Louisiane State University Press, 2000

TODOROV, Tzvetan. A Noção de Literatura. Os Gêneros do Discurso. Tradução de Nícia Adan Bonatti. São Paulo: editora unesp, 2018

TRILLING, L. Sincerity and Authenticity. Cambridge; London: Harvard University Press, 1972

VALERY, Paul. Variedades. (Org) João Alexandre Barbosa. Tradução de Maiza Martins de Siqueira. São Paulo: Iluminuras, 1991

WATT, Ian. O Primeiro Parágrafo de "Os Embaixadores". In: "Os

Embaixadores". Tradução de Marcelo Pen Parreira. São Paulo: Cosac & Naify, 2010, p. 565-593

________. The Rise of the Novel. London: Pelican Books, 1957

________. A Ascensão do Romance: estudos sobre Defoe, Richardson e Fielding. São Paulo: Companhia das Letras, 1996

WHARTON, E. Novellas and others writings. New York: The Library of America, 1990

WILSON, Edmund. O Castelo de Axel: estudo sobre a literature imaginativa de 1870 a 1930. Tradução de José Paulo Paes. Companhia das Letras, 2004

WINTERS, Y. In Defense of Reason. London: Routledge & Kegan Paulo, 2007

pólen soft 80g/m²
tipologia garamond
impresso no inverno de 2022